读客文化

信任之瞳

冶文彪 著

江苏凤凰文艺出版社
JIANGSU PHOENIX LITERATURE AND
ART PUBLISHING

图书在版编目（CIP）数据

信任之瞳 / 冶文彪著. -- 南京：江苏凤凰文艺出版社, 2023.6
ISBN 978-7-5594-7713-2

Ⅰ.①信… Ⅱ.①冶… Ⅲ.①长篇小说－中国－当代
Ⅳ.①I247.5

中国国家版本馆CIP数据核字(2023)第079182号

信任之瞳

冶文彪　著

责任编辑	丁小卉
特约编辑	陆雨晴　　蔡雅婷　　鲍　畅
封面设计	Scott Woolston　　章婉蓓
责任印制	刘　巍
出版发行	江苏凤凰文艺出版社
	南京市中央路165号，邮编：210009
网　址	http://www.jswenyi.com
印　刷	大厂回族自治县德诚印务有限公司
开　本	710毫米×1000毫米　1/16
印　张	20.5
字　数	256千字
版　次	2023年6月第1版
印　次	2023年6月第1次印刷
标准书号	ISBN 978-7-5594-7713-2
定　价	59.90元

江苏凤凰文艺版图书凡印刷、装订错误，可向出版社调换，联系电话：010-87681002。

献给我的母亲韩碧仙

冶文彪

某一天，光亮消失，世界陷入黑暗。

人类重回蒙昧，在幽暗和孤独中，各自艰难生存……

目　录

少年篇：黑森林

1．黑牙石

少年要死了。

他趴在黑牙石孤峭的尖顶上，黑牙石则耸立在山巅。

雾越来越重，世界只剩黑暗。

昏沉中，少年微微睁开眼，却只看到死亡。死亡像一头巨大漆黑的夜兽，慢慢向他逼近，无比清晰。他却发不出声音，更没有丝毫的力气逃避。

仅存的一丝求生意念让他张开嘴，咬向自己的手臂。然而，他饿得太久，太虚弱，连咬了几口，都没能咬破。幸而疼痛激发出一点力量，让他终于能挪动右手，他将手慢慢伸向腰间，费力抽出骨刀，勉强握住，割向自己的左臂。连割了几刀，才终于割破。

血的气息顿时散发出来，无比鲜美。

少年忙将嘴贴向伤口，拼命吮吸。血水流进喉咙，渗进肠道，让他浑身上下每一个毛孔都顿时醒来。

但伤口太浅，血很快被吸尽。他又割了一刀，继续吸。接连五六刀后，才停了下来，将脸贴在岩石上，大口喘息。

黑牙石下忽然响起一阵嘶叫声，夜兽，世上最凶狠的动物，它们嗅到了血气。

少年向下面望去，漆黑中看不到夜兽的身影，只听见跳窜声、嘶叫声。这群夜兽围追过来后，一直蹲守在黑牙石下，不知道候了多久。

一阵风吹过，荡开了雾气，黑暗中闪现出数十点幽绿的光——夜兽的眼睛。

自少年出生以来，世界始终这么黑暗，除了这幽绿目光，他从来没见过其他光亮。从死亡中暂时挣脱出来，再望向这幽绿目光，恐惧减退了不少，他忽然看到了一线生机。

他挣扎着坐了起来，将左腿伸到黑牙石坡度略缓的那一面，用骨刀在腿上割了一道，血涌了出来，沿着石壁向下流去。夜兽在下面嗅到血气，顿时躁乱起来，幽绿的光点全都聚集到了这边。

少年吃力地半蹲起身子，抓过插在岩缝里的长矛，对准了斜坡。

果然，几对绿光先后沿着斜坡飞快地向上升来。

少年的手顿时颤抖起来，长矛几乎从手中掉落。

然而，"嘭嘭嘭"，一连几声，几头夜兽全都先后跌落，岩壁太陡峭了。

下面的兽群越发躁乱，却不再往上爬。

少年有些懊丧，心想：我生在这里，看来也要死在这里。

这黑牙石是少年的出生地。

当时，他的妈妈也被一群夜兽围困在这里。生他的时候，妈妈流了很多血。夜兽嗅到血气，纷纷往上爬，先也不断跌落，但在浓烈血气的刺激下，终于有一头爬了上来。妈妈一矛刺中了它，将它拽了上来，用骨刀割断了它的喉咙。靠着它，才活了下来。

少年摸了摸自己干瘦的腿，自己身上没有那么多的血。

闻着石壁上的血气，他有些惋惜，便趴下去舔，血却已经流渗走了，没能舔到多少。

他越发沮丧，力气也已耗尽，只得坐倒在岩石上，俯望黑暗中的那些幽绿兽眼。夜兽大多静了下来，不再躁动，看来也没有多少体力了。

少年的手触到身上穿的夜兽皮，想到了一个更危险的主意。

他割下一片兽皮，又在手臂上划了一道，让血浸到那片兽皮上。浸足后，他将兽皮抛向黑牙石更陡峭的那面。

兽皮落下后，下面的夜兽果然被血气惊动，幽绿光点纷纷飘闪，向那块兽皮快速围聚过去。

少年的心顿时狂跳起来，他急忙爬起身，从黑牙石的缓坡飞快滑了下去。

刚落地，几头夜兽便已发觉，迅即回转身，嘶叫着扑向他。

极度的恐惧激发出从未有过的力量，他握紧骨刀，睁大眼睛，尽力盯着冲在最前的兽眼绿光。等它闪近，大叫一声，一刀划向那对幽绿眼睛下方的颈部。

划中了！血喷到了他手上。

少年迅即转身，飞快爬上岩石。但才爬了两步，左腿猛地一阵剧痛——被夜兽咬住了。

幸而那头夜兽是跃起来扑咬，它身子随即下坠，只得松口。少年忙拼命继续往上爬。连蹬了十几脚，终于爬到顶上，力气也随之耗尽，浑身瘫软地倒在岩石上。两条腿却依然抖个不停，牙齿不住叩响。

一声凄厉嗥叫猛然响起，刺穿了黑暗。

少年惊得一颤，忙探头向下望去，幽绿光点全都聚到这边，不断乱闪。惨叫声、撕咬声随即震耳响起。

正如少年所料，几十头夜兽全都扑向受伤的那头。

夜兽善于围猎捕食，极少互斗。但一旦有某只受伤，散出血气，其他夜兽便会围聚过去争食。争食时，极易引发更多的撕咬。

少年一直盯着下面，刺耳的撕咬声中，又接连响起几声惨嗥，又有几头夜兽被咬伤。幽绿光点随之分散为几处，食物够了，那些夜兽不再争抢，只剩啃咬吞咽声。

少年听得心惊不已，更被那啃食声逗起饥馋，喉咙里发出一声吞响。

这时，他才感到左腿剧痛，伸手一摸，腿肚上一道深口，血涌不止。他饥渴之极，忙弯起身子，用力扳住左腿，将嘴凑近伤口，大口吸吮起来。一直吸到血水缓止，才放开腿，仰躺着喘息了一阵，不觉昏睡过去。

等他醒来，四周无比寂静。

他吃力地翻起身，探头一看，黑牙石下一片黑暗，不见一点绿光。

那些夜兽已经散去……

2. 同类

少年名叫泽恩。

他刚出生，在黑牙石上哭出第一声时，他的妈妈一抬头，竟看到了一点星光。

那是她一生中见过的最神奇的东西，所以就给儿子取名叫"泽恩"，是星光的意思。

泽恩不知道那是不是真的，也无法想象星光。妈妈却说，每一个能流传下来的词语，都有生命，都有它的真实意义。就算世界上再也不会有光亮，我们也要好好守住这些词语，不能让它们在我们心里熄灭、消失。

妈妈一直带着泽恩寻找光亮，临死都不忘大喊："泽恩快跑！去找光亮……"

泽恩不知道去哪里寻找光亮，也不知道找到后会发生什么。他只能不时回到黑牙石顶上，却从来没见过星光，或其他亮光。这次更是几乎饿死在黑牙石上。

这时，四周无比寂静，雾也已经散去。

他反复确认那些夜兽已经远去，才吃力爬起来，慢慢溜下黑牙石。

黑暗中，他隐约辨认出石块间一具夜兽的残骸，它被啃咬得只剩骨架。他忍着腿伤，凑近那具骨架，抽出骨刀，摸到脊椎骨，沿着骨缝，接连划动，将连接骨节的筋割断，把脊椎骨一块块拨开，从中间抽出了一整条骨髓。

滑腻的手感、浓郁的血肉气味，让他不由自主地发出一声怪笑。他颤抖着手，慌忙把那条骨髓塞进嘴里，根本来不及咀嚼，几口便吞了下去。不但没能止住饿，反倒更加饥渴。

他嗅着气味，在不远处寻到了第二具骨架，正要去割骨节，却忽然觉到危险，忙停住了手。

左前方，十几步远，隐约有个直立的黑影，是同类。

泽恩蹲在那里，握紧骨刀，一动不敢动。

他分辨出来，那黑影只比自己略高一些，也是个少年。但脚步显然更轻快，体格也更强健。

幸而那黑影一直停在那里，没再逼近，应该是没看出他的腿受了伤。泽恩更不敢动，只能死死盯着对方。

眼前忽然一闪，是那少年的目光。

泽恩从没见过如此冰冷，又如此锋利的人类目光，这目光甚至让他感到双眼有些刺痛。

他顿时有些慌。

惊慌，等于把生命交给了对方。他忙用力回盯过去。但再用力，也敌不住那目光，更想不出逃生办法，只能继续蹲在原地。

对方自然察觉到了他的慌乱，却没有进攻。相反，那目光又一闪，忽然望向旁边。

泽恩忙也用眼角一扫，猛然看到另一个黑影！

在右前方，也是同类，而且离自己更近几步，来得自然更早。

泽恩大惊，自己居然丝毫没有发觉。

不过，他随即看出，这个身影要纤瘦一些，是个少女。

黑影少年没有进攻，是因为这少女。少女虽然纤瘦，但行动显然更轻捷。

两人的目光全都盯在泽恩身上，泽恩却忽然看到了生机，不由得嘴角一咧，露出笑来。

妈妈常告诫他，同类最危险，他们比你更了解你自己。

这时他却发觉：当两个同类同时出现，危险就抵消了。

他慢慢伸出手，摸到夜兽骨架的脊椎，用骨刀一段段割开，又抽出了一条骨髓。

两个黑影全都盯着他，但没有动。

泽恩笑着将那条骨髓塞进嘴里，这回他嚼得很慢，油脂在口中溶解，渗进肠胃，无比滋润。虽然还没饱，他却不敢再继续逗留，慢慢退回到黑牙石边。

两个黑影依然没有动。

泽恩坐到石壁上，用两只脚蹬着，慢慢向上挪动。

挪到一半时，两个黑影几乎一起缓缓转身，各自隐没到黑暗中。

一个像影，一个像风。

3. 暗影

那个黑影少年名叫摩辛。

他一直独自生活在黑森林中。

黑森林无边无际，幽暗寂静，是人类和兽类共同的生存之所，也是一片充满危险的死亡之地。其中，最危险的举动是发出声响。

摩辛却一直都很静默。

自出生以来，身边那个唯一安全的活物从来没有和他说过话，他也从来没有出声唤过"妈妈"，甚至不记得自己曾哭过。

身边那唯一安全的活物对他发出过的唯一一个声音是"摩辛"，而且只在警吓他时，才低声发出。这个声音像一道暗影，意味着危险和死亡，让他惊慌和恐惧，但也给他提醒和保护。

身边那唯一安全的活物死后，他再也听不到这个声音。但每当危险临近，他都会不由自主地在心里念出它，并把它视为自己生命的咒语，让自己藏身在这道神秘的暗影中。

在黑森林里，暗影无疑是最安全的存在。它隐在黑暗中，谁都不会发现；它紧随万物，无声无息；它永远在猎物的背后，却没有什么在它的背后。

正是这暗影中的静默，帮摩辛度过了那段最危险的童年孤立期。

除了声响，气味也很危险。

对此，摩辛也找到了一个办法。

黑森林里只有一种树，树身呈椭圆形，十分粗壮。树枝常年半枯，枝条上只有稀疏的心形叶片，又厚又硬。边缘是锯齿状，很锋利，能割伤皮肉。汁液很苦，还有一股臭味。

摩辛把那叶子切成小块，放进嘴里，忍着苦臭，嚼烂后涂抹到身上，让自己的体味躲进这苦臭的气味中。

嚼这树叶，他还有一个意外发现：嚼过之后，人格外精神，不容易犯困。

而犯困，是黑森林生存的第三大危险。

摩辛时常嚼这树叶，即便睡得再沉，一旦有危险，立即便能警醒。

当然，即便有这三重防护，他依然太弱小，随时都会变成食物。无时无刻的危险和恐惧，让他无比渴望能找到一片安宁之地。

但黑森林里有安宁的地方吗？

他从来不敢心存任何幻想和期望，却没想到，有一天竟偶然走到了黑森林的边界。

第一次看到没有树的空地，他顿时惊住，吓得不敢再向前走半步。惊望了很久，他才渐渐习惯眼前这没有树影遮掩的空阔黑暗，一步步小心试探着向前移动。

走了一段，地面竟渐渐升高，而且开始出现坚硬的石头。他没有防备，脚尖磕到一块岩石的尖角，若不是本能抑制住，他疼得几乎叫出来。

这一磕，让他对这没有树木的地方顿时丧失了好感。但这里十分安静，没有人或兽的踪影，这又让他忍不住好奇，仔细辨认着地面，小心避开石头，继续前行。

地面越来越陡，雾却渐渐散去，视线清晰了一些。这时他才隐约辨认出，眼前是一块块巨大的岩石，它们不断向高处堆叠。摩辛不喜欢这地方，却忍不住好奇，想知道它究竟能高到哪里，便又继续向上登，一直登到了顶。

顶上耸立着一块孤高陡峭的岩石，岩石下，有个少年，蹲在一具夜兽骨架旁。

那骨架显然是新鲜的，散发出浓郁的血肉气息，摩辛顿时感到饿了。而那个少年，比自己瘦弱，黑森林里很难遇见这样的猎物。

摩辛本来要立即进击，却猛然发现，附近竟然还有个人类的身影，是个少女。他又惊又怕，不知道那个少女是什么时候出现的，自己竟然丝毫没有察觉。

他不愿冒险，却又不愿舍弃猎物，便定定地站在那里。

那个瘦弱少年本来吓得一动不敢动，这时居然开始割那骨架，从脊椎中抽出一根骨髓，慢慢吃掉后，才退到那块巨牙一样的岩石边，一点点向上挪动。

从那少年的目光和身影里，摩辛看到了一种得意。

这是他第一次看到这种神色。黑森林里所有的人类都时刻活在危险和恐惧中，神态几乎始终都是相同的警惕和紧张。而那个少年却像是摆脱了恐惧，飞到了半空中，并且向他俯视过来，似乎在嘲笑他。

摩辛随之第一次感到了羞辱，这让他心脏抽搐，极其难受，但他却只能眼睁睁看着。

而附近那个少女，虽然更瘦小，却静得像一棵树，始终一动不动，显然也在等待时机。

摩辛极度厌恶这种境况，只得转身离开。

他十分沮丧，走了很久，等四周没有危险时，坐到了一块岩石上休息。

四周一片寂静，黑暗中隐隐能望见黑森林无边的暗影。

这空旷的寂静，似乎有一种无形的压迫，把他挤出这幽暗世界，让他变得无比渺小、轻微，像一根毛发，落进无边虚空中。

他呆坐在那里，浑身发冷，忽然感到一阵孤寂和哀伤，眼里不知不觉涌出泪来……

4．家

那个少女名叫萨萨。

"萨萨"是飘荡的风，妈妈给她起这个名字，是希望她能像风一样，远离所有危险，自由自在地活着。

最早，萨萨和妈妈、姐姐、妹妹一起生活。黑森林里的人类从不结群，她们母女四个在一起，没有哪个人类敢来侵扰。除了夜兽群，她们谁都不怕。

黑森林里那唯一的树种名叫"塔奇"，意为"生命的栖所"。但黑森林里并没有任何地方安全，也没有谁能拥有固定的栖所。

她们却有一个家。

那是在一棵塔奇树上，妈妈带着她们用枝条编了一个密实的棚子，外面涂了厚厚的干泥，只留一扇小门，随时关紧。这是黑森林里最安全温暖的地方，她们一起出去猎食，一起在棚子里休息。轮流睡觉，轮流看守。

萨萨幼年时很少感到不安，相反，她时常都在笑，有时还能低声唱歌。

可是有一天，妈妈和妹妹睡觉，轮到她和姐姐看守。她有些困，不知不觉竟睡了过去。等醒来时，却不见了姐姐，门从外面闩上了。

她忙叫醒妈妈，妈妈先还没有慌，等了很久，都不见姐姐回来，妈妈才撞开了门，叮嘱她和妹妹留在家里，匆忙出去，从外面闩紧了门，独自去寻姐姐。

她和妹妹不知道等了多久，妈妈和姐姐始终没有回来。储存的食物全都吃光后，她不得不用骨刀割开闩门的皮绳，出去寻食。妹妹还小，她便把妹妹留在家里，也从外面闩紧了门。

可是，她从来没有单独寻过食，寻了很久，不但没有寻到食物，反而险些被一个成年男人捉住。幸而妈妈很早就教会她使用绳钩，一根皮绳上拴了一根木钩，甩出去钩住枝杈，可以在树枝间远距离飞荡。靠着这绳钩，她才侥幸逃脱。

惊慌之余，她迷失了方向，在黑暗中四处找寻了很久，才终于找到家。

然而，门开着，里面没有声息，只有浓浓的血气。

她强忍惧怕，小心走了进去——妹妹不见了，只有一摊血污和一堆骨头。

她吓得身子不住地抖，却不敢哭，赶紧逃了出去，却不知道能去哪里，只知道不能停留。

她在幽暗寂静的树枝间茫然乱走，穿行了一阵，猛然看到附近有黑影逼近，不止一个。她忙从腰间解下绳钩，甩向附近的一棵树，却因太慌张，连甩了几次，都没能钩住。

最近的那个黑影猛地扑了过来，她惊得几乎尖叫出来，忙跳躲到旁边的一根枝杈上，又用力一甩，终于钩住了。她飞快地荡了过去，不等站稳，又立即再甩，连荡了几棵树，才躲到了一个枝杈的暗影里，缩成一团，不敢发出任何响动，浑身却剧烈颤抖不止，泪水也不停涌出。

那一刻，她才意识到，家没有了，亲人没有了，从此只能独自活下去。

伤心和惧怕还没散去，饥饿已经开始威逼，她已经很久没有吃东西了。

她小心溜下了树，照着妈妈的方法，找了根枯枝。右手握紧骨刀，左手用枯枝不停地往泥土里戳打。戳打了很久，终于感到枯枝似乎被拽了一下，随即看到一条黑影从泥土里钻出，缠上了枯枝——地蚓。

地蚓生活在泥土里，身体粗长滑腻，感到地面有活物时，便会钻出来捕食，用力缠住猎物，令其窒息。

往常猎食时，妈妈用枯枝引出地蚓后，会立即抓紧地蚓的脖颈，姐姐飞快挥刀，砍断地蚓的头。

现在只剩萨萨一个人，她慌怕之极，饥饿逼着她丢开枯枝，抓向地蚓的脖颈。然而，她的手太小，根本抓不紧。那条地蚓一滑，缠向她的手臂。

她慌忙挥刀砍了过去，但力气太小，地蚓又不住地盘绕，虽然几次砍中，却都不是同一个部位，伤得也不重。地蚓已经沿着她的左臂，缠向她的脖颈，迅速绕了一圈，并紧紧勒住。

她喘不过气，脖颈也没法转动，只能用左手扳住地蚓的身子，右手一刀砍下去，并在那破口处不停来回割锯。

几乎要断气时，她才终于割断。脖颈一松，忍不住要咳嗽。她立即想起，不能发出任何声响，忙捂住了嘴，尽力憋住。

等咳嗽终于止住，她一把扯下脖颈上那半截地蚓，张嘴就吞食起来。

那截地蚓比她手臂还长，她却吃得一点不剩，连最不爱吃的地蚓头，也吞了下去……

5．老人

泽恩握着长矛，忍着腿伤，又溜下了黑牙石。

确定四周没有危险后，他才去寻剩余的夜兽骨架，一共有四具。

他先用骨刀割解了一具，抽出骨髓吞了下去。略止住饥饿后，又去割剩下的，把骨髓都收在腰间的空皮袋里。他得在黑牙石上养伤，这些骨髓是仅有的食物。

割到最后一具时，他的双脚忽然一绊，人顿时栽倒，骨刀脱手飞落。

随即，有东西缠上双腿，冰凉滑腻，是地蚓！

山下泥土里才有地蚓，这里尽是石块，它是怎么钻出来的？

等他意识到，想去挣脱，地蚓已经盘绕到他上身，把他的双腿双臂全都紧紧缠住，只有左手露在外面。他本能一抓，抓到一样东西，一块骨节，边缘尖锐，是个武器。

地蚓越缠越紧，泽恩费力扭转手腕，正要去割，眼角忽然扫到一个黑影，向他慢慢逼近，又一个人类。

他根本无暇多想，只能握紧那块骨节，在地蚓身上连戳带割，划破了一道口子，黏滑汁液涌了出来。地蚓随之一颤，反倒缠得更紧了。

泽恩忙又接连用力，在那道伤口处急急割砍。地蚓吃痛后，身子才猛然一松。泽恩忙趁机挣出右手，迅速摸到身侧的长矛，一把攥住矛头，迅速掉转，用力割向地蚓的腹部。连割了十几下，终于将它割断。

地蚓的下半截顿时松开，上半截却仍活着，并猛地发力，紧勒住他的脖颈。泽恩几乎断气，忙用矛尖狠狠戳刺，汁液飞溅，地蚓的上半截终于又松弛下来。

泽恩睁开眼，大口喘息，却一眼看到那个黑影又逼近了几步。他忙甩开腿上的半截地蚓，用力一蹬，站了起来。双臂仍被缠住，双手勉强能动。他掉转长矛，两手握紧，将矛头指向那黑影。

这时他才隐约辨认出，那身影十分干瘦，有些佝偻，是个老人。

极少有人类能活到老年，泽恩活到现在，只见过一个，也远没有这个身影老。

那个老人见他站起身，立即停住了脚。

泽恩忙趁机腾出左手，费力伸臂，想去扯落缠在脖颈上的地蚓。那老人看到，立即抬脚逼近，举起长矛向他胸口刺来。泽恩急退几步，躲开长矛，慌忙扯下那半截地蚓，用力甩了过去。随即握紧长矛，对准了老人。

地蚓飞落，挂到了老人长矛上，老人又停住了脚。

这时，泽恩才隐约辨出老人的面容：头发稀疏，颧骨高耸，眼窝、脸颊深陷，目光无比幽暗。

一阵恐惧涌起，泽恩不由得挥刺长矛，连声怒喊，一声比一声尖厉。

老人那幽暗的目光一颤，现出些犹疑，缓缓收回长矛，伸出一只嶙峋的手，抓住那半截地蚓。随后，慢慢向后退去，渐渐隐没于黑暗之中……

6．泥土

摩辛很羡慕地蚓。

地蚓活在泥土深处，彻底的漆黑，不需要眼睛，没有看和被看。只要不钻出地面，就能躲开所有危险，独享宁静和安全。

不过，身边那唯一安全的活物还活着的时候，他们一直在树上生活，从来没有下过树，人肉是他们唯一的食物。所以，摩辛一直不知道这世界上有地蚓。

身边那唯一安全的活物死后，他被一个壮年人类追猎，不小心掉到了地上。

幼年时，摩辛从树上望向地面，只看到一片漆黑，一直以为下面也像树顶上空一样，只有无尽空洞的黑暗。没想到地面竟然这么平实，而且泥土有些潮软，摔下去后并没有多疼。

他不敢动，静静趴着，等树上那个壮年人类离开后，才小心爬了起来。第一次赤脚踩在泥土上，他感到从未有过的舒服和踏实。

生长在黑森林，他心里始终只有不安和恐惧。这脚底的泥土却忽然让他涌起另一种情绪：亲切和安心。

只有幼年时，在那唯一安全活物的身边，他才偶尔感受过这种情绪。但那唯一安全的活物却十分厌恶这种情绪，只要他略微显出放松，便会立即低声警吓："摩辛！"

因此，摩辛早已把这种情绪视作危险和可怕的，不敢再去寻求，甚至已经遗忘。这时，这种情绪重新出现，让他既陌生又震惊，同时又十分沉醉。而泥土，不会出声，更没有警吓，以沉默的耐心，接纳他全部的情绪。

他小心迈开脚，在泥土上试着慢慢行走。比起在树上，他的脚步轻松了很多，不需要攀扶，不用随时掌握平衡，更没有树枝的遮挡。虽然地上落有一些枯叶、枯枝，却都已经潮湿，不会硌脚，踩上去也几乎没有声音。

他正一步一步享受着这无比的踏实，左脚忽然一凉，有东西爬上脚面，并迅速滑向脚腕，缠住他的小腿，几乎把他绊倒。

他惊骇之极，拼命甩腿，却根本甩不开，那东西反倒盘绕着缠向他的大腿。本能让他飞快地抽出骨刀，拼命砍向那东西，连砍了几刀，那东西身上被砍出了几道伤口，黏滑的汁液喷溅到他的手上，散发出浓郁的土腥味。那东西却仍然继续盘绕，缠到他的上身。

他感到胸口窒闷，摔倒在地上，巨大的恐惧激发出求生的灵感，他拼命扭转身子，挥刀向左脚底砍去，不知道连砍了多少刀，终于砍断了那东西，连自己的脚也被砍伤。

那东西却并没有死，仍在继续向上盘绕，缠住了他的脖颈。

他丢掉骨刀，双手一把抓住那东西的头，张嘴就咬，一口咬下一小块，似乎是皮肉带着软骨，汁液喷了他一脸。

那东西猛地一颤，缠得越发紧了。

他便继续咬，直到将那头部几乎全都咬烂，那东西才忽然一松。他也几乎瘫倒，却不敢松懈，又连咬了十几口，感到那东西的身体真的松软下来，不再动弹，他才急急将它从身上扯了下来，用力甩到了一边。

他坐倒在泥土上，大口喘息了一阵，感到嘴里充满一种古怪的滋味，有些腥，有些苦，却很醒神诱人，以前从未尝过。

本能告诉他，这也是一种食物。

他忙爬起来，走过去，在黑暗中找见那一长条滑腻的躯体，抓起来，试着咬了一小口，这回没有了软骨，皮肉很嫩滑，充满了汁液，比人肉好嚼好咽得多。吞下去后，肠胃感到一种从未有过的畅爽。

他不由得大口咬食起来，直到肚子饱胀之极，才不得不停下。而那一长条，才只吃了一小截。

他无比畅足，不由得大大打了个饱嗝儿，在寂静中显得极响。

有记忆以来，他第一次发出这么大的声响，他忙捂住嘴，惊望向四周。幽暗中只见一重重树影包围着自己，似乎没有引来危险。他却仍然十分害怕，忙找回丢在地上的骨刀，想回到树上。

然而，树身光滑，又鼓成弧面，无处着力，根本爬不上去。

他越发惶恐，急急寻了一圈，才终于找见一根垂得很低的枝干，忙跳起来攀住，费力爬上了树枝，躲到一个树杈间的暗影里，才略略安心。

不过，嘴里残余的滋味，又让他后悔没有把吃剩的那一大截带上来。

7. 美

第一次独自捕食成功，萨萨却不敢高兴。

这种时刻往往最危险，黑暗中不知道有多少猎食者在窥视。

她从地上拽起剩余的半条地蚓，飞快割下一段，却发觉皮袋不在身上，只能塞进兽皮衣的前襟，慌忙甩动绳钩，飞荡到树上，却不知道能躲到哪里，黑森林里没有任何地方是安全的。

她想到了家，泪水顿时要涌出，她忙强行止住。泪水太危险，会模糊视线。

她尽力辨认方向，不断躲避危险，在树枝间小心穿行了许久，终于听到了水流声。那是黑森林中间的一条溪水，找到溪水就能找到家。

她沿着溪水，来到一片水湾，湾边有一棵高大的塔奇树，她的家就在树上。昏黑中，她一眼辨认出枝杈间的那个小棚子，眼泪又要涌出，她再次强行忍住，攀着树枝，慢慢走了过去。

家门敞开着，里面黑洞洞的，一片寂静。她犹豫了很久，才小心走了进去。扑面一股潮霉臭气，妹妹的骨头仍散落在地板上，几团小黑影躲窜到角落的黑暗中，是树鼠。

她浑身发冷，不敢停留，避开妹妹的骨头，从壁上取下妈妈给她缝制的皮袋，忙转身逃出门，跳下树，却感到很累，再走不动，便坐到了溪水边，浑身一直抖个不停。

起雾了，四周越发昏黑，溪水隐没于一片黑茫茫之中，再分辨不出。只听得到它缓缓流淌的声音，却不再熟悉亲切，而是变得冷漠无情，像是在说：一切爱和美好，终将消失。

萨萨静静听着，心也渐渐变冷，泪水不知不觉流下来，她却不再去忍，任它像溪水一样自涌自流。

她不由得想起妈妈常说的那句话："要活得美美的。"

妈妈一直觉得，活得美，才算活。

她常带着她们姐妹一起到这溪水里，洗头发，洗身体，还给她们编各种各样的辫子。

树上那个家，也始终清理得干干净净，所有物件都必须摆放整齐。进食时，食物也总是要切成方方正正的丁块，一样一样摆在塔奇叶上，才能吃。

她们穿的兽皮衣，都是妈妈用骨刀裁切，又用骨针缝制的，边缘还要缀上花边。不但合体，样式也都不一样。姐姐的是斜领半袖，最精干；妹妹的是长袖小圆领，最保暖；萨萨的则是对襟半长袖，最漂亮。

妈妈还收集一些细骨头，磨成一颗颗小珠子，串成链子，戴在脖子上，拴在辫子上。

她经常感叹："要是有光亮该多好？听我妈妈说，从前有光亮的时候，世界上有各种各样的颜色，你们可以穿各种颜色的衣服，脸上可以化各种颜色的妆，那才真的美呀……"

然而现在，妈妈给她编的十几根细辫已经散乱，辫梢拴的那些小珠子也已掉落。头发被汗水尘土黏结，再理不开。身上这件对襟兽皮衣，也有几处挂破。妈妈若看到她现在这个样子，一定会难过得哭出来。

但这才是世界本来的面目吧，它从来没有美过，也不允许任何人美。

8．武器

泽恩最不爱吃地蚓肉。

那不是肉，是稠滑的黏液，更有浓重的土腥味。

世界上这几样食物里，最好吃的还是人肉。但自从妈妈死后，泽恩再没有机会吃到人肉。不被人吃，已经是极大的幸运。

不过，地蚓再难吃，毕竟是食物。而且，地蚓的汁液还是疗伤的好药。他将那汁液敷在伤口上，靠着半条地蚓和三根骨髓，一直在黑牙石上养伤。

其间黑牙石下虽然来过几次夜兽和人，泽恩抹了些地蚓汁液在石壁上，很滑，没有谁能爬上来。

上来之前，他还捡了一块石头、一根夜兽腿骨、几根肋骨、十几个脊椎骨节。

腿骨里也有骨髓，他用石头砸开一端，把骨髓吸干净，然后把地蚓黏液灌到夜兽腿骨管儿里，用一小块兽皮塞住管口，放在皮袋里备用。那几根肋骨，他磨成几把骨刀，分别拴在手臂、小腿和腰间。虽然没有妈妈那把磨得那么精细，却也足够锋利。

至于那些骨节，他一个个仔细打磨，磨掉多余的部分，只留一个骨环连着一根骨片。又把骨片边缘磨锋利，用皮绳串成四串，分别在手腕、脚腕上绑牢。这样，他就有了四件丢不掉的武器。

看着自己制成的这套装备，他十分得意。

妈妈常说："整个黑森林都是敌人，你只有你自己。"

幼年时，他刚学会攀爬，妈妈就开始教他各种生存技能。但直到此刻，他才真正觉得，自己成了自己，有了自己的力量，敢独自面对这个世界了。

这些武器制作好后，最后一截地蚓肉也吃完了，伤势也大致好了，该下去了。

他手摸着岩石，环视黑牙石顶，忽然有些舍不得。这恐怕是这个黑暗世界唯一的一小片安全之地，也是妈妈离开后，他度过唯一一段安宁时光的地方。

但他不得不离开，不能等到饿了才动身。

又一次雾起时，他趁黑下山，走进了黑森林。

黑森林还是那样幽暗、阴冷、死寂，几步之外，便看不清任何东西。恐惧和不安再次从心底升起，泽恩一直都不喜欢这里，却又不得不小心地走了进去。

他也不喜欢在地上行走，哪怕没有夜兽，地蚓也会随时钻出。他躲到一棵塔奇树边，环伺一阵，觉得安全后，把长矛别在腰后，从皮袋里取出一根皮绳，绳子一端拴了块小石头。他荡起绳子，甩向头顶的树枝，石头在枝干上飞绕了几圈。他拽了拽，随即蹬着树身，爬到了树上。

他俯身摸到石头，刚要解开皮绳，忽然感到树枝微微一颤，随即感到后背有利物刺来。他忙纵身一跃，跳到前面隐约辨得出的一根枝干上。不等站稳，又继续前跃，连跳带攀，逃到另一棵树上，这才回头去看。

黑暗中，什么都看不见，也什么都听不见，但至少没有人追来。

他尽力抑制住喘息，不住地环伺四周。

忽然，下面传来轻微声响。随即，脚腕被一只人手抓住。他忙用力一踢，那只手顿时松开，似乎是被他脚腕上拴的那串骨刀割伤。他纵身一跳，攀住头顶的树枝，又接连几跃，远远逃开。虽然他尽力让动作轻一些，但由于惊慌，一路都在发出响动，不知道会引来多少人和兽。

必须尽快停住！

但自己已经暴露，没有任何安全的地方可停。

他瞅准眼前一棵塔奇树树杈的暗影，轻轻跳了过去，随即从旁边的树枝上掰下一片树叶，抛向旁边。树叶接连碰到树枝，发出一串声响，随后落到了地上。四周顿时静了下来。

泽恩丝毫不敢动，时刻警惕着周围。

寂静了很久之后，不远处忽然传来一阵响动，不知道是谁被发觉，遭到了袭击，引发一连串剧烈的声响：一个女人的惨叫声、一个幼童的哭声、一阵嘶喊搏斗声、树枝断裂声、一个成年男人的惨叫声、又一个成年男人的惨叫声……响声不断接续，渐渐远去。

泽恩才要松口气，那串声音却又绕了回来。忽然传来夜兽的嘶吼声、奔跑声。随即，黑暗中闪现幽绿目光，一大群夜兽聚了过来。

不远处，忽然响起一个成年男子的惨叫声，并伴随重重的坠地声。那群夜兽顿时围扑过去，随后便是嘶吼声、咬斗声、翻滚声……剧烈夺食之战后，声响慢慢减弱，只剩啃食声、咀嚼声、吞咽声……

等那些夜兽吃饱，纷纷散去，黑森林才又渐渐回归寂静。

泽恩仍屏住呼吸不敢动，却听见自己的心咚咚直跳……

9. 石斧

摩辛忍不住又跳落到了地上。

地蚓吸引他，泥土更让他着迷。

他厌恶空间，只要有空间，就藏着危险。而脚下的泥土，把空间全部填满，填出一种真正的黑暗，无比充实。他甚至想挖一个洞钻下去，但随即想到，泥土里有地蚓，自己不是它们的同类。

他不由得怨愤：为什么我是人类，而不是地蚓？

但他迅即丢开了这些念头，想要活下去，就不能分心。

他在泥土上一步一步慢慢走着，没走多久，脚底一硌，不知踩到了什么，引起了一声脆响。他忙停住脚，先环伺四周，见没有危险，才低头去看，是一堆骨头，人的骨架。

他小心抬脚，正要绕开，却一眼看到骨架旁有个东西。他伸手抓了起来，是把木柄石斧，很沉，挥起来有些吃力。

幼年时，他曾见过一个壮年男人拿着这样一把石斧攻击他们，极有威力。

他犹豫起来，轻快和威力都很重要，该选哪一个？

反复掂量后，他终还是舍不得丢掉，便把那石斧插在了腰间。

再走起来，果然有些碍事。他又犹豫起来，不由得停住脚，正在思想，左脚忽然一凉，又是地蚓。

在树上时，他已反复想好了应对的办法：迅即将两脚分开，用力站稳。地蚓便没法再将他绊倒，只沿着左脚腕，向左腿盘绕。他双手握矛，对准脚边地蚓的身体狠狠戳下去。

戳中了！

地蚓被矛尖钉在了地上，它的上半截身体猛地一颤，随即松开。摩辛忙抽出那把石斧，朝矛尖旁边地蚓的身体用力一刹，黏液喷出，地蚓被砍断。

他看了一眼手里的石斧，的确很有威力，但它已经让自己犹豫了两次。在黑森林里，任何犹豫都可能是一场致命危险。不但这石斧再不能要，以后任何引起犹豫的东西都必须避开。

附近的树上忽然传来一声轻响，摩辛忙丢掉那把石斧，抓起半截地蚓，拔出长矛，迅速离开了那里。

他尽量放轻脚步，走到一片安静的地方，确认周围没有危险后，才停了下来，背靠着一棵粗树，在暗影里坐下来休息，抓起那半条地蚓，一口一口慢慢吃起来。

这回细尝，他越发喜欢地蚓：不用费力，便能咬下一大块；肉质稀软，不需要咀嚼，只要小心吞咽，就不会发出声响；它只散出一股土腥气，不像人肉或兽肉，有掩不住的血气，极易招来危险。

他越吃越着迷，几乎吃掉了一小半，肚子从没这么饱胀过，险些又打出一个响嗝儿。他忙警告自己，以后绝不许这么贪吃。

要活下去，就不能有任何贪心、任何犹豫。

不过，他仍然很感激地蚓，这是他第一次生出这种情绪，第一次觉得这个世界除了无尽的残酷，终于有了一点好。

此后，他也越来越熟练于捕杀地蚓，一矛戳下，一刀砍断，比杀人容易得多。

更重要的是，地蚓层出不穷，他也不用担心挨饿了。

10. 逃

萨萨只能不断逃。

她太弱小，几乎没有攻击力。她没办法像妈妈希望的那样，像风一样自由，却必须像风一样轻快，才能活下去。

妈妈在时，她几乎什么都不用担心，对危险没能养成敏锐的感应。很多次，等她发觉时，威胁已经近在身旁。幸而她天生行动轻捷，一次次靠着侥幸得以逃脱。

死亡是生存最好的训练。

几次濒死的惊吓后，她不得不学会时刻警觉。眼睛、耳朵、鼻子、身体随之渐渐醒来，她慢慢能分辨出各种声响、气味和暗影的细微差异。在树枝间穿行时，也越来越轻快。

她的绳钩技艺进步最快，尤其是视力提高后，幽暗中十几步外的树枝也能辨认清楚。轻轻一甩，就能钩稳。双脚一蹬，便能远远荡开。

只是，树叶和细枝极难避开，一旦触到，便会发出声响。

她脖子上还戴着妈妈给她串的骨链，摸着那些骨珠，她想出一个主意：去捡寻了一些碎石子、碎骨头，装在小皮袋里，拴在腰边。如果不慎发出声响，立即摸出几颗，瞄准旁边的枝叶，一颗颗丢过去，造出一串声响，将危险引开。

最难的是睡觉。

没有了那个家和妈妈的看护，她再没有安心睡过一次，随时都会惊醒。

有一次，她困到了极点，根本睁不开眼睛，实在无力挣扎。心想，就安心睡吧。能在睡梦中死掉，也是一种幸福。于是，她坐到一个树杈上，靠着树身，睡了过去。

不知睡了多久，腿上一阵刺痛惊醒了她。

她低头一看，一只树鼠趴在她腿上，正在啃咬。旁边还有几只，正在往她脚上爬。而附近的几根枝杈上，许多团小黑影正在聚集过来。

萨萨尖叫了一声，一把拍落腿上那只树鼠，抖掉脚上的几只。掏出绳钩，甩挂住旁边一根树枝，急忙荡了过去。连荡了几棵树，才敢停下来。

从那以后，她再不敢睡着，只能无休无止地警觉和逃亡。

至于食物，她只能捕地蚓吃。她已经记不起其他食物的滋味，只知道，所有食物里，地蚓最难吃。

可即便是地蚓，也不是想吃便有。

有一次，她饿极了才溜下树，又用树枝戳打地面。戳了很久，地蚓终于从土里钻了出来。她刚要挥刀去砍，脚底忽然一动，另一条地蚓钻出来，缠住了她的右脚腕。而第一条地蚓已经沿着树枝盘旋而上，缠住了她的左手腕。

她顿时慌起来，右手忙举刀急砍。连砍了几刀，都没能重伤那条地蚓。第二条却已经爬上她的右腿，向腹部盘绕。她只得丢下第一条，弯腰去砍第二条，连砍几刀，那条地蚓身子一颤，暂缓了一些。

这时，第一条已经盘绕到她的左肩，她忙抬起右脚，将第二条地蚓的身子死死踩住，转身回头，挥刀去砍第一条。

这回她镇定了一些，对准缠在树枝上的地蚓，只在一处连连割锯，终于将它割断。她又急忙去砍第二条，连砍了十几刀，才把它砍成两截。

她几乎虚脱，双腿一软，坐倒在地上，一边急喘，一边抓过左边那半截地蚓，大口吞食起来。

她忽然发觉，地蚓变得极其可口。

11. 幸存

泽恩随时在饥饿，随时在困乏，随时在恐惧。

每到一处，他都要首先寻好退路。而且，一条不够，上下左右前后，都得有。只要稍有异动，必须立即逃走。再困，浑身都不敢松懈。尤其是皮肤，当皮肤感到危险，敌人已经贴近身体了。

先保住命，才能去寻食，却没有哪个食物能被轻松得到。

他还太瘦弱，几乎遇不到比自己更弱的对手。大多时候，只能去捡吃剩的残骸。哪怕残骸，也随时有对手来夺。

力量不够，只能尽量求快。

发现食物，能带走，迅速带走。带不走，也要迅速吃掉。吃的时候，尽量减少咀嚼，能吞就全都吞下。

遇到人或兽，逃不开时，也尽量避免硬拼，尽快寻找出对方的弱点，用最快的速度进攻。而且只能进攻一次，能击中最好，如果击不中，趁敌方略微闪避，抓住空隙，迅速逃开，一刻都不能延误。

然而，绝大多数对手都比他强，更比他老练。自己的退路时常被对方算准。许多时候，他对准对方弱点迅速一击，要逃开时，对方已经抢先拦住。若不是极其侥幸，他早已死了很多次。

每一次脱险，都是一场奇迹。他却没有余力去后怕或庆幸，一场危险才过，另一场旋即袭来……

有一次，他很久都没找到食物，反而接连遇到攻击。最后，又被一群夜兽尾追。他甩出绳石，荡上一棵塔奇树，远远逃开，直到四周终于安静下来，才敢停下来，躲在树杈的暗影里，又饿又乏，几乎没了一丝力气。

这时，眼前现出一个黑影，高大健壮，是个成年男人。

泽恩却累得连恐惧的力气都已经丧失，只能微睁着眼，看着那个男人一步步逼近，用凶狠的目光盯住自己，举起了手中的长矛。

看着那矛尖向自己刺来时，泽恩忽然生出一种解脱的渴望，不由得闭上了眼，胸口甚至微微一挺，迎向了矛尖。

矛尖刺进左胸，痛楚顿时从伤口向全身弥散，竟有一种从未有过的快感，他感到浑身战栗，猛地笑了出来。

笑声惊得那个男人手一颤，停顿下来。

泽恩心里一亮，忽然看到了一线从未有过的生机，他的身体里顿时涌出一股力量，双手迅即握住绑在腿侧的骨刀。

又一阵剧痛，那男人抽回了长矛。

泽恩强忍住痛，微闭上眼，尽力屏息不动。

那男人俯下身，凑过来查看。泽恩迅疾出手，左右两把骨刀在男人颈部交叉划过，血立刻喷射而出。泽恩忙张大嘴，连灌了两口，顿时有了力量。

那男人则晃了晃，栽倒在树枝间。

泽恩急忙爬起来，在那男人腿上飞快地割下两大块肉，塞进皮袋里。又急急割下一块，用嘴叼住。随即抽出绳石，甩向旁边的一棵树，飞速荡了过去。身后传来各种响动，血气引来了很多人。

他不敢停留，在树枝间不停荡跃，远远逃离了那里……

12. 惊骇

摩辛很快就遇到地上最大的危险：夜兽。

第一次远远听到夜兽的嘶叫声和奔跑声时，他惊得几乎全身凝固，一动不动站在原地。直到那声响快要逼近时，他才惊醒过来。

除了逃上树，没有任何其他逃生的可能。然而，他太矮，接连跳起来，都始终触不到头顶的树枝。

夜兽群越奔越近，他慌得心几乎裂开，绕着那棵塔奇树，急急抬头找寻，终于找见一根低垂的树枝，忙跳起来，攀了上去。

这时，夜兽群已经奔到了树下，幽绿的目光纷乱闪动，嘶叫声几乎震破耳膜。一头夜兽纵身跃起，向他扑咬过来，利爪划破了他的小腿。

摩辛从来没有这么惊骇过，头皮一阵发麻，忍不住惊叫了一声，全然忘记一切，攀着树枝，拼命向上逃。一直爬到树顶，他才抱紧树干，紧闭双眼，浑身剧烈颤抖，牙齿不住打战，喉咙里发出无法抑制的怪异声音。

那群夜兽离开很久后，他才渐渐缓和下来，抱紧树干的双臂却已经僵住，他费了很大力气，才终于从树上松开。

那之后，他再不敢到地上去了。

然而，树上的危险并不亚于地上，树上除了人类，还有树鼠。

树鼠的身体只有小小一团，常躲在树叶背后、枝杈凹处，极难被发觉。趁人睡着时，它们才会小心出动，并且知道避开人身上皮肤裸露处，只沿着人穿的兽皮、绑的皮绳爬。

它们平常各自分散，并不聚在一起。然而，只要有一只上身，哪怕只轻咬一口，其他树鼠立即能感应到，迅速从各处聚集过来。转眼，便是数百只，爬满全身，很快便会把身体啃得只剩光骨架。

黑森林的幽暗树枝间，这小小的兽类才是最强者。

对于树鼠，摩辛根本没有其他办法。一旦发觉一只，只能立即甩掉，并迅速逃开。

然而，有一回，摩辛由于太累，不由得睡着了。手背一痛，他忙睁开眼，见一只树鼠爬到他手背上。而四周树枝间，到处传来簌簌声，无数树鼠已经纷纷奔来。

他忙甩掉手背上那只，没等爬起身，十几只树鼠已经沿着他两腿两臂爬上了身。他慌忙抖动身体，树鼠的脚趾钩牢在兽皮上，根本甩不掉。他只能用力一蹬脚底的树枝，把奔聚过来的其他树鼠震落了许多。随后纵身一跳，攀住前面的树枝，连连飞荡，逃离了那里。

身上不知已被咬了多少口，他却不敢停下来，一边拍打，一边继续逃。不知道逃了多远，才终于拍打完。只剩最后一只，连拍几次都拍不掉，竟躲到了他后背上。摩辛将后背朝树身狠狠撞去。那只树鼠却左闪右躲，始终压不到。

摩辛已经逃不动，怕这一只又招来其他的树鼠，低头看下面宁静无声，一咬牙，跳下了树，躺倒在地上，不住翻滚。

那只树鼠窜到他的腹部，他一把抓住，重重摔向旁边的树身，啪的一声，树鼠掉落在地上，终于不动了。

摩辛愤恨之极，抓起那只树鼠，塞进嘴里，狠咬起来……

13. 群

萨萨最怕夜兽。

可是，每当听到夜兽的嘶叫声，她又舍不得逃走，常躲在树杈间偷看。

她是为了看夜兽的眼睛，那点点幽绿，是这个黑暗世界中唯一的色彩。美得让她心颤，也让她怕得心颤。两种战栗混杂在一起，让她既享受又难受，既爱又憎。

为什么世界这么矛盾，自己也这么矛盾？

就像夜兽，那么凶残，却竟然能结成群。

萨萨曾经问过妈妈：人类为什么不结成群？

妈妈说：人类其实曾经结过群，而且是世界上最强大的群落，战胜了所有的动物。然而，没有了敌手，人类便开始互相猜疑，越来越不信任同类。到最后，谁都不再相信谁。人们互相残杀，心越来越冰冷黑暗。据说，光亮就是从那个时候渐渐暗淡，并最终从这个世界上消失的……

萨萨当时听了很惋惜，后来突然落入孤单无助中时，更渴望能有人在自己身边。然而，当她渐渐能在这黑森林里独自生存后，这渴望便很快消散。

　　她无法想象，除了亲人，互为猎物的人类，如何能克制相互敌视和对血肉的饥渴，彼此信任，走到一起？

　　就算走到一起，也必定像夜兽，聚成群只为一起猎食。猎到食物，却都只想独食。彼此之间，必定要争食，必定要互相撕咬。

　　在饥渴中，人类和兽类并没有分别。

　　食物是异类还是同类，也没有分别。

　　在这黑森林里，人只能凭自己的力量，独自面对所有命运。

　　然而，当她习惯了独自生存后，却遇到了一个奇怪的同类。

　　当时她正在猎食，捕到一条地蚓后，掏出绳钩，正准备上树，脚腕忽然被另一条地蚓缠住，她顿时被绊倒。她忙拔刀去砍，却听到一阵嘶叫声。随即，一群夜兽奔了过来。

　　萨萨惊得手一抖，刀掉到了地上。等她慌忙抓起来时，第一头夜兽已经奔到近前，向她扑来。她忙拼命抬高腿，将那条地蚓挑了起来，用力甩向夜兽。夜兽一口咬中地蚓，吞食起来，地蚓顷刻间便被咬断。

　　萨萨慌忙爬起来，正要逃，第二头夜兽随即扑来。她从没这么近地看过夜兽的绿眼和利牙，恐惧像利刀一般刺进心里，让她失去一切神志，她只凭本能拼力甩腿，将缠在腿上的小半截地蚓甩到夜兽的嘴前。夜兽一嘴叼住，又狂嚼起来。

　　后面的几头夜兽也已经奔到，萨萨忙甩动绳钩，钩住头顶树枝，急速一跳，身子才荡起来，左腿忽然一阵剧痛。她却根本顾不得，飞快上树，又接连荡了几次，远远逃开。等终于能停下来时，才发现左后腿一大块肉被夜兽咬掉了。

在黑森林，受伤几乎等于死。

没有地蚓汁液敷治，血气随时会引来猎食者。她只能用骨刀在树身上刮了一些霉苔木粉，填到伤口上，又割下一块兽皮包住，勉强止住血，躲到了一棵塔奇树粗大的树杈暗影里。

她没有长矛，仅凭骨刀，根本没办法抵御侵袭。绳钩提醒了她，可把骨刀拴到皮绳的另一端，制成一样新武器。

她一手攥绳，一手握刀，忍着腿上剧烈的疼痛，随时警惕着四周。

没过多久，一个黑影出现了，慢慢向她逼近。她忙靠紧树身，费力支起身子，不等那黑影再靠近，将骨刀疾速甩了出去。

一声闷哼，刺中了，是男人的声音。

萨萨怕骨刀被夺去，忙用力一抽，将骨刀收了回来。

那黑影又呻吟了一声，晃了晃，随后，慢慢转过身，退回到了黑暗中。

萨萨一直盯着，等那声响远去，四周归于寂静，才忍痛坐了下来。既后怕，又兴奋，这是她第一次击退成年男人。

然而，才休息了片刻，旁边不远处忽然传来轻微响动。萨萨忙转头望去，几步远的树枝间有个暗影。

不是一个。一高一矮，两个人。

一个成年女人，身侧是个幼女。

萨萨忙扶着树身站起来，攥紧了绳子和骨刀。

那对母女缓缓向她逼近，萨萨隐约辨认出，那女人左眼是个黑洞，没有目光。脸上有一道粗斜的疤痕，从左眉到右颊。

萨萨猛然记起来，自己见过这个女人。

当时妈妈带着她们姐妹猎食回去的途中，遇到过这个独眼女人，躲在一棵塔奇树边，怀里抱着个幼儿。妈妈和这个女人对视了一阵，见她没有出击，便绕开了。

回去后，妈妈还感叹：黑森林里最艰难的是带着儿女的女人。女人们其实应该结成群，互帮互助。但是啊，谁敢相信谁呢？

此刻，换成了萨萨和这个独眼女人对视。想起妈妈的话，她见那女人没有动，自己也就没有动，但手一直握紧绳刀，时刻戒备着。

静立片刻，那个女人忽然一抬手，一团黑影向萨萨飞射过来。她忙侧身避开，那东西啪地落在她脚边，有些黏滑，并散出一股土腥气，是地蚓。

萨萨忙惊望过去，那女人竟转过身，带着幼女消失在黑暗中。

萨萨不敢相信，捡起那团东西一看，真的是一小截地蚓。

她又望向那女人消失处，惊异无比，觉得像掉进了一个怪梦……

14. 幸运

"能活下来，都是幸运。"

泽恩被长矛刺中胸口，却幸运地反杀了那个成年男人。以他的体力，根本不可能成功。他不断回想妈妈说过的这句话，又惊喜，又后怕。

然而，惊喜迅即被疼痛淹没。他胸口伤得很重，血流不止，只有地蚓汁液才能救治，他却根本没有力量去捉。

命运却再次给了他惊喜：在一根树杈间，他幸运地发现附近一根树枝上竟挂着半条地蚓。

不过，虽然有了这半条地蚓，黑森林里却没有能让他安心养伤的地方，随时都会遇到袭击。他只能冒险，带着那半条地蚓，忍着痛，向北穿出黑森林，爬上山，又到黑牙石顶养伤。这一路无比幸运，竟没有遇到任何危险。

一个接一个，一连串几乎不可能的幸运，才让他活了下来。

但如果只能靠幸运才能活下去，该怎么做？只能等待莫测的命运？

他在黑牙石上想了很久，反复回忆自己反杀那个成年男人的情景，渐渐明白：一些幸运是偶然降临的，而另一些幸运却必须去争取，甚至需要用生命去博取。

他也忽然想到，自己被长矛刺中的刹那，心里一亮，猛然间看到了反击的生机。难道这一亮就是妈妈所说的光亮？但它是从心里闪现，并不在头顶上空。

他有些迷惑，心底却生出从未有过的信心和勇气：即便是在最绝望的境地，哪怕在死亡已经降临的时刻，依然还有一线希望可以闪亮，有一点幸运可以去博取。

伤势大致复原后，怀着这信心和勇气，他重新回到了黑森林。

幽暗的生存虽然依旧残酷而艰险，他心中的恐惧却少了很多。再遇到远强过自己的敌人，也不再一味逃躲。

黑森林里，每个活物都时刻活在恐惧之中。遇到对手，也首先去探测对方的惧意。只有确信对方惧怕自己时，才敢进攻。

泽恩心中的恐惧减少后，在树枝间穿行时，黑暗中有不少暗影原本要攻击，见他似乎没有惧意，都现出些犹豫，有的甚至悄悄退去。

泽恩惊喜无比，第一次感到，力量不仅仅来自体格，信心也是一种威慑。

他更想到了一个新办法：摘了些塔奇叶子，削去周边的锯齿，用皮绳穿起来，绑在前胸、后背、手臂和腿上。

这层防护才穿戴不久，他就遇到了一场考验。

他正在树枝间飞荡，一个黑影猛然出现在眼前。他急忙一扭身，跳到了旁边一根粗枝上，抽出两把骨刀，心剧烈跳响。

是个成年男人，慢慢逼了过来。看不清面容，只见头发蓬散，双肩异常宽厚，手臂极其粗壮。手里握着一把骨刀，异常宽大。他逼到近前，猛然举刀，砍了过来，速度极快。

一阵刺痛，泽恩左臂上绑的塔奇叶被砍裂，皮肉被砍伤，好在没有砍到骨头。

泽恩心里再次忽然闪亮，他惨叫一声，蹲下了身子，装作受了重伤。

那男人逼近一步，举刀又要砍来。泽恩猛然大喊一声，惊得那男人一颤。泽恩趁机蹿起，两把骨刀一起疾刺，刺进了那男人腹部。

男人闷哼了一声，身子晃了晃，侧栽了下去。树下太黑，看不清楚，只听见男人粗声喘息了一阵，挣扎着爬了起来，向旁边走去，脚步又慢又重。

泽恩浑身颤抖不止，不敢下去追，心里却发出一声从未有过的欢呼……

15. 目光

摩辛最厌恶人类，尤其是人类的目光。

地蚓没有目光，最让他安心；树鼠的目光极其微小，几乎看不到，他也从不在意；夜兽的目光最醒目、最可怕，但也最直接。除了死亡，里面没有其他东西，看到时，只需要以最快的速度躲开它。

只有人类的目光，藏在暗处，即便看不到，却也能时时感受到。里面混杂着太多让摩辛厌恶的东西：沉重、阴郁、胆怯、犹疑、贪婪、凶狠、狡猾……还有厌恶和憎恨。它们在人类的目光中不断闪烁变换，永远捉摸不定，是另一种黑森林，但更幽暗、更莫测，也更凶险。

摩辛看得最多、最近的是幼年时，身边那唯一安全的活物的目光，除了一般人类的捉摸不定，那目光里有时还会闪出亲密、疼爱、喜悦……这些情绪更让摩辛害怕。

它们可怕，并不是因为它们本身可怕。恰恰相反，当这些情绪从那目光中闪现时，摩辛曾感到无比的舒服和沉醉，它们比任何食物都更令他快乐，让人不由自主地渴望它们能再多一些、久一些。

然而，每当他流露出渴望时，那目光总是立刻变得陌生、冰冷、怨愤。这种变化比骨刀更锋利，比长矛更刺心，让摩辛从那目光中看到真实的自己：弱小、无用、负担。

因此，摩辛越来越怕，再也不敢渴望。每当那目光变得柔和时，他会立即躲开，一眼都不敢多看。

人类只用目光就能杀死同类。

正因为目光，摩辛从来不愿把自己当作人类。

如果有足够的力量，他希望能刺瞎黑森林里所有人类的双眼。

16. 窝

萨萨靠着那一小截地蚓，度过了最艰难的时光。

她不知道那个独眼女人为什么没有攻击自己，反倒丢过来这一截地蚓。

这就是妈妈说过的"帮助"？独眼女人为什么要帮助自己？

她想不明白，十分惶惑，有些感动，又有些怕。

然而，黑森林里，任何心情都不可能持续，饥饿便首先驱走一切。吃完那一小截地蚓，饿起来时，便无力再多想。等腿伤略轻了一些，她忍痛溜下树，去捉地蚓。

好在比较顺利，没用多久就捉到一条。她先饱吃了一大截，又用那汁液厚厚地涂满伤口，剩下的塞满皮袋，这才重新回到树上。

她继续在那个树杈间养伤，前后有好几个人类经过，其中有两个发现了她，都被她用绳刀驱走。还有树鼠，几次要爬过来，也都被她及时赶走。

等伤口大致愈合，她便开始移动，在黑森林里游荡。

她发现了一棵粗壮的塔奇树，树身上有个洞，刚好能钻进去。她用树枝伸进去探，里面居然很深，足以藏得下一个人，是个天然的窝。

不过，她随即想到，树鼠一旦钻进去，自己根本不可能将它们驱走或逃开。

她只得丢掉这个念头，继续游荡。

黑森林以那条溪水为界，分为南北。南边她一直没去过，她便蹚过溪水，向南行去。一路上并没有什么不同，都是塔奇树。

走了很久，前方飘来一股湿霉味，四周的塔奇树也明显稀疏起来，间隔越来越远。树上已经无法前行，她跳了下去，感到脚底泥土有些湿滑，雾气也特别重，几步之外就看不清了。

她又前行了一段，竟走出了森林，眼前被黑雾笼罩，不知道前方是什么地方。泥土越来越湿，她的双脚陷没进去，很难拔出来。她不敢再往前，忙转身回去了。

等她回到密林里，已经非常疲惫，她上树寻了一个大树杈，坐在那里休息，很快便睡了过去。

不知睡了多久，她被一阵吱吱声惊醒，忙睁开眼，一只树鼠趴在脚前不远处。她刚要抬脚驱赶，却发觉那只树鼠神态有些异常，想靠近，又不敢，似乎在怕什么。

萨萨有些好奇，便装作睡着，眯着眼偷偷观察。那只树鼠仍趴在那里，过了很久，才忍不住往前挪了两步，但随即又退了回去。如此重复了几次，都不敢更近一步。

它不是怕我，是怕其他东西。

这时，又有两只树鼠出现，爬到第一只身边，神态也一样，都不敢再靠近。

萨萨正在好奇，脚腕忽然痒起来。她忍不住伸手去挠，却越挠越痒。脚底、脚背、小腿也相继痒了起来。

她猛然想起来：那些湿泥有毒。

树鼠怕的是沾在我脚上的湿泥？

她从腿脚上刮下一些湿泥，对准三只树鼠丢了过去。三只树鼠顿时慌起来，转头就逃。萨萨忙又抠了一些，丢到它们前方，拦住了去路。三只树鼠更慌了，吱吱吱叫着，全都掉下了树枝。

萨萨正要高兴，腿脚却痒得更凶了，连摸了湿泥的手指也痒起来。她不敢再挠，忍着痒，忙跳下去找到一摊积水，把手脚浸在冰凉的水里，痒顿时缓解了许多。

这有毒的湿泥让她想到一件事，痒略止住后，她走到林子里，寻到一具人骨架，骨架上仍包裹着兽皮衣，旁边还有一只旧皮袋。她卷起那张兽皮，捡起皮袋，向南穿过黑森林，又来到那片泥沼地。

她先在树上割开兽皮，包住自己的双脚，用皮绳扎紧，这才跳下去，小心走进泥沼，用树枝挑起泥团，装满了皮袋。而后，返回黑森林，一路向北，花了很长时间，终于寻见了上回发现的那个树洞。

她爬上树，又割了两块兽皮，包住两只手，抓着袋里的泥，涂抹在树洞周围的树身、树枝上。又折了一些细枝，编了一片小挡板，刚好能卡在树洞口上。挡板里面拴了根皮绳，外面也涂了泥。

她查看四周，没发现危险，便钻进树洞，盖紧了洞口。

里面彻底漆黑，只能屈膝坐着。她背靠树壁，仰起头，闭起眼。落单以来，从来没这么安稳舒服过。

她抓着痒，不由得露出笑来……

17. 歌唱

泽恩觉得自己解放了自己。

长久以来，黑森林里的命运似乎早已注定，弱肉强食的法则只能服从，无从逃避，更无法反抗。然而，击败那个高壮男人后，泽恩清楚地看到：在看似无可逃避的死亡面前，其实始终有反击的余地。

当然，这余地极其狭窄，也无比危险，有如刀锋。

但即便不做这样的冒险，也一样时刻面对着死亡，生的余地从来都这么狭窄和危险。

同样是死，与其顺从，当然不如选择反击。

他左臂上绑的那片塔奇叶子被砍成了两半，伤得不轻，他却并不觉得有多痛，笑着涂了些地蚓汁液，割了块兽皮包好。等下面安静后，他溜下了树，在地上摸索找寻。

那个男人的大骨刀果然遗落在地上，泽恩一眼看到，忙抓了起来。他开心无比，这是自己活到现在最大的战利品。从来没有见过这么宽大的骨片，就算最强壮的人腿骨，也没有这么大。

他握在手里，挥舞了几下，虽然略有点重，却很有威力。

他正咧嘴笑着，脚底忽然一松，脚腕随即被缠住。

泽恩忙挥起大骨刀，朝脚底用力砍去，这刀果然锋利，地蚓的头唰地被砍断。他笑着把地蚓从土里拽了出来，砍成几段，塞满了皮袋。将大骨刀插在后背，攀上树去。

他不愿再躲避危险，攀着枝条，在树枝间不住飞荡，即便弄出响声，也毫不介意。沿途有许多黑影，听到响动，都悄悄伸头探看，却没有一个敢跳出来攻击他。

泽恩越发开心，不由得哼起妈妈教他的那首歌。

有一次，妈妈又带他到山上等星光。他们在黑牙石上坐了很久，虽然仍旧没有等到星光，由于带足了食物，心里十分安宁。妈妈便低声唱起这首歌，又一句句教他唱，说这首歌和黑森林一样古老悠久。

那之后，妈妈再也没有机会唱这首歌，泽恩也从来不敢唱。

现在，他终于敢唱了。

他先低声哼着，哼了几遍后，眼里竟涌出泪来。

他不再压抑，索性放开了声音，高声唱了起来。

他从来没这么畅快、放肆过，像一头挣脱了死亡的夜兽，无所顾忌，让歌声响彻寂暗的黑森林……

18. 洗浴

萨萨住进树洞后，发觉整个世界都不一样了。

坐在里面，再也不用时刻担心四周，终于可以安心睡觉。而且，树洞里能存放整条地蚓，可以吃很久。

唯一的危险是，一旦被人发现，一根长矛刺进来，根本无法躲避。但相比于外面随时会死，现在只是可能会死，已经无比幸福。

她丢开这点担心，放心吃，放心睡，只在进出洞口时，多留心一些。

安稳了一阵后，她手脚上毒泥的痒消退了，头上、身上却痒了起来，很久没有洗浴了。

她爬出树洞，寻见了那条溪水，来到那片宽阔的水湾，脱掉兽皮，把身子浸在水里。水很冰凉，她不由得连打了几个冷战，猛然想起和妈妈、姐妹们在这里洗浴的情景，伤心涌起，泪水顿时滚落。自从她们离开后，她一直不敢哭，这时再也忍不住，便把头埋进水里，放声痛哭了一场。

哭过后，她才慢慢洗净头发、身体。等回到岸上，像是新生了一般。

她捡起兽皮正要穿，忽然感到危险，一抬头，见前面不远处立着一个黑影，是个成年男人。

萨萨不由得一颤，再想到自己全身赤裸，更是感到一阵从未有过的羞惧，甚至比死更让她恐惧。她忙用兽皮遮住身体，慌忙跳进了水里。回头一看，那个男人已经走到水边，将脚伸进水里，要逼过来。

萨萨站在水里，抱紧兽皮，从来没这么惊慌失措过。

这时，不远处忽然响起一串声音。

是个少年，竟然在唱歌。

那旋律萨萨无比熟悉，妈妈常低声唱给她们听。

但这是她第一次听到这首歌被如此响亮地唱出来。那歌声像是一把闪亮的骨刀，劈开了寂静的黑暗，整个黑森林都被惊醒。

水边那个男人也被歌声惊到，忙回头去望。歌声越来越近，向这边快速飞来。那个男人慌忙转身，沿着溪岸急步逃奔而去，转眼就消失在黑暗中。

而那歌声快要接近小溪时，忽然转向，朝着黑森林深处飞荡而去。

萨萨一直仰头跟寻着那歌声，直到余音消失，世界重回寂静，她却仍惊怔在水中……

19. 羞辱

那串声音响起时，摩辛正将猎物逼到绝境。

他从没听过这种声音，惊得一颤，不由得停住了手。

黑森林里，发出声音，是在呼唤死亡。除了幼儿的哭声，人只有在受重伤时，才会忍不住发出声音。这两种声音虽然音色不同，却都一样惨厉，而且不会持续太久。

摩辛最爱听这种惨厉的叫声，那意味着可能有食物了。

但那串人声，完全不一样。

它不但连成串，而且按一种很有生命力的节奏跃动，起起伏伏，弯弯转转，充满了放肆的快乐。

恐惧之余，摩辛听出那声音发自一个少年，和他一样的少年。这顿时在他心中激起一阵强烈的憎恶，他甚至感到一种羞辱，不由得颤抖起来。

等那声音远去，他才回过神，忙去看那猎物：一个怀抱幼儿的女人。

然而，那女人已经逃了。

刚才是那女人怀中幼儿的哭声吸引了摩辛，让他涌起一阵渴望和冲动，想要攻击人类，吃很久没有吃过的人肉。

这时，那幼儿不再啼哭，黑暗中听不到任何动静。而那串可憎的声音竟还未停止，反倒越来越响，并向他这边飞来，越来越近。

摩辛慌忙躲到树杈的暗影中，向那声音的来处望去。

很快，一个瘦小的身影在树枝间飞荡而来，又飞荡而去。

经过身前时，摩辛一眼认出，是山上那个受伤的少年。

他顿时想起，那少年在他的矛尖前，从容地割解脊椎、抽取骨髓，慢慢吞吃掉后，才笑着爬上陡峭岩石的模样。

憎恨和羞辱再次涌起，而且更加强烈，摩辛的心随之一阵阵抽搐，他不由得握紧手里的骨刀，想要追上去杀掉那少年。

　　然而，那串可憎的声音，充满了无可战胜的威力，让他丝毫不敢靠近……

青春篇：光亮

1. 绒毛

泽恩越来越无所顾忌。

发出声响原本是黑森林中最大的禁忌，但自从他放声歌唱后，一切都不一样了。

他的歌声所到之处，藏在黑暗中的暗影全都纷纷逃避。歌声变成了他强大的武器。每到一个地方，他先大声唱歌或喊叫，惊走附近的活物，而后独享一片安宁。

偶尔有人类来偷袭，他便挥起那把大骨刀，大声吼叫。几乎没有哪个人类能够抵御这叫声，不超过三声，他们便会惊慌逃开。

有一回，他正在捉地蚓，一群夜兽奔了过来，他也挥刀大吼。奔在最前面的那几头夜兽也被惊到，虽然没有转身逃走，却也顿时停住。这点间隙，已足以让他荡上树，轻松逃走。

他再也无所畏惧，原本藏满危险的黑森林，忽然变成了一个安宁的世界，时刻威胁他的死亡也悄然远去，他自由了。

只有睡觉时，世界才又变回原先的那个黑森林，死亡也重新逼近，仍然必须时刻警醒。对此，他想不出办法，也并不太介意，毕竟自己已经比所有人类都轻松畅快。

不过，畅快了一阵后，另一种情绪渐渐升起：孤独。

妈妈离开后，他一直很孤单，但那孤单融在黑森林的黑暗和危险之中，他的全部精力都用于逃避死亡，艰险求生，根本没有余力去想其他。现在，歌声和叫喊将他和其他人类远远隔开，与黑森林也有了一种隔离。

无边的黑暗中，他被孤立出来。

像是从一场盲目混乱的噩梦中醒来，却独自坠入一个陌生冷寂的世界。

他在黑森林里四处游荡，不知道该去哪里，该做什么。心里很渴，却寻不到解这种渴的水。

渐渐地，连唱歌和喊叫的热情也被一点点耗尽。他甚至想回到原先的寂静黑暗中，却没想到，当危险降临时，他竟然喊不出来了——

当时，他正在茫然乱走，心里郁积了一团莫名的怒气，无处发泄，甚至想遇见一群夜兽，搏斗一场。

夜兽没有出现，一个黑影挡在了他的面前，是个成年男人，又高又瘦，却筋骨有力。

泽恩胸口正闷，便憋足气力，大张开嘴，朝那个男人吼叫起来。

然而，发出的只是一阵嘶哑的声音。

他大为吃惊，有些慌，忙又用力喊了一声，却仍然十分嘶哑。

那个男人也微有些惊诧，但立刻露出狠意，举起长矛，向他刺来。泽恩慌忙躲开，顿时惊出了一身汗。死亡的威胁，让他感到久违的恐惧，重新遍满每个毛孔，让他忘记一切。

他本能地从背上抽出那把大骨刀，大声嘶喊着，连连挥动，向那个男人拼力进攻。那个男人被他的嘶喊和疯狂吓到，抵挡了一阵后，眼中显出惧意，不敢再斗，转身逃走了。

泽恩大口喘着气，既后怕，又感到一种畅快。

他以为嗓子嘶哑只是由于干渴，忙去寻见个水洼，猛喝了几大口。嗓子却依然嘶哑，而且很久都不见好转。

他有些慌，有些失落，甚至有些愤怒，却毫无办法。

就在这时，他的身体也出现了变化：他无意中摸到，自己的嘴唇上面竟长出些细绒毛。

他心里一惊，猛然想起妈妈曾感叹过："等你长出胡须，你就变成男人了，就要离开我了……"

他有些慌乱，又有些兴奋：我要成为男人了？

2. 独自

萨萨不时能听到那歌声，也看到过那男孩的身影。

那男孩和黑森林里所有的人类都不一样，头发飘飞，身形舒展，自由自在，无所顾忌。

萨萨很惊奇，甚至有些羡慕，却不愿靠近。

妈妈说，男人能让女人怀孕。

在黑森林里，只有怀孕的女人能暂时拥有安全。怀了孕，女人身上会散发出一股怪异的气味，不论人或兽，都不愿靠近，直到哺乳期结束。

所以妈妈不断怀孕，不断生育。

她说：这是女人的天命，也是女人才有的幸运。黑森林里所有人类都只是食物，只有母亲和孩子之间，彼此才是人。我喜欢做人。

幼年时，萨萨自然很喜欢有这个妈妈，也喜欢做她的女儿，内心却隐隐觉得，自己似乎不太想做妈妈。

妈妈和姐妹的猝然离开，猛地割断了她所有的依恋。她再也不愿和任何人有任何连接，更加不愿成为妈妈。

怀孕的女人固然暂时安全，养育孩子的妈妈却没有这个保护。在孩子长大离开之前，作为妈妈的负担是她独自一人的许多倍。一条地蚓，她自己能吃很久。加上三个孩子，则只够吃两三天。危险来袭时，她自己立即就能逃走，为了孩子，却不得不拼死抵抗……

我只要自己一个人，不需要任何人。

妈妈把爱和操劳当作人的证明，萨萨却觉得安宁才是。

独自住在那个树洞里，她储存好食物，不受任何打扰，也不用怕任何危险。树洞虽然没办法挡住死亡，却给她隔出了一片安宁。

在这片安宁里，可以细细感受自己的呼吸，可以静听外面的各种声音，可以把头发编出无数种花样，可以把树洞的内壁擦得干净光滑，可以在饿的时候让自己再饿一会儿，可以在想妈妈的时候尽情流一会儿泪，可以在想唱歌的时候低声哼起来……

可以想任何事，也可以不想任何事，心是自由的。

这安宁，甚至让她能仔细打量死亡、设想死亡。

经过了正视，死亡也不再那么可怕，至少让她有了准备。

3. 畏

摩辛发觉黑森林似乎缩小了。

上树不用再借助木钩，许多树枝轻轻一跳便能攀住，枝杈也似乎变细了。

变化的不只是树，人类、地蚓、夜兽、穿的兽皮、拿的长矛、用惯的骨刀……所有东西，似乎都一起变小了。

　　直到有一次，右手无意中摸到自己的左手腕，让他惊了一跳，像是摸到了别人的手腕。他摇了摇，又摸了摸，才确信是自己的，只是不知从什么时候开始，手腕变得比以前粗了很多。而且，不只手腕，全身各个部位都变大了。

　　这时他才意识到，不是黑森林缩小，而是自己长大了。

　　这让他感到有些愕然，开始时时留意自己的身体。

　　他惊奇地发现，自己的嘴唇、腋窝、下腹部都开始发痒，细细的毛发从这些部位纷纷钻出。他想到那些成年男人，自己也要变成那样？

　　伴随这些变化，他的食量也越来越大。以前一次只能吃一小段地蚓，现在却要三四倍。这些食物让他的身体迅速长高，体格越来越强健，力量也不断增长。很多以前很吃力才能完成的事，现在轻松就能做到。

　　这让他对这个世界的畏惧越来越少，时时涌起征服一切的渴望。

　　此外，还有一种冲动，也开始萌生。

　　这种冲动，像是一种饥渴，却不知道该用什么填充。它藏在身体最深处，持续不断地催促他、搅扰他，让他浑身发热发胀，烦躁难安，却无法抑制，也无法抗拒，更不知道该如何消止。

　　这冲动逼着他在黑森林里漫无目的地急走、找寻，直到他听见黑暗中传来的一阵喘息声，女人的喘息声。

　　这喘息声立即让他热血上涌，呼吸急促，心狂跳起来。

　　他不由自主地攀着树枝，朝着那喘息声小心走去。等他靠近，那喘息声忽然停住，继之而起的，是一个男人发出的一种怪声。

　　那怪声摩辛无比熟悉：那是从喉咙中发出的、朝向死亡的、惊愕绝望的临终之喊。

随即，那边又响起一阵咀嚼吞咽声，十分贪急，是女人在吃肉。

摩辛顿时惊醒，慌忙跳下树，急急逃离。

巨大的后怕，让他猛然记起曾在自己身边、唯一安全的那个女人，也顿时明白了幼年的疑惑。

幼年时，他跟随着那个女人，只吃一种食物：人肉，而且都是成年男人的肉。

每次捕食时，那个女人都会发出一种奇怪的喘息声，就像刚才那个黑暗中的女人。这喘息声很快就能吸引到成年男人，让他们从黑暗中现身，慢慢向她靠近。

那个女人似乎从来不怕那些强壮的男人，继续发出那种喘息声，等男人凑近，一刀割向他们的喉咙……

摩辛也终于明白了自己身体内的那股冲动，正是它，催逼着男人靠近发出喘息声的女人。

这冲动，是死亡的诱惑。

4．躁

泽恩又能唱歌和吼叫了。

他嗓子里的嘶哑渐渐消失，声音重新响亮起来，而且比以前更有力量。

同时，他也感到体内生出了一团热气，让他时常烦躁不安。无论在树枝间飞荡，还是在地上狂奔，都没办法让这团热气冷却。

他开始有意寻敌，尤其是那些强壮的男人。

然而，黑森林里的很多人类已经渐渐习惯了他的喊叫。对敌时，喊叫已经没有了原先那种威力。而他的体力和技能，比起那些成熟的男人，还远远不够。因此，他常让自己陷入绝境，身上布满了伤痕。能保住命，几乎全凭侥幸。

体内那团气却越来越热胀。

有一次，他坐在树杈间，正在烦躁，忽然看到一个身影从前面经过，是个女人，看体态动作，很年轻。那女人也发现了他，立即躲在一根粗树枝后，没有逃走，也没有逼近。

泽恩似乎嗅到一股气息，却说不清是什么气息，只觉得从来没闻到过这么迷人的气息。这气息让他血液上涌，有些发晕，不由自主地站起身，扶着树枝，慢慢向那边走去。

那女人仍藏在那根树枝后面，没有动，反倒偷偷向他望来。看不清她的面容，却能感到那目光有些迷醉，像是在向他低声呼唤。

泽恩呼吸更加急促，晕晕然忘记了一切，扶着树枝一步步走了过去。那女人竟仍没有离开，继续从树枝后面盯着他，目光微微颤动，似乎含着些笑。她身上散发的那股气息则越来越浓郁，让他更加晕眩。

泽恩原本有些胆怯，看到这目光里的笑，血顿时涌上头脑，身子颤抖起来，一步步继续向前，走到了那根粗枝边，几乎能感到女人呼出的热气了。他的心一阵狂跳，又怕了起来，不敢再靠近。

这时，那女人却忽然抬起手臂，向他急伸过来，他的腹部顿时一阵刺痛。

他猛然觉醒，自己被刺中了，慌忙一退，脚下一空，跌下树，摔到了地上。他顾不上痛，急忙爬起来，拔腿疾奔。

幸而那女人没有追过来。

跑了很远，疼痛难忍，他才躲到一棵塔奇树后，靠着树身坐了下来。

这时，他才忽然想起，妈妈曾反复告诫过："泽恩，等你长大，千万记住，不要接近女人，千万不要……"

随即，他也记起：妈妈也曾这样刺死过男人，不止一个……

5. 血

萨萨以为自己再也不会慌乱。

然而，初潮来的时候，她还是慌了。

姐姐来初潮的时候，流了很多血，一直哭个不停，说自己要死了。妈妈却笑着安慰，说这是好事，是女人的证明。姐姐从此成了女人，可以怀孕做妈妈了。

萨萨当时装作睡着，在旁边偷听。听了之后，她又怕，又难过，更有些生气。

血是一个人的生命，女人为什么要用血来证明？为什么要将自己的生命，换成另一种生命，再用这个生命去生育其他的生命？

她在心里大喊：我不想成为女人！

然而，不管她愿不愿意，初潮还是意外来临了。

当时她坐在树洞里，先嗅到了血的气味，慌忙用手指一沾，真的是血。

那一刻，她心里一阵冰凉。

妈妈常爱说"命"，萨萨却一直不愿认命。

但这种身为女人的命，不容分说，就这样冷冰冰猝然袭来，她没有任何防备，也没有任何抵御，只能接受。

她流着泪，用一块兽皮把血擦拭干净，坐在黑暗中默想了很久，甚至想到了自杀。直到肚子饿起来，而树洞里存的地蚓已经吃完，她却不愿动，仰起头，朝着黑暗中那个"命"说：

你让我饿，是命令我去寻食，但我可以不吃；

你让我怕死，是命令我拼命活下去，但我可以不活；

你让我流血，让我成为女人，是命令我去生育，但我可以不生。

你可以命令，我可以拒绝。

她忽然明白：一切都充满了不自由，但只要还能拒绝，便还拥有自主。

她不再伤心，更不惧怕，爬出树洞，来到那片溪水湾，心里又对"命"说："你让我污臭，我偏要让自己干净。"

她浸泡在溪水里，把自己洗得干干净净，坐到溪边，晾干头发，给自己编了一根粗粗的长辫。编辫的时候，她忽然发现，妈妈其实也并没有认命。

生存充满了黑暗、冰冷、残酷和丑陋，妈妈却一直说"要活得美美的"。

美，就是她的拒绝、她的抗争……

6. 淤泥

摩辛发现了那片沼泽。

他无意中向南穿出黑森林，眼前虽然仍旧黑暗，却没有了树影遮挡，也没有任何活物，只有空旷无边的死寂，这正是他所渴望的。

双脚踏进那泥里，湿滑而冰凉，十分舒服，心也随之清凉下来。

他不由得向沼泽深处走去，泥渐渐没过了腰。他索性仰面躺倒，让淤泥缓缓覆没全身，只留鼻孔露出。身体被淤泥托住，竟没有继续下沉，十分柔软舒适，他从没这样轻松惬意过。

无边的黑暗和寂静，只有他一个人，躺在温柔的怀抱中，不用担忧，无须警惕。

不知不觉，他睡了过去。

哪怕幼年在那个唯一安全的女人的身边，他也从没睡得这么安心过。

不知道睡了多久，直到被痒醒。

浑身上下一起痒起来，几乎每个毛孔都在痒。痒得他在淤泥里不断翻滚，却丝毫止不住。他忙费力爬到干地上，躺在枯枝碎石间，不停地翻滚摩擦，却反倒越来越痒，几乎要痒进皮肉、痒到心底。

他再也抑制不住，大声呻吟、痛号起来。出生以来，他从没发出过这么大的声响。

最后，他惨叫一声，昏死过去。

等他醒来，痒竟然消退，变作了痛。

全身皮肤像被割了无数刀，每一处都在痛。只要轻微一动，痛就钻心。他只能躺着，一动不敢动。这时意识已经清醒，虽然仍忍不住呻吟，却能尽力压低。

痛持续了很久，随后开始饿。

他不知道自己是要痛死，还是饿死。

到最后，只残存了一丝呼吸。那一丝呼吸即将中断时，求生之念忽然生出。

我不能死！他拼力一挣，醒了过来。

痛感似乎已经麻木，他吃力地翻转身子，向黑森林里爬去。每一次都只能挪动一点，他却一直在心里念着食物、食物、食物，咬牙往前爬。

不知道爬了多久，终于回到了黑森林，他也耗尽了最后的气力，再也爬不动了，只能趴在那里，在昏沉中等待死亡。

这时，腹部忽然一动，一条地蚓钻了出来，绕着他的身子盘旋缠绕，很快便缠到他的头部。

那湿腻的身体滑过他的嘴唇时，他猛地张嘴，一口咬中了地蚓的身子，并立即猛力吸吮，连吸了几大口汁液。嘴略微一松，换了口气，迅即又狠狠咬了下去。连咬了十几口，竟然将地蚓咬断了。

地蚓的身子一松，他忙抽出双手攥紧，大口吞食起来。

直到吃得肚子几乎胀破，他才松开了手，趴在地上大口喘息……

7. 魔力

泽恩腹部那道伤刺得很深，很久才痊愈。

受伤的不只身体，泽恩的心也像被刺了一刀，再不敢靠近任何女人。

然而，在黑森林里，不时便会遇见女人。她们身上散发的那股气息，像是有一种魔力，无声地迷惑他，召唤他，将他引向她们。

有几次，他实在难以自制，几乎又走了过去。腹部的伤痛和妈妈的告诫及时提醒了他。

于是，只要嗅到那气息，他就立即转身逃开，不敢有丝毫停顿和犹豫。

即便如此，那巨大的魔力不但没有消退，反而钻进他的身体，并且越来越强盛，几乎要将他胀破。

直到有一次，他无意中将手伸向下体，才偶然发现了释放这魔力的办法。

不过，这个办法也只能暂时缓解，那魔力始终难以根除，不断在他身体里膨胀、冲撞。他烦躁无比，却又毫无办法，只能在黑森林里不停地狂奔乱走。

唯一的好处是，他的身体因此越来越强健，越来越不怕那些成年男人了。

有一次，他狂奔累了，在树杈上休息，树下忽然走过一个身影。

又是个女人！他慌忙要逃开，却忍不住又望了一眼，心忽然一颤，身子顿时停住，目光再也无法移开——

那是个青春少女，身影中却看不到人类时刻难宁的惊惶。脚步很轻，神态很平静，像一片嫩叶，静静漂行在平缓的溪面上。她身上虽然也散发出那种女人的气息，却很淡，甚至有一种清凉感。

泽恩听妈妈说过"美"，这一刻，他才第一次真正看到了美。

女孩走到树下时，泽恩一眼看到她的头发，越发惊异：黑森林里所有女人的头发全都蓬乱披散着，这个女孩的头发却编成了许多根细辫，极其独特，无比美妙。

她走过时，脚步极轻，像风一样。

风一样？

泽恩猛然记起，自己见过她！在黑牙石下面，当时她还是个小女孩。

他不敢发出一点声息，小心探出头，呆呆望着那背影。

女孩走到不远处的一棵树下便停了下来，隐约能看到她向四周张望了一阵，而后，似乎掏出一根绳子甩向头顶的树枝，缠紧后，攀着那绳子上到树杈间，随后一转身，竟忽然消失不见了。

泽恩大为吃惊，又盯了一阵，她真的消失了！

他忙溜下树，走了过去，先围着那棵树轻步寻了一圈，而后抬头向上找寻，没看到丝毫踪迹。

他掏出绳石，甩挂到树枝上，爬到那女孩蹲伏的地方，闻到一股难闻的霉味。他俯身凑近树身，发觉那块树皮很奇怪，像是一片大疤，上面积满了干泥。再仔细一看，那块疤边沿有缝隙，不是生在树皮上，而是盖在上面。

里面有个树洞？女孩藏在里面？

他怕惊动女孩，攥着绳子，轻轻溜下树，回到了自己原先那个树杈上，仍坐到那里，一直望着那棵树，舍不得离开……

8. 渴

萨萨发现，变化的不只是定期的流血。

她的身体也开始像姐姐那样，变高、膨胀和隆起。

当时，姐姐对自己身体的变化，又急切，又得意，再不愿跟萨萨亲昵玩耍，说她只是个小女孩，什么都不懂。

其实，萨萨当时唯一不懂的是：姐姐为什么会那么兴奋？

现在，这些变化一点点发生在自己身上，她才渐渐明白，那是不由自主。

那兴奋是从身体深处一点点积聚，又一波波涌起的，让你烦闷，让你无所适从。不知道自己想要什么，时常觉得渴，却不是想喝水，而是不由自主地要爬出树洞，去外面找寻。

有一次，她正在树下漫无目的地乱走，不远处忽然又传来那歌声。她心里一动，顿时明白自己在找寻什么了。

唱歌的，仍是那少年，但声音不太一样了。之前，那嗓音十分清亮，这时却变得有些粗哑，像是风在岩石间摩擦。

这粗哑声原本很难听，但让萨萨心动的，却正是这粗哑。

那少年不再是少年，已经长大，开始变成男人了。

这粗哑，正是男人的声息。

姐姐当时偷偷离开，应该正是去寻找这种声息，让自己真正成为女人。

想明白后，萨萨不再烦躁了。

那粗哑歌声渐渐远去，她虽有些不舍，却不由得笑了笑，这又是命在诱惑。

她捉了条地蚓，回到树洞里，重新开始享受自己的宁静。

那之后，她再没有听到过那歌声，不知道那男孩发生了什么。每次出去寻食时，她特意走远一些，但黑森林里一片寂静，似乎从来没有过那歌声。或许是那歌声，最终让男孩送了命。

她有些怅然，又有些释怀，渐渐地不再去留意那歌声。

至于黑森林里其他男人，她更不会去介意，那只是一团团散发粗野气的活肉。

只是，自从她身体发生变化后，她发觉时常有成年男人凑近自己，目光炽热，口鼻中喷出浓烈的热臭气，却不是要来攻击猎食。

她先还有些惊慌，后来便明白了。

每逢有这样的男人意图靠近，她便甩出绳刀，吓走他们。

好在那些男人这种时候都能收敛凶残，没有伤害之意，反倒有些卑顺。她也只是将绳刀甩到他们面前，最多划中皮肤，以示警告。若还不后退，才真的攻击要害。其中有一些格外凶悍，她只能尽力逃走。

她见危险增多，便尽量留在树洞里，减少外出。

就在这时，她又见到了那个唱歌的男孩……

9.新生

摩辛依然全身疼痛，连站起来走路都吃力。

他不敢逗留，把剩余的地蚓套在脖子上，忍着痛，向南爬出了黑森林，却不敢再靠近那片沼泽，便躲在树边养伤。

没想到，痛才渐渐消去，痒又开始了。

而且，皮肤上现出一道道黑痕，纵横交错，是裂纹。

手臂、胸部、腹部、腿、脚……浑身的皮肤全都开裂，密密麻麻，不知道裂出了多少道。痒，便是来自这些裂口。

庆幸的是，这回的痒没有那么强烈，勉强能忍受。

而那些裂口，越裂越宽，皮肤随之全都翻卷、碎裂，并纷纷剥落。

他又惊又怕，觉得自己像一棵掉树皮的老树一样。

等皮肤几乎落尽，又生出另一种痒。

很轻，很细，却又很尖锐。从皮肤钻进身体，钻到心里，不停地刺痒。

他难受之极，却又觉得有种奇异的享受。

心底一阵阵悸颤，散发到全身，让他不住地抽搐颤抖，发出一阵阵呻吟，像是要死，却又极度舒爽。

过了很久，这阵痒才渐渐歇止。

他浑身冒汗，躺在那里，大口喘着气，觉得自己死了一回，又重生了。

而他的皮肤，像是换了一层新的，摸着极其细滑，颜色也深了一些。

他无比惊喜，黑森林里，皮肤越暗，就越安全。

他不由得望向那片幽寂的沼泽，虽然有些感激，却又无比惧怕，再不敢踏进去，便又回到了黑森林。

他发觉自己不一样了，精力更足，感觉更敏锐，脚步更轻，行动更快捷，真的像是新生了。

他特地寻见一个强壮的成年男人。

那个男人正躲在一根枝杈后，体格十分强健，自己以前绝对敌不过。但现在，看那男人从树杈后跃出的动作和速度，他已经毫无惧意。他攀住树枝轻轻一荡，跃到那男人前面，抽出骨刀，迅疾刺出。

那男人惊了一跳，但并不慌乱，身子略微一侧，躲过骨刀，手里的长矛迅速反刺过来。摩辛抓住头顶的树枝，借力一跃，跳到男人背后，回手又刺。男人并未转身，只将长矛向后一戳，刺向摩辛前胸。那长矛尾部也绑了尖利骨刀。

若是以前，摩辛已经被刺中。然而此刻，他身子迅即一斜，避过矛尖，倒向旁边一根树枝，借着树枝反弹，向前一扑，手里的骨刀疾刺过去。男人这时刚转过身，骨刀正刺中他的腹部。

摩辛手腕一转，用力一拧，骨刀在男人腹腔旋绞了半圈。

男人惨叫一声，跌下了树。

摩辛跟着跃下，对准男人咽喉，一刀划过，血顿时喷射出来，男人身子一颤，死了。

摩辛盯着男人尸体，不由得露出笑来……

10．礼物

泽恩等了很久，始终不见那个辫子女孩出来。

她不饿吗？哦，那树洞里应该是藏了食物。

他忍着饥饿，又等了很久，终于熬不住，才跳下树去寻食。

他不愿走得太远，便在树下用力跺脚，跺了很久，都不见地蚓出来。地蚓似乎越来越少了，恐怕是被人类吃得太多了。

他又换了几处地方，才终于引出一条。他早已熟练，等地蚓缠上自己的小腿，才挥起大骨刀，朝脚底一削，便把地蚓削成两截。再用力一拽，把土里的那一截也拽了出来。

他先吃了一段，而后将剩余的两截地蚓缠在脖子上，回到那根树杈下，正要爬上去，心里忽然一动，转身来到女孩藏身的树下，轻轻爬上去，把一截地蚓挂在洞口旁的树枝上，这才轻轻溜下去，回到自己那个树杈上。

他又坐在那里，一直望着那树洞口。

幼年时，有次他无意中捡到一小块夜兽肉，忙给了妈妈。妈妈笑着接过去说："谢谢泽恩的礼物！"

这是他第一次听到"礼物"这个词。

妈妈将那一小块夜兽肉割成两半，和他一起开心分享，并给他解释：从前，一个人喜欢另一个人的时候，会送好东西给对方，这些东西就叫礼物。

我为什么要给那个女孩送礼物？

我喜欢她？

回想女孩的身影，那第一次猛然撞见的美，他不由得点了点头，喜欢……

只是，他并不清楚喜欢意味着什么，只知道，愿意送她礼物，愿意守在这里，一直望着，盼着她从树洞里出现，再看她一眼。

女孩发现了那段地蚓，会怎么想？

她当然猜不出是我送的，但应该会开心吧？

他无比忐忑，又无比期待。心里起起伏伏，不知道又等了多久。

其间，有夜兽经过，有人发现他，有树鼠爬过来。

他都尽力躲开，却不愿走远，一直绕着那棵树，始终躲在能望见那洞口的地方。

终于，他一眼看到树洞口动了！

一个身影钻了出来，是那个女孩。

然而，他也忽然发现，自己挂的那半截地蚓不见了。

不知道被谁偷走了，他大为沮丧。

那女孩从树上轻巧跃下，向另一边走去，很快便消失在黑暗中。

他忙起身，要跟上去，但随即想到，万一被她发觉，自然会认定我要杀她。

他犹豫了一阵，只得重新坐下，望着那片黑暗，心里起伏难安……

11. 观望

萨萨认出了那个男孩。

那次，她又去洗浴，回到树洞后，发觉有人爬到了洞口外。她忙轻轻站起来，透过洞口挡板的缝隙偷偷望出去，却只看到一个头影，一对睁大的眼睛，目光很亮，正凑近挡板向里面窥视。

一股热烘烘的男性气息冲了进来。

萨萨惊得一颤，随即心里一凉：这段宁静结束了。

然而，外面那个人似乎没有发觉她，窥探了一阵，便离开了。

萨萨松了口气，继续透过缝隙张望，见那人轻轻跳下了树。看背影，很年轻。动作舒展，头发飘飞。

萨萨顿时认出：是那个唱歌的少年，只是长大了很多。

唱歌男孩并没有走远，而是爬上附近一棵树，坐在了树权上。黑暗中，只隐约看得见一些暗影。过了很久，那团暗影依然在那里。

萨萨有些纳闷，黑森林里，极少有人会长时间停在某处，除非是睡着了。那个暗影却一直在动，并没有睡着。

过了很久，萨萨存的地蚓吃光后，那个暗影终于消失。她这才放了心，正要出洞去寻食，却猛然听到，又有人爬到了洞口外。

萨萨忙悄悄望出去，一眼看到，大吃一惊：仍是那个唱歌的男孩。

不过，这次他只朝洞口望了一眼，并没有凑近，从脖颈上取下一件东西，挂到洞口外的树枝上，一股土腥味，是地蚓。

挂好后，他又朝洞口望了一眼，随即轻轻跳下了树，却仍没有走远，又爬上了附近那棵树，坐在了树杈间。

萨萨无比惊讶：他在做什么？为什么把地蚓挂在树洞外？

无论如何，她都想不出原因，而且，男孩刚才望向洞口时，看那目光，似乎是知道树洞里有人。

萨萨越想越怕，却不敢动，只能坐在树洞里等。

过了很久，洞口外树枝上传来轻微响动，她忙望了出去，是一只树鼠。

自从她在这棵树上涂抹了沼泽泥后，树鼠再没有靠近过。看来那些沼泽泥的气味淡了，得重新涂。

她正在想，那只树鼠开始啃咬挂在枝上的地蚓，很快就啃断了，两节地蚓全都掉落到地上。树鼠想爬下去继续吃，却又不敢靠近树干，便退了回去，应该是绕路下树去了。

萨萨又向附近那棵树望去，那团黑影仍在那里，她只能继续等。

过了一阵，外面树枝间传来响动，似乎有人经过，那棵树上也随即响起枝叶摇动声，看来那男孩避开了。

等到四周安静下来，萨萨又透过缝隙张望，那团黑影真的不见了。她这才推开泥板，小心爬出去，迅速跳下树去寻食。

原本安静自在的树洞，这一阵几乎变成了牢狱。她憋闷太久，先去溪水里痛快洗浴了一场，而后才去捉了一条地蚓。

回到树洞，她刚爬进去，猛然闻到一股血腥气……

12. 吸吮

杀死那个强壮男人后，摩辛心中长久的惧意顿时散去。

就连黑森林，也忽然变得完全不同了。

以前的黑森林，无边幽暗，处处危险。现在看来，它不过是无数棵树而已。树枝间，藏满的也不再是危险，而是食物，取之不尽。

经历过那一场换肤之痒后，就连黑暗中传来的女人的喘息声，也似乎丧失了魔力。再听到时，他不但不再动心，反倒生出厌恶和鄙视。他寻着那声息，靠近那女人，对准她的脖颈，一刀划过，血飞溅到他脸上。

那双惊恐的眼睛，忽然让他想起幼年时身边那唯一安全的女人——

当时，那女人又用喘息声吸引来一个男人。等男人靠近，那个女人握紧骨刀用力刺出。像以往一样，男人惨叫了一声。不同的是，那个女人也跟着惨叫了一声。男人跌下了树，那个女人却并没有像以往一样，下树去割肉，她坐倒在树杈间，不断呻吟。

摩辛躲在旁边，闻到了血的气息，却不敢靠近。

过了一阵，那个女人没有了声音。摩辛很饿，那个女人身上血的气息不断吸引他、刺激他，他小心爬了过去，看到那个女人腹部有一个裂口，血正是从那里流出。

那个女人一动不动，仍然没有声音。饥饿让摩辛忘记了惧怕，他将嘴凑近那个裂口。

那个女人忽然尖叫了一声"摩辛！"，抬起手，要推开他。

他慌忙避开，那个女人呻吟了两声，又不动了。

只吸到两口血，他更加饿了，喉咙中发出一阵急促的咻咻声。一眼看到那个女人腰间插的骨刀，他伸手拔了出来，一刀划向她的脖颈。

那个女人猛地睁开眼，惊恐地望向他。

他慌忙退了两步，险些掉下树去。那个女人却大睁着眼睛，不再动了，眼中的光也暗了下去。

他虽然年幼，却知道她已经死了，便重新爬了过去，将嘴凑近她腹部那道伤口。

吃饱后，他抬起头，那个女人仍然大睁着空洞的双眼，他忽然感到一阵惧怕和伤心，喉咙里不由自主地发出一个陌生而怪异的声音：

"妈妈……"

13. 冒险

泽恩一直等着那个辫子女孩。

那个树洞让他非常好奇。黑森林里从来没有人类能有一个安全固定的栖所，女孩竟然能找到这个树洞，她真的和所有人都不一样。

他几次想趁女孩回来之前，爬进去看看，但都忍住了。

黑森林也从来没有任何一个地方只属于某个人，为什么要忍住？

他想到很多理由：怕吓到她，怕她会愤怒，怕她会把自己当作其他人类，怕她会视自己为敌……

他从来没有对任何人类生出过这么多的顾虑。

女孩改变了他，也似乎改变了黑森林。

这些新生的心情，让他从幽暗冷酷中脱离出来，心里充满了期待、忐忑、兴奋和热情，随时都想做些什么，却不是为了寻食和求生。

而黑森林，也不再漫无边际、杂乱无序，而开始围绕着那个树洞分布排列。原本毫无差别的地蚓、树鼠和人类，也都有了一种区别：对她有利，或对她有害。

等待的焦虑，让他又生出另一些顾虑：她一个人出去寻食，不知道会遇到多少危险。她那么瘦，没有多少力量，恐怕只能去捉地蚓。或许跟我一样，她也不爱吃地蚓，但应该很难吃到其他食物，尤其是夜兽肉……

我要去为她杀一头夜兽！

他被自己这个念头吓到，心咚咚跳起来。

但想象着女孩吃到夜兽肉的惊喜，兴奋和勇气随之升起，驱走了恐惧。

他再也无法自控，握紧了手里的大骨刀，跳下树，去找寻夜兽。

寻了很久，都没寻见。

他越发觉得，如果不杀一头夜兽，其他食物根本不配送给那个女孩。

这时，远处传来夜兽群的嘶叫声，他顿时停住脚，心又狂跳起来。

他急忙望向头顶的树冠，站到了最粗的那根树枝下，照着途中想好的办法，甩动手里的皮绳，让绳端的石头在树枝上飞绕几圈，牢牢缠紧。然后往前走了几步，扯直绳子，拴紧在腰间。又取出另一根皮绳，紧紧攥住。

夜兽群的嘶叫奔跑声向他飞快冲来，黑暗中，闪现出点点绿光。

他心跳得更加剧烈，手也一直在抖，却咬紧了牙，脚趾用力抠住泥土。

夜兽群越奔越近，已经能嗅到那皮毛的臭气，幽绿的光点也越来越清晰。

他的心跳得咚咚巨响，血涌上头顶，几乎要将头皮胀破。

夜兽群的暗影猛然从黑暗中涌现，嘶叫、绿光和臭气一起向他冲来。

他大叫一声，险些哭了出来，却仍拼命咬牙，站在原地，没有逃开。

冲在最前的那头夜兽怒嘶一声，猛然跃起，向他扑来，一股臭气几乎将他冲倒。

他从来没这么近、这么真切地看过夜兽：浑身精瘦，嶙峋骨架上裹着一层乌黑发皱的皮，幽绿眼珠里布满黑丝，幽黑的嘴里露出森白的利齿。

他不由得打了个冷战，又拼力大叫一声，用力甩出手里的皮绳。

皮绳顶端用活扣打了个圈套，在空中划了半圈，套向夜兽的头。

套中了！

他迅即一拉，套紧了夜兽的脖颈，夜兽怪叫一声，摔倒在他脚边。

他忙拽紧缠在枝头的那根皮绳，双脚一蹬，凌空荡起。荡近头顶的树枝时，他伸手去抓，却因太惊慌，没能抓住，身体又荡了回去。

后面几头夜兽已经奔到，它们争相跃起，向他扑咬。他忙蜷起双腿，不断侧转躲闪，从夜兽利齿间穿过，荡到高处，纵身一跃，总算攀住了一根树枝，慌忙爬了上去。

几十头夜兽全都聚过来，在树下嘶吼、扑跳。

绳套的另一端绑在他的左手腕上，被套住的那头夜兽在下面狂跳挣扎，几乎将他拉扯下去。他忙用右手抓紧头顶的树枝，左手不断拼力翻绕，把皮绳一圈圈缠紧在手臂上。

那头夜兽挣扎得越发疯狂，发出一阵阵尖厉的呜咽声。

他双脚蹬紧树枝，腾出了右手，双手并用，攥紧皮绳，用力上拉。那头夜兽被吊了起来，在半空挣扎狂叫了一阵，呜咽一声，不再动弹。

泽恩怕其他夜兽争抢，忙继续用力，拼命将那头夜兽拽了上来。其他夜兽仍在树下狂嘶，他把那头夜兽扛在肩上，攀着树枝，迅速离开了那里。

生平第一次，他成功捉到一头夜兽！

他无比兴奋，一路笑着，飞快回到那树洞附近，跳下树，用大骨刀解开了那头夜兽。

夜兽很瘦，肉不多。他剥下兽皮，卷进皮袋，割下肉最多的前后腿，用皮绳拴好，搭在肩上，爬上了那棵树，凑近树洞口的泥板，仔细听了听，里面没有声息，女孩还没回来。

他小心揭开那个泥板，泥板背面是用树枝编成的，还拴了根绳子。他不由得暗暗赞叹，探头看了看，那个树洞里面竟然不窄，他也能轻松钻进去，但里面一片漆黑，不知道有多深。

他解下两条夜兽后腿，丢了进去，将泥板盖回原位，提着两条小前腿，迅速离开了那里，又坐回到原先那个树杈上，一边用骨刀割肉吃，一边急切等待着那女孩回来。

一条小前腿快啃完时，女孩回来了……

14. 馈赠

萨萨小心伸手摸了摸，是夜兽腿，血还微微有些温。

她无比吃惊，无论如何也猜不出，这两条后腿肉是从何而来。

想到之前树洞口外挂的那截地蚓，她忙趴到树洞口，向外张望，那团黑影又出现在对面的树杈上，仍是那个唱歌的男孩。虽然看不到他的目光，但能感到他一直在望向这里。

萨萨心里一颤：是他放进来的？

为什么？他想要做什么？

黑森林里，人如果持续盯着某处，只有一个原因——猎物。

不过，盯着猎物时，身体会绷紧，姿势会紧张，并且会一动不动。那男孩却不一样，身体很放松，也并不紧张，还会不时动一动。

萨萨旋即又想到那些想凑近她，却不是来猎食的男人。那些男人目光滚烫，口鼻喷着热气，像是被体内某种魔力控制，随时想扑过来。

那男孩却不一样，那身影虽然也有些渴望，甚至有些焦虑，却并没有威胁。而且，他似乎有意保持着这段距离，始终坐在那里。有人经过时，才走开，但不久又坐回到那里。

她从没见过人类这样的举动，也没听妈妈说起过。

她无比纳闷，却想不明白。

至少，他没有过来。

她有些饿了，夜兽肉的气味引得她不由得咽了口口水。

她只吃过一次夜兽肉，还是妈妈无意中碰到一头落单的夜兽，见它受了伤，才壮着胆追上去用长矛将它刺死。夜兽肉特别韧，一小块能嚼很久，越嚼越有滋味。那是萨萨记忆中最难忘的食物。

她犹豫了很久，终于还是忍不住抽出骨刀，割下一块，吃了起来。

轻轻一嚼，鲜美的汁水立即涌了出来，夜兽肉才有的那种滋味，顿时溢满了口腔，真香啊！

她闭上眼，细细咀嚼，肉质还是那么细韧，滋味也还是那么无穷无尽。

她不由得想起妈妈说过一个词：馈赠。

每当快乐时，妈妈总会感叹："这种幸福，是命运的馈赠，得用心珍惜，用心享受。"

萨萨不由得点点头，朝着黑暗轻轻说了声：谢谢！

但她不是说给命运，而是说给那个唱歌的男孩。

她忽然想到：其实，他已经馈赠过一回。

他用歌声惊走了溪边的那个男人，救了我。

他能在最怕声响的黑森林里放声唱歌，馈赠我夜兽肉，或许也没什么奇怪的。

当然，这肯定不是无缘无故。

他想要什么？

她想不出。

15．痒

摩辛忍不住又回到了那片沼泽。

没有了危险的黑森林，顿时丧失了全部的魔力。

他在黑森林里四处游走，可走到哪里都一样，没有一个人类是他的对手，这让他心里空空荡荡，不知道该用什么填充。

他不由得怀念起那痒，犹豫了许久，终于还是忍不住举步向南。

穿出黑森林，望见那片死寂的沼泽，他又怕起来。但想到那痒，心里生出一种无法抑制的渴望，它像地蚓一样钻出来缠住他，把他一步步拖向那湿滑的淤泥中。

身体再次陷入泥沼，那散发着湿霉气的冰凉，顿时让他心神舒畅。他又仰面躺倒，让泥覆没全身，闭起眼，长舒了一口气，随即沉沉睡去。

又是钻心的痒将他惊醒，痒得他不停哀号。

痒之后，开始痛，又痛得他在泥里不住翻滚。

等痛消失，皮肤又一次开裂。

全身皮肤剥落后，那渴望的痒终于来了。

他躺在淤泥中，不住地呻吟，忘情享受着那濒死的快感……

16. 消失

女孩看到洞底的夜兽肉，会怎么想？

泽恩望着女孩钻进了树洞，心又咚咚跳起来，睁大眼睛望着那边，正在啃食夜兽前腿骨的嘴也停了下来。

这时，身后忽然传来轻微响动，有人逼近，恐怕是被夜兽肉的血气引来的。泽恩忙转身对准响动处，把手里那根腿骨用力丢了过去，随即纵身一跳，跳到旁边一棵树上，轻步穿行了一阵，等四周静下来后，才又回到那个枝杈，重新坐了下来。

树洞那里一片寂静。

泽恩不由得胡乱猜想，好好坏坏，起起伏伏，心从未这么乱过，却只能蹲在树杈间忐忑观望。

过了很久，他又饿了，却一直忍着。直到实在忍不住，才不得不去寻食。女孩却一直没有出来。她应该是一直在吃夜兽肉，两条后腿肉多，还没吃完。这又让他有些欣慰。

他溜下树，在不远处飞快捉了条地蚓，又回到那个树杈上，继续观望。有危险逼近时，才躲开一会儿。

又过了很久，他捉的那条地蚓全部吃完，女孩却仍没有出来。他担心起来，却又不敢过去看，只能耐住性子继续等。

雾起雾散了不知多少轮，始终不见女孩出来。

他终于忍不住，过去爬到那棵树上，小心凑近洞口，听了很久，没有任何声响。他把那块泥盖轻轻揭开一道缝，又听了听，嗅了嗅，仍然没有声息。他焦急起来，揭开泥板，把头探了进去。里面太黑，看不到任何东西，但能确定，洞里真的没有人。

望着那一洞死寂的黑暗，他顿时呆住，像是一个最美的梦忽然消失，眼里竟涌出泪来。他不愿承认这破灭，忙抹掉泪水，盖好了那块泥板，攀着树枝，回到自己那个树杈，坐下来继续等。

她寻食去了，她会回来。

她寻食去了，她会回来。

她寻食去了，她会回来……

然而，过了很久，女孩始终没有出现。

黑森林也变回到原先的黑森林。

他像从一场重伤中初愈，慢慢攀着树枝，来到那树洞前，揭开泥板，里面仍是一洞黑暗，死寂无声，并散出霉气。

他犹豫了片刻，转过身，爬了进去，双脚很快踩到实处。里面太黑，看不见任何女孩的踪迹，也嗅不到任何女孩的气息，只能摸见光滑的树壁。

他背靠着树壁，坐了下来，想象着女孩曾坐在这里。然而，关于女孩的那一点模糊记忆，像是树影，迅速被雾遮掩，隐没在黑暗之中。

他越发觉得，她是个梦……

17. 源头

萨萨离开了树洞。

两腿夜兽肉和一条地蚓全都吃完后，那个唱歌的男孩仍守在对面的树杈上。

萨萨始终猜不出他的用意，无法安心，更不敢睡着，随时要观察那男孩的动向，这让她疲惫之极。幸而那男孩跳下了树，应该是去寻食。她等他走远，迅即爬出树洞，盖好泥板，从树枝间悄悄荡走了。

她先来到那片溪水湾，泡在水里，美美洗了一场，才终于把困在树洞里的疲惫和忧闷洗掉。洗完后，走上岸，想到再不能回树洞，她顿时有些茫然，不知道该去哪里。

她呆望着溪水，心底升起一阵厌倦。生命就像这溪水，只有不停地逃离，不停地逃离……却不知道能逃向哪里？

她忽然想去看看这溪水的源头，想知道这无休止的逃离是从哪里开始。

她沿着溪水，逆流而行，向上游寻去。

走了很久，溪水越来越细，不断分出支流，她只能沿着最宽的那道水流继续往上游走。走到后来，那一道水也变成了细细一条，最终消失在一片湿润的泥土里。

她越发失望：原来，并没有什么源头，一切都是幻象。

而人，却想从这幻象中找到安稳。

妈妈为了安稳，搭建出那个家。我也是为了安稳，寻见了那个树洞。

其实哪里有长久的安稳？再牢固的家、再隐秘的树洞，都只是暂时的幻象，都迟早要破灭。

更何况，生命本身就是暂时的幻象，你却要去寻找长久。

她感到一种巨大的可笑，不由得笑了出来，心也忽然随之轻松……

18. 畜

摩辛沉溺在沼泽中。

除非出去寻食，他片刻都不愿离开。

他已能轻松捕猎人类，却不愿耗时费力，所以只捉地蚓吃。

有一次，一条地蚓钻出来，他没有砍中地蚓的头，只切断了它的尾巴。看到那条地蚓不住地扭动，依然十分强健，他忽然想到了一个办法：把那条地蚓拖到森林边，用一根皮绳拴紧它的颈部，绳子另一头拴在树上，挖了些土，把地蚓埋了起来。

他回到沼泽，仰面躺陷在淤泥里，沉沉睡了一觉。

等他醒来，浑身又开始痒。痒之后是痛，痛之后则是那极度充满快感的另一次大痒。

享受完这场大痒后，他全身虚乏，十分饥饿。他走到那棵树边，拽着皮绳，把那条地蚓扯了出来，地蚓竟然仍活着。

他抽出刀，在地蚓身子末端切下一段来吃。那条地蚓仍在扭动，他便重新埋了起来。

就这样，每次饿了，他就扯出那条地蚓切一段。

以前，一条地蚓吃不到一半，就腐臭了。而现在，切了七八次，只剩不到四分之一时，那条地蚓才死。剩下那一截，不等腐臭，也已经吃完。

发现了这个贮存的好办法，他极其开心，又去连捉了三条，全都拴埋起来，轮流切着吃。这样，就不必频繁回到黑森林。

不久，他又有了一个意外发现：地蚓的尾部能再生。

哪怕割去很长一截，只要埋在土里，过一段时间，地蚓的尾部会重新长出来。

他大为兴奋，又去捉了几条，同时畜养起来。

从此以后，再也不必担心食物。

终于能够彻底远离黑森林，独自在这黑暗沼泽中享受宁静和自由。

19. 搏杀

泽恩在黑森林里四处找寻那个女孩。

女孩却似乎真的消失了，他再也没有发现她的踪影。

希望渐渐变成失望，又慢慢转为绝望。

他却继续漫无目的地找寻。至少，在这无边幽暗、盲目的生存中，有了一个方向。

这无尽的找寻，让他变得有些忧伤。他时常低声吟唱那首黑森林的歌，嗓音却有些潮湿。折磨他的那团热气也已经冷却、消散，他觉得自己真的长大了。

关于女孩的记忆也越来越模糊，唯一能记得的，是她梳着辫子。

他不愿意真的忘尽，又回到了那个树洞，爬进洞里，从里面盖上了泥板。

黑森林虽然黑，却大致还能看到近处的东西。这树洞口盖上后，里面彻底漆黑，看不到任何东西。他从没见过这么黑的黑，除了呼吸，感到连自己的身体都被这黑暗融尽。

他靠着树壁坐了下来，略有些窄挤，那女孩应该正合适。他试图嗅到一点女孩的气息，但这树洞空了这么久，只有潮霉的气味。他伸手在树壁上四处摸，希望能摸到一点女孩留下的痕迹，却一无所获。

他垂下手，忽然发觉侧底边有一处松动，他推了推，一块树皮竟被推开，露出一个小洞，能看到外面的泥土。

他伸手出去一摸，外面是一些干树叶，还有一根骨头、夜兽的后腿骨。他心里猛地一颤，不由得笑出来：她吃了那夜兽的后腿肉！

难怪女孩躲在里面，很久都不用出去。吃剩的骨头，甚至排的便，都能用塔奇叶子接着，从这个小洞丢出去。

想到这些，那个暗去的身影又真实起来，他心里一阵阵翻涌，忽又生出希望：她也许还会回来？

他忙站起身，爬了出去，用泥板仔细盖好洞口，转身正要离开，忽然听到树下传来一阵急促的脚步声。

一个女人无比惊慌地奔了过来，脚步踉跄，显然受了伤。右手还牵着一个孩童。而她身后，一个黑影紧随，是个年轻男人。

奔到泽恩脚下时，女人忽然跌倒，孩童也跟着摔倒，顿时哭了起来，是个女童。

后面那个年轻男人手握长矛，快步逼近。女人慌忙翻转身子，把女童护在身后，手里举着一把骨刀，不断尖叫着，向那年轻男人挥舞。

妈妈最后也是这样……被一个男人追杀，受了重伤，却拼力护着我，大叫着让我逃走……泽恩心里一痛，却听见一声惨叫。

年轻男人举起长矛，用力一戳，刺中了女人的胸口。他迅即抽回长矛，又刺向那个啼哭的女童。

黑森林中，人在这种情形下，只有两个选择：自己如果比猎杀者强，就去抢夺猎物；反之，就离开。

泽恩却忽然涌起一阵从未有过的冲动，握紧大骨刀，跳下树，一刀挡开了长矛。

年轻男人吃了一惊，抬头盯向泽恩。他的皮肤比一般人类要暗很多，身影几乎要融进黑暗。目光却极亮、极冷，没有丝毫颤动。

看到这目光，泽恩猛然记起——黑牙石下的那个暗影一样的少年。

他也长大了，目光却没有变，只是更冰冷，更锋利。

暗影人似乎也认出了泽恩，目光中猛然闪出恨意，利刃一样割过来。

泽恩知道他是个劲敌，挥起大骨刀，用力砍了过去。暗影人侧身一闪，长矛一转，反击过来，动作极迅疾。泽恩急忙避开，更不敢大意，挥刀又攻。几个来回后，他发觉，自己远不如对方。

一时冲动，跳下来救女童，却连自己的性命都未必保得住。

他只能拼力对战。然而，暗影人的长矛劲利之极，不断刺向他的要害部位。他连连躲避，被逼得退到树边，脚踩到那根夜兽腿骨，身子顿时一滑，坐倒在泥土上。

暗影人逼近一步，长矛疾刺，他急忙要闪，矛尖却已经刺进了腹部，大骨刀顿时脱手。年轻男人抽回长矛，迅即又向他胸口刺来，他忙忍痛滚开。

这时，旁边那个女人忽然醒过来，大声叫喊着，伸出手用力推女童。女童哭着爬起来，拔腿要跑。暗影人立即转身，举矛去刺女童。

泽恩忙拼力一扑，抱住暗影人的腿，将他绊倒，随即从腿侧抽出一把小骨刀，向暗影人后腿疾刺。暗影人翻身躲开，一脚踢中泽恩的脸。泽恩痛叫一声，只得松手。

暗影人迅即爬起身，举起长矛，向他疾刺。泽恩连连躲闪，却远不及那长矛迅疾。左腿、腹部、后背接连被刺中。

他连连痛叫，拼力摸到大骨刀，爬起来，背靠树身，正要反击，长矛又刺穿他的右肩，把他钉到了那棵树上。泽恩痛叫一声，几乎疼晕过去。暗影人左手迅即抽出一把骨刀，向他的咽喉划来。

泽恩再也无力躲避，本能地扭过头，却一眼望见那个女童，才跑了几步，又摔倒了。

沮丧顿时冲散了恐惧，他苦笑了一下，没想到自己竟这样死去。

可就在这时，一个身影忽然从黑暗中现出，很轻，很平静，风一样。

是那个女孩！

女孩扶起了女童，并向他望了过来。

那目光虽有些冰凉，却含着惊异、赞许和关切。

泽恩心里猛地一颤，顿时觉得世界一亮。

暗影人的骨刀已经刺了过来，他的目光却被女孩的目光吸住，根本无法移开，也不愿移开。

而且，他的心底猛然腾起一股滚烫的激流，目光随之发热、剧颤，眼中竟射出一道细细的光线！

而那女孩，眼中竟也射出了同样的光线！

两道光线相遇，猛然放出一阵强光，刺得他双眼剧痛，顿时昏了过去……

20．色彩

萨萨从未如此震惊过。

瞬间爆发的光芒，让她两眼刺痛无比，几乎晕了过去。

很久，她才敢慢慢睁开眼，却一眼看到，无数奇异而锐利的东西猛然冲向自己，她惊骇无比，慌忙又闭上了眼。

然而，那一瞬间所见，似乎具有无比强大的魔力，她忍不住又小心睁开了眼。满眼的奇异和锐利，仍让她无比眩晕。

反复小心睁闭了许多次后，她才渐渐适应，也才渐渐意识到：那奇异和锐利是妈妈曾无数次说过的光亮和色彩。

她无比激动，同时又十分害怕。而光亮和色彩的巨大魔力，让她根本无法抑制住好奇，她不断偷偷望向四周，并一点点分辨出这些色彩的轮廓和边界，慢慢认出了周围的事物：那是塔奇树……那些也是……这是泥土……这是我的手、我的胳膊、我的兽皮衣……这是枯枝……这是塔奇叶……那是骨头？

一阵又一阵的震惊几乎让她窒息，巨大的恐惧中，混杂着莫名的兴奋和惊喜。

一片泥土、一根枯枝、一道疤痕，竟然都显现出无比神奇的色彩。脚边那两片干枯的塔奇叶，第一眼看，颜色似乎一样。但再一细看，差异极大。每一片上的颜色，都无比丰富，似乎有无数种颜色在叶面上交织汇合……

惊望着这无限纷繁的色彩，萨萨不由得涌出泪来，难怪妈妈那么渴望它……

很久，她才被身边一声幼嫩的感叹声惊醒。

扭头一看，是那个女童，睁大了眼睛，惊异地望着她。

女童小小的身体上，也充满了无数种色彩。蓬乱的头发上，不知道沾了多少种颜色的泥垢碎屑，嫩嫩的皮肤上涂满了无数种颜色的污迹。尤其是那双晶亮的眼睛，映射着无限的色彩，不断变幻出极其细微、无比绚丽的光泽……

从女童的惊异目光中，萨萨才发现，有一团光罩在自己身体上，四周如此炫目神异，正是被这团光所映照……

究竟发生了什么？

萨萨正在惊异，女童忽然扭过头，惊叫起来："妈妈！"

萨萨也忙望了过去，一个女人躺在不远处，身上也是无数的色彩，却一动不动，像是被那些色彩埋葬。她的脸沾满泥污，已经僵冷。两只眼睛却仍然睁着，左眼眼珠干枯萎缩。从左眉到鼻梁，有一道深深的旧伤痕。

萨萨一惊：那个独眼女人？

女童大声哭起来，张开双手，要扑向自己的妈妈。

萨萨忙一把拽住她，牵起她的手，快步离开了那里。

临转身时，她一眼看见，前面那棵塔奇树下，还有一团光芒。

光芒里躺着一个年轻男子，身上到处是鲜红的血，一动不动。只看得到他的侧脸轮廓，被光芒映出一道硬挺的线条。

是那个唱歌的男孩？

21．乐趣

摩辛原以为自己喜欢这沼泽，喜欢这宁静，并能长久喜欢下去。

然而，持续了一段时间后，他心里渐渐躁动不安起来，忍不住想要做些什么。

尤其是那让他无比享受的痒，快感渐渐变弱，间隔也越来越长。他想，换肤后，才能有那痒。自己的身体一直沉溺在沼泽里，皮肤始终是湿的，没办法干裂。得离开沼泽，把皮肤晾干。

于是，他又重新回到了黑森林。

黑森林却变得有些陌生，更有些索然无味。

树枝间不时出现的人类身影，一个个仍旧那么紧张、不安和警惕，随时在饥饿，随时在恐惧。他觉得很可笑，想到不久以前，自己也和这些人类一样，他又感到了耻辱。

他不愿再和这些人类有丝毫的牵涉，便尽量避开，独自在树枝间穿行，只求晾干自己的皮肤。

然而，当他攀住一根树枝，刚跳到另一棵树上，忽然听到一声尖亮的惊叫，是个幼童，躲在他旁边的一根粗枝边。摩辛一愣，忽然发觉一个黑影猛然向他扑了过来，是个女人。

女人右手握着把骨刀，不停地向他挥舞。左手则迅即把幼童揽到自己身后，神情极其狠厉。幼童在女人身后吓得哭了起来，女人继续一边挥舞骨刀，一边不时回头发出嘘嘘声，并用左手不断拍抚身后的幼童。

摩辛无比惊愕，女人竟然不用"摩辛"制止孩子的哭叫。而且，那嘘嘘声、那拍抚，竟然充满疼爱。

摩辛忽然感到一阵憎恶，并随之找到了一种乐趣。

他抬手攀住头顶的树枝，轻轻一跃，绕到树的另一侧，随即一个盘旋，荡到女人身后，瞄准哭声处，一刀刺了过去。一声惨叫，那个幼童被刺中。女人顿时尖叫起来。

摩辛轻轻一笑，留下哭喊的女人，飞荡开去。

所有的生命都应该在幽暗中孤独而冷酷地生存，那女人却妄图用那种嘘嘘声来反抗黑森林的法则。

摩辛不喜欢这种反抗。

于是，他开始猎杀带着孩童的女人。

每猎杀几个，他身上的皮肤也随之要干裂一次。蜕皮前的痒和痛越来越轻，蜕皮后的痒则依然十分强烈。而且，新生的皮肤越来越暗，越来越黑。他把这当作对自己劳作的奖赏。

然而，持续了一段时间后，他又开始厌倦起来。

猎杀的时间越来越少，沉溺在沼泽中的时间越来越长，也越来越令人麻木。

直到那个身影出现在沼泽边。

那是个女孩，一个完全不一样的女孩。

黑森林的女孩，头发蓬乱，满眼惊恐。只有这个女孩，脚步很轻，神色十分冷静。她踏进沼泽，用皮袋盛装淤泥，却没有发现躺在淤泥中的摩辛。

摩辛屏住呼吸，一动不动。女孩弯下腰时，他才隐约看见，女孩的头发原来是编成了一根根细辫。女孩抬起头时，目光冰凉而冷静。

看到这目光，摩辛忽然忆起：黑牙石下和他对峙的那个少女。

他略一分神，女孩已经转身回去，离开沼泽，消失在黑森林中。

摩辛忽然觉得有些不舍，有些怅然若失，不由自主地叹了口气。

这种情绪从未有过，他不喜欢。

然而，不由自主地，他又走进了黑森林。

他告诉自己的是：该去猎杀了。

他不让自己问的却是：她在哪里？

然而，他既没有猎杀一个女人，也没看到那女孩的踪影。

他开始烦躁，回到沼泽也再难安宁，只能一次次重回黑森林，却始终一无所获。

他恼怒起来，一眼看到树权间一个女人怀抱着一个女童，举起长矛刺了过去。那女人只有一只眼睛，却异常狡猾，带着女童，接连跳过几棵树，几乎逃开。摩辛越发焦躁，一直紧紧追击。

那女人抱着女童跳下了树，在地上奔跑。摩辛冷笑一下，跟着跳了下去，一矛刺中女人的后背。女人挣扎着继续逃，没跑多远，就和女童一起摔倒。摩辛追过去，一矛刺中她的胸口。

一个身影忽然从树上跳下，用骨刀挡开了他的矛。

摩辛一眼便认出，是那个敢在寂静中发出连串可憎声音的男孩，黑森林里最放肆的人。

他迅即掉转矛头，刺向那男孩。转眼间，连连刺中几处。最后一刺，将那男孩钉在了树上。他抽出骨刀，割向他的喉咙。

那男孩临死之际，目光竟然转向了旁边，引得摩辛也不由得停住手，顺着那目光望了过去。一望之下，他顿时惊住——

那个女孩。

随即，一道强光爆出……

22．光亮

泽恩醒了。

刚睁开眼，一阵强光射来，无比刺痛，他忙又紧闭起双眼。

即便闭着眼，他也仍能感到那刺眼的光亮。他不敢再睁开，浑身的伤痛更让他一阵晕眩，不由得又昏睡过去。不知过了多久，他才又醒来。

他试着微微睁开眼，那光亮仍在，却稍微缓和了些。好奇战胜了恐惧，他一点点尝试，双眼慢慢适应了那光亮。

他渐渐看清楚，自己被一团光亮包围。

在这光亮照耀之下，一切变得无比新鲜和奇异，他的身体和周边现出无数从未见过的色彩——

他的皮肤是苍白色的，透出暗蓝色的血脉，沾满深红的血和乌黑的泥垢；他的手臂上裹着的塔奇叶是深灰绿色的，夹杂着浅黄纹路和暗红斑点；伤口上的血凝成了暗红色，仍在渗出的则是鲜红色；身边的泥土是暗褐色的，上面落满了灰黑色的树枝、黝黑色的粪便、灰褐色的树皮；他的大骨刀横在脚边，白色骨质泛出淡黄、淡褐色的斑纹，上面布满了乌红色血污；手柄上缠的皮绳则是油亮的深褐色……

光亮照耀下，黑森林也完全不一样了：原先密布的塔奇树尽是黑树干、黑树枝和黑树叶，现在全都显出颜色来，暗褐色的树皮布满深黄浅灰色的裂缝，树枝上的叶子则是绿褐色……

他一直听妈妈讲"颜色"，这一刻才终于知道什么是颜色。

他大张着嘴，惊望着四周，像是掉进了一个奇梦中。

良久，他才想起那个女孩，忙望向女孩出现的地方。

然而，女孩并不在那里。

连那个女童和暗影人也不见了，只有那个女童的妈妈躺在不远处。皮肤惨白、头发污乱、穿的兽皮乌黑破烂，深紫色干裂的嘴大张着，露出发黄的牙齿和乌紫的舌头，胸口一大摊乌红的血流到身边的泥土里，已经凝住。

以往看到死尸，都是在黑暗中，这时清晰地看到颜色和细部，泽恩腹部一阵翻涌，顿时呕吐起来，很久才终于止住。他忍痛爬起身，费力挪动脚步，去找那个女孩。

他移动，那团光亮竟也跟着移动，像是生在他身上。

他顿时恐惧起来，忙伸出双手用力挥打。那光亮却无形无迹，根本触不到，更驱不走。他更加害怕，拔腿便跑。无论他跑到哪里，那光亮都始终罩在他身上，根本无法逃脱。

他惊惶无比，妈妈让我寻找光亮，现在终于找见了，但我拿这光亮做什么？

被这光亮罩住，所有人类和兽类都能看见我，我成了黑森林里最危险的存在。

他越发恐慌，忙急急环视四周。幸而附近并没有人或兽，得赶紧躲起来！

他忍着伤口剧痛，慌忙跑了起来。但跑到哪里，这光亮便跟到哪里，这样越跑越危险。

他猛然想起那个女孩的树洞。

然而，有了这光亮，黑森林变得完全不同，他辨不清方向，不知道那个树洞在哪里。急急寻了很久，越寻越迷失。

身上的伤口全都崩裂，血又开始涌出。他再走不动，便靠着一棵塔奇树坐了下来，闭起眼睛，让自己重新回到黑暗中。然而，这种黑暗并不是原先那种黑暗，他依然辨不清方向。

他只得重新睁开眼，却一眼看到泥土上有一串深印，我的脚印？

那个树洞在我醒来时躺着的地方，沿着脚印就能找回去！

他忙站起身，沿着泥土里的脚印，一步步往回找去，绕了很久，终于一眼望到刚才那具女尸。他不敢多看，抬头望向旁边那棵塔奇树，树身上果然有一团黑褐色的干泥，是洞口那个挡板。原先它和树皮都是暗黑色，不容易分别，现在在光亮下，变得十分明显。

他忙从袋里取出皮绳，这才发现皮绳正面是灰黑色，反面是灰白色，绳头拴的石头竟然是深绿色。

一切都不一样了。

他甩动绳子，挂住树枝，爬上去，掀开那块泥板，钻进了洞里……

23. 亲近

萨萨又慌乱，又惊喜。

那团光亮一直罩在她身上，她移动，光也跟着移动。

那个女童也忘记了啼哭，睁大眼睛，惊望着她身上的光芒。

她环视四周，光亮之外，仍是无尽的黑暗。她顿时恐惧起来：有了这团光亮，无论我走到哪里，所有的人和兽都能看见我，必须赶紧躲起来。

但躲到哪里？

那个树洞？

不行。那里只能藏身，只要出来寻食，立刻就会被发觉。

那还能去哪里？

她想到了南边那片沼泽，那里似乎没有活物的踪迹。

于是，她牵着女童的手，快步向南边走去。

才走了一段，女童就摔倒了，顿时哭了起来。

这时萨萨才想起来：我为什么要带着她？

黑森林里，除去亲人，人类之间，除了食与被食，不可能有任何连接。

我带着她，是要把她当食物？

她望向女童，却没有丝毫想吃她的欲念。

她越发纳闷，怔了许久，才找到原因：我和她其实已经有过连接，她妈妈曾经帮过我，在我受伤时，给过我半截地蚓。

我如果不带着她，她很快就会变成食物。但是我现在被这光罩住，也随时会变成食物。带着她，只会增加负担。在黑森林里，多一丝负担，增加的危险可能是无数倍。

她正在犹豫，女童仰起头，睁着泪眼望向她。颤动的泪水，让那对明亮的眼眸更加光彩动人。

萨萨又生出一个疑问：黑森林里的孩子，再小，也会本能地惧怕、逃避陌生人。她为什么会跟着我？她相信我不会吃她？那纯净的目光里，的确没有惧怕，这是为什么？

萨萨越发惊疑和为难，望着女童，她的心里竟不由自主地生出一种亲近，如同和妹妹的那种亲近。

她俯身帮女童抹去泪水，叹了口气，轻声问："你叫什么？"

亲人离开后，这是她第一次开口说话，声音有些发涩。

女童并没有答言，望着她，眼中露出茫然。

萨萨忽然想起来，黑森林里，言语交流只在亲人之间。亲人之外，人类彼此恐怕都听不懂对方的话。

她想了想，指着自己："萨萨——"又指了指女童。

女童居然立即明白，发出嫩嫩的声音："索索。"

"索索？"

女童点了点头，眼中露出些笑意。

萨萨有些吃惊，"索索"是塔奇果，难道她所说的"索索"和我的意思一样？

她随即想起，女童刚才大声叫"妈妈"，读音也完全一样。

妈妈曾说，人类原先曾经结过群，那时的语言应该是相通的，后来才渐渐分离。

她又问："索索，你不怕我？"

索索眼中又露出茫然。

萨萨对着她做出凶狠的样子，索索看到，居然咯咯笑了起来。

萨萨十分意外："不怕？"

索索笑着摇了摇头。

"为什么？"

"光——"索索伸出手指，指向萨萨身边的光团。

"光"的读音也一样！

萨萨也不由得笑了，她已经很久没有笑过了。

她伸手牵住索索："起来，我们继续走。"

索索竟笑着点了点头。

24．呕吐

摩辛逃回沼泽，扑进淤泥，浑身抖个不停。

他正要刺死那个放肆男孩时，强光忽然爆出，他的双眼一阵刺痛，顿时昏了过去。

等他醒来，微一睁眼，光亮又射进眼里，他慌忙闭上眼，拼命爬起来，转身飞快逃离。才跑了十几步，额头突然一阵剧痛，撞到了一棵树，疼得他不由得又睁开了眼睛。

他发觉，光亮是从背后射来的，弱了很多，却也照得眼前的黑森林和以往完全不同，无数诡异的色彩涌进他的视线，无比混乱，无比恐怖。

他吓得怪叫了一声，忙又闭上眼睛，向前伸出双手，不断摸寻着，继续向黑暗中逃去。

磕磕绊绊，逃了很久，再小心睁开眼时，眼前终于没有了光亮，世界又恢复了原先的幽暗，他这才松了一口气，却不敢停留，加速向南边狂奔。

一直奔到沼泽，把全身都沉陷进淤泥中，他才略略找回了些安全感。

然而，之前所见的一切不断地在他脑海中闪现，让他头晕目眩，不由得呕吐起来。肠胃都吐空了，他却仍不住地抽搐干呕，后怕更让他失声痛哭起来。

他从来没有这么恐惧过。

原先，他最憎恶的是目光，而那光亮，比目光强无数倍，不但射向他，更像是要把他的血肉、灵魂全都逼出来。一旦被那光亮捕获，结局只有死。

过了很久，这巨大的恐惧才渐渐消去，创伤却深深留在他心底，让他忍不住一遍遍回忆当时的情景。

他猛地一颤，忽然忆起：强光爆出之前，那辫子女孩忽然出现，她和那放肆男孩在对视。

他心里一阵抽痛，却忍不住仔细回忆两人的目光。

越想，心越痛。

两人的目光中含有一种情绪，他从未见过。

那是什么情绪？

无论如何用力，他都难以想清楚，但两人对视的目光，像是骨刀，不断狠狠割刺着他的心。

正是那对视，爆出了强光。

恐惧再次从心底爆发，这让他猛地从淤泥中跃起。

眼睛睁开的瞬间，他一眼看到，黑森林里忽然显出一点光亮。

他惊得一颤，几乎又叫出声来，却看见那光亮越来越近，越来越大，向沼泽这边逼近。

他惊慌无比，忙将脸埋进了淤泥里。

最后一瞬，他看到那团亮光中有个身影：那个女孩……

25. 神

泽恩在那个树洞里躲了很久。

光亮把树洞里照得十分明亮，他屈膝坐在里面，不停细看树洞的内部：树壁是灰白色，很光滑，布满无数深灰色的细纵纹。每一根细纹都不一样，千变万化，无比繁杂。他越看越着迷，也才体会到光亮的好处：这世界原来这么丰富、这么美。

他正在赞叹，外面忽然传来一阵嘶吼声：一群夜兽。它们自然是发现了那具女尸，迅速奔到，争抢起来。一片凶狠、惨厉的嘶叫声顿时爆响在耳边。泽恩听得心惊肉跳，慌忙用皮袋堵死了底侧那个小洞，怕光漏出去，被夜兽发觉。

他又恨起这光亮来，却始终没办法让它消失。

当夜兽群走远，四周恢复安静，他饿了起来，却只能忍着。

然而世界上最不能忍的就是饥饿，死亡也不能克制它。

饿得实在受不住，泽恩只得费力爬出了树洞。身上几处伤同时发作，他重重摔到了地上，趴了很久，才强迫自己费力爬了起来。

刚站稳身子，泽恩却一眼看到光亮外立着一个身影。

他惊了一跳，仔细一看，是个老年男人：一张惨白尖瘦的脸，头发灰白稀疏，颧骨高耸，眼窝深陷，身体干瘦佝偻。他披着一块破烂灰白的兽皮，双臂和双腿都细瘦得几乎只剩骨头，手里握着根灰黑色长矛。

看清之后，泽恩越发恐惧，转身想逃，却没有气力，只得将手里的大骨刀举在身前，准备搏斗。

然而那个老人并没有动，一双幽黑凹陷的眼睛一直盯着泽恩。

看到那深陷的眼窝，泽恩猛然想起来，这是黑牙石下几乎杀了自己的那个老人。他当时就已经很老了，居然能活到现在？

他强忍着痛，握紧了大骨刀，准备拼命。

那个老人灰紫的嘴唇忽然颤抖起来，张开嘴，发出一串苍老发抖的声音。

除了妈妈，泽恩第一次听到人类说话。他听不清老人在说什么，甚至无法确定那是不是语言。

老人又重复了几遍，声音越来越激动，应该是在说话。

泽恩仔细分辨，勉强听出一个词："神"。

妈妈曾讲到过：神，无所不能，但很久很久以前就离开这世界了。

泽恩不知道老人是不是真的在说"神"，但看他神情十分激动，却没有敌意。他正在纳闷，老人忽然丢掉手中的长矛，跪到了地上，头不断磕向泥土。

泽恩从来没见过这种举动，吃惊无比，愣了片刻后，猛然想到：他看到我身上的光，把我当作了神？

老人忽然停了下来，双手颤抖着从腰边的皮袋里取出一样东西，双手高举，递了过来。

泽恩一眼看到，几乎要呕吐：一块深褐色黏滑粗圆的东西，布满暗绿花纹，断口处是红褐色，不断滴下墨蓝色黏液。若不是闻到熟悉的土腥味，他几乎认不出这是一截地蚓。

老人抬起脸，嘴里不住念着"神"，目光滚烫颤动，充满了敬畏。

他真的把我当作了神？送食物给我？

泽恩虽然心有顾忌，那截地蚓看着也十分恶心，但那熟悉的气味催动饥饿，他便走过去一把抓了过来，并迅速退了回去。老人抬头望着他，眼中闪出欢喜。

泽恩略略放了心，眼睛不敢看那块地蚓，张大嘴吞食起来。片刻之间，那块地蚓被全吞进了肚里。

老人仍跪在那里，咧开缺了几颗牙的凹瘪的嘴，喉咙里发出咯咯咯的声音，他居然在笑。

泽恩听到，也不由得跟着笑了。

老人见他笑，笑得越发大声了，干瘦的肩膀也随之颤抖起来。

泽恩也放声笑了起来，既开心，又纳闷：我是神？

26. 果

萨萨带着索索在黑森林里穿行。

有了光，黑森林变成了另一个世界，时时让她晕眩，连方向也彻底迷失。一路上不时听到响动，却没有人或兽来攻击，那些声响反倒纷纷远离她们。

难道他们怕我身上的光？

萨萨不敢确信，反倒加快了脚步。索索也再没有哭，一直尽力跟着。

走了很久，她才大致辨清了方向，黑森林中央地带树更密集，越向南走越稀疏，南边泥土更湿润。她便看着泥土，向南边赶去。

光亮照着地面，行走起来便捷了很多，再不用怕被树枝或石块磕绊。途中，她捡了些兽皮，把索索和自己的赤脚全都包裹起来。

最惊喜的是，她还摘到了几颗塔奇果。

塔奇树叶底会结一种扁圆的果实，但生长得极慢，结得极少，很难遇到。原先想找一颗都无比艰难，只能凭运气。现在有了光，她抬起头一眼就能发现。

走到黑森林边缘时，索索已经走不动了。萨萨察看四周，见没有危险，便在树下铺了张兽皮，让索索坐下来休息。

她爬上树摘了几片塔奇叶，整齐排放到两人中间，又从袋里取出那几颗扁圆的塔奇果。索索睁大眼睛望着，十分好奇，似乎从没见过这东西。

萨萨不由得笑了，索索没见过索索。

她抽出骨刀，学着妈妈的样子，去砍塔奇果。但那果壳十分坚硬，她连砍了几刀，都没能砍开，还险些砍伤自己的手。她拿起来仔细看了看，暗褐色的果壳上布满一条条深绿、暗红交错的纵纹，其中有一道凹缝，从顶到底绕了一圈，正好把塔奇果分成两半：应该从这道凹缝下刀。

她再次抓起骨刀，对准那道凹缝砍了下去，果壳果然被砍裂。她再用力一刀，塔奇果被砍成了两半，露出了里面的果肉。那果肉竟是紫红色的，在光芒的映照下，闪耀出诱人的光泽，美得令人心颤。

索索张大了嘴，发出一声惊叹，眼珠闪动着惊异的光芒。

萨萨忽然发现：最美的不是色彩，而是光。光不但让色彩显现，更能让色彩变幻出无数奇异之美。

她拿起一半塔奇果，用刀尖沿着果壳内壁划了一圈，又在果肉上切了个十字，而后递给索索。索索用两只小手小心接过，却只是惊望着，看来不知道这能吃。

萨萨笑着拿起另一半塔奇果，用刀划过，抠出一块果肉，放进嘴里，果汁顿时溢满口腔，香甜微酸，真是世界上最美的滋味。萨萨只在幼年时吃过两次，一直在怀念。今天终于再次尝到，她眼里几乎要涌出泪来。

索索看到，忙也学着抠出一块放进嘴里，随即顿时定住，眼睛睁得又圆又亮。片刻后，她才小心咬起来，边咬边发出一阵阵奇异的声音，像是要哭，又像是受了惊，其中更含着无比的欢欣和激动。

萨萨忍不住笑出了声，险些喷出嘴里那块果肉。她忙用手护住，也慢慢品尝起来，久违的幸福滋味，从舌间流向心间……

27. 伤口

泽恩发觉了一件事——

自从身上有了光，自己醒来后到处乱走了很久，但除了这个老人，并没遇到一个人或一只兽。

难道他们都怕这光？都躲起来了？

只有这个老人，或许记得一些关于光亮的古老传说，所以才敢接近自己。

但是，这光是从哪里来的？

他尽力回想，似乎是自己和那个女孩眼中同时射出了一道光线，两道光线碰到一起，爆发出了一团强光。

但这团光为什么会罩在自己身上？

难道自己真的成了神？

他不由得笑了笑，自己的身体没有丝毫变化，还是会饿，伤口仍在疼，也没有任何异常能力增加。

那老人见他笑，又跟着咧开嘴笑起来。

他忙摇头说："我不是神。"

老人听了，连连摇头摆手，不断叫着："神！神！"

泽恩指了指腹部的伤口："我不是神，神不会受伤。"

老人眼里露出些疑惑，却仍用力摇着头，随即从袋里取出另一截地蚓，挤了些汁液在手上，站起身要凑过来，却又立即停住了脚，眼里满是畏怯。

他要替我敷治？

泽恩心里涌起一种异样的感动，这是他和陌生人类之间的第一次近距离接触，这让他十分惊诧，更有些惧怕。

他盯着老人仔细审视，老人的目光中没有丝毫敌意，只有热情、关切和崇敬。而且，老人手中捧着地蚓，并没有武器。

他犹豫了片刻，决定冒险，便忍着痛走了过去，伸手从老人手掌中抓了一团汁液，又退回几步，把汁液敷到几处伤口上。后背还有一处伤，他弯过手，却抹不到。

老人一直在原地望着他，这时怯怯出声，不知在说什么。但看神情和手势，是想帮泽恩。

泽恩又犹豫起来，正面还能防备，背对着他，实在太危险。

老人也看出了他的顾虑，似乎被刺伤，嘴角一抖，目光一颤，眼里竟滚下泪来。

泽恩大惊，更有些慌，不知道该如何应对。

内心有个声音告诉他：你可以相信他。

你能活到现在，全靠冒险和奇迹。现在身上有了光，更是奇迹中的奇迹。你已经接受了老人的地蚓，就再冒一次险吧，也许能换来更多的奇迹。

他咬了咬牙，朝老人点了点头，慢慢转过身子，背对着老人。

老人似乎也在迟疑，等了一阵，泽恩才听到他的脚步声慢慢移近。

泽恩的心顿时咚咚跳响，全身的肌肉也立刻紧绷起来，随时准备逃命。

老人走到和泽恩相距一步时，停了下来。

泽恩一直用力听着，老人的呼吸声就在身后，很急促，是胸口发出的一阵阵喘嘶声，像是死亡逼近的声音。泽恩的后背发紧，浑身暴起寒栗，再也难以忍受，几乎要大喊一声，立即拔腿逃开——

忽然，左背上的那个伤口一阵清凉，接着是一阵微痛。

老人真的在替他涂抹地蚓汁液，很轻，很小心。涂抹完后，他立即退后了几步。

泽恩浑身一松，那种感动重新涌起，他转身望向老人，指着自己——

"我，泽恩——你？"

"穆巴……"

成长篇：神灵

1. 说话

泽恩和穆巴成了伙伴。

虽然言语不通，他却止不住地想和穆巴说话，穆巴也一样。

他们借助手势，不断说着话。开始时异常艰难，一句简单的话，需要想各种办法反复比画，对方才能勉强明白。泽恩却丝毫不觉得繁难，反倒无比开心。

说话的冲动，像被泥土阻拦的溪水，一旦从破口渗出，再无法抑制。

渐渐地，他们能领会对方的词语和手势越来越多，两人更惊喜地发现，除了"神"，他们之间还有不少词语发音也很相近，比如"妈妈""人""塔奇""地蚓""夜兽""光"……

从对话中，泽恩知道了"穆巴"的意思是长久，他的妈妈希望他能活得长久，他居然真的活到这么老。更让泽恩惊奇的是，穆巴比画着说，他以前也曾见过一个发光的人类。

"哦？什么时候？"

“我，小时候。”

“那个人呢？”

“不见了……”

“他去了哪里？”

“不……光，不见了。”

“哦？光会消失？”

“嗯。”

“那个人呢？”

“死了……”

原来，以前也有人类发出过这种光亮，泽恩顿时轻松了不少。但听到这光亮会消失，人也会死，他又有些失望。看来，即便有了这光亮，人依然是人，不是神。

他继续和穆巴说着话，越说越敬佩穆巴，这个老人心里不知道藏了多少记忆，那记忆似乎和黑森林一样深广。

穆巴袋里的地蚓吃光后，他们一起去寻食。在光亮的映照下，黑森林变得无比新奇，每走一步，泽恩都惊叹不已。

光亮把他和世界分隔开。光团之内，处处都清晰、新鲜而丰富；光团之外则仍是那个幽暗的黑森林，其中不时传来一些响动。泽恩先后看到几个人类的身影，他们在树枝间飞蹿，迅速逃藏到黑暗中。他忙向穆巴求证——

“人类都怕这光亮？”

“嗯。”

“夜兽呢？”

“怕。”

泽恩大为开心，以后再不用惧怕了，黑森林再没有威胁了。

不过，光亮也带来了麻烦。

人和兽见光就逃，再难捕到。而且，只要想到人肉，泽恩顿时会记起那具女尸，并涌起一阵剧烈的恐惧和反胃，他再不敢吃了。

只有地蚓，似乎感不到光亮，捕杀起来轻松了很多。但地蚓肉在光亮中看着依然极其恶心，只有饿得受不住时，泽恩才能闭起眼，强忍着吞下去。

有一次，泽恩抬头望向树枝，一眼看到一片塔奇叶下坠了一个扁圆的东西，拳头大小。他忙掏出绳石，荡上树，伸手摘了下来，嗅了嗅，是塔奇果！小时候，妈妈摘到过一颗。

泽恩仔细看了看，果皮是暗褐色，布满了纵纹。他跳下树，把那颗塔奇果放到地上，用大骨刀对准，用力砍下，却砍斜了，塔奇果飞滚到一边。

穆巴笑着捡了回来，蹲在光亮里，用左手按稳塔奇果，右手抽出骨刀对准，轻轻一砍，果壳居然应手而裂，分成了两半。一股清香透出，露出紫红润亮的果肉。

泽恩不由得惊叹："塔奇果原来是这种颜色！"

穆巴笑着点了点头，也十分欢喜，却并不惊奇，看来他以前在光亮里见过。他拿起半个塔奇果，递给了泽恩。泽恩接过来，用手指抠出一块果肉，放进嘴里，那酸甜的滋味激得他不由得打了个冷战。

他只记得塔奇果极其可口，却早已想不起这滋味，这时重新尝到，顿时忆起和妈妈分食那颗塔奇果时的情景，心里涌起另一种又甜又酸的情绪。他怕穆巴看出来，忙笑着继续吃起来。半颗塔奇果顷刻间便吃完了，穆巴把另一半又递给他。

他忙摆手："你也吃！"

穆巴却笑着连连摇头，泽恩强行把塔奇果塞回他的手里，穆巴才呵呵笑着，不再谦让。

泽恩心里又一阵感动，忽然看到穆巴身上微微散出些光来。

"穆巴，你身上也有光了！"

穆巴忙低头左右看了看，他站在泽恩的光团里，被光映着，自己看不出来，便后退了几步，站到黑暗中。

果然，他身上发散出了一圈淡光。

穆巴双手颤抖，激动无比："谢谢！谢谢神！小时候……那神……也给了我光亮……可……很快，熄灭了……"

"不，是目光！"

泽恩忽然醒悟：是赞许的目光，激发出对方的光！

光亮虽然神奇，但对另一个人的赞许才是这神奇的根源。正是赞许的目光，点亮了被看的人。

我的光是那个辫子女孩激发出来的……

她看到我阻止暗影人杀那个女童，她望向我的时候，暗影人的骨刀正刺向我。她的目光里不但有赞许，还有生死关切，所以目光的激发力极强，自己身上的光才这么亮……

泽恩心里一阵热涌，不由得低声问：你在哪里？

2. 奇迹

萨萨牵着小索索，来到了沼泽边。

光照之下，沼泽极其宽阔，一直延伸到黑暗中，看不到边际。黑褐色淤泥上，漂浮着无数深深浅浅的幽绿霉苔。

萨萨见几十步外隐约有一处隆起，就牵着索索慢慢走了过去。走到中间，淤泥越来越湿，索索的腿已经完全陷没。萨萨不敢再向前，便拽起索索，一起回到了干地上。

她见树林边有一截粗树干，中间已经空了，顿时想到了一个办法。她把那截树干费力拖到淤泥边，让索索坐到上面，慢慢推到沼泽里。等树干开始浮起来时，自己也爬了上去，用一根长树枝撑着，缓缓划近那片隆起处。

她把树枝伸过去戳了戳，自己没猜错，是个硬实的土丘。她极为开心，牵着索索，跳了上去，在小丘上绕着查看了一圈，既安静，又安全。虽然不大，但足够她们居住。

"索索，我们在这里建造一个家！"

索索没有听懂，茫然点着头。

"等建好，你就知道啦。"

她牵着索索又坐上空树干，划回到森林边，捡了许多树枝，分几趟搬到小丘上。

照着妈妈的办法，萨萨用树枝搭起了一个小小木棚。有了光，萨萨做起来比妈妈更精细，也更快。木棚搭好后，外面用泥厚厚涂满，里面则铺上一层兽皮隔潮保暖。

新家终于建好，她也累出了一身汗。再看索索，她也浑身污泥、头发蓬乱。萨萨便蹲到小丘边，用一块树皮舀起沼泽表面的水，先替索索从头到脚冲洗干净，而后自己也用一块兽皮蘸着水擦洗了一遍。

洗干净后，她才牵着索索一起走进了新家，关上门，面对面坐下。环视四周，两个人不由得一起笑起来。

这个家比原先那个还好，因为它有光。

索索的头发还在滴水，萨萨用兽皮给她擦干，替她仔细编了几根小辫。光亮照耀下，发辫闪着光泽，索索那张小脸显得尤其鲜嫩可爱。萨萨忍不住凑近，在她额头上亲了一下。

索索睁着明亮的眼睛，既吃惊，又开心，抿着小嘴，露出了笑。

萨萨也笑了起来，心里随之涌起一阵暖流。没想到，自己竟然能和陌生的人发生连接，而且能这么亲近。途中，她已经教会索索以姐妹相称，这时，她由衷地觉得，索索真的是自己的小妹妹。

她望着索索，笑着赞叹："索索，美！"

"姐姐，美！"索索似乎听懂了什么是"美"。

"真的？"

"嗯！"索索用力点头。

"哦？哪里美？"

"嗯……"索索一边念着听不懂的词语，一边伸出小手指，依次指向萨萨的眼睛、眉毛、鼻子、嘴、发辫、手、兽皮衣……

萨萨无比开心，从来没有人清楚地看过她，包括她自己。她一直不知道自己的长相，也从来没有想过。索索是第一个看清楚她的人，也是第一个说她美的人。在索索的目光里，她才第一次间接看见了自己。

她笑着说："你也很美，你的眼睛、嘴巴、小鼻头……"

索索又抿着嘴笑起来，正笑着，她身上竟散出淡淡的光来。

"索索！"

索索吓了一跳，眼中现出惊恐。

"别怕——"萨萨忙伸手拍抚她，"你也有光了！"

萨萨见在自己的光的映照下，看不真切，忙起身打开门，走了出去，又关起门，透过门缝，向里望去。

棚子里暗了下来，索索身上果然散出一圈光，虽然有些微弱，却也将她的身体全都映照出来。

索索张大眼睛，不敢相信，不住扭着头，上下左右看自己身上的光。

萨萨猛然想起自己和唱歌男孩最后的对视，难道光是从目光的注视而来？这种注视似乎不是一般的注视，而是含着赞许和喜爱……

不对，妈妈也这样注视过我，为什么没有光？

它需要陌生人的注视？

黑森林里，陌生人之间只有敌视，绝不会有赞许，更不会有喜爱。

赞许和喜爱，是黑森林里的奇迹。

奇迹能创造奇迹，从而点亮对方……

"光！光！我也有光！"索索忽然站了起来，不住笑着、跳着。

萨萨推门进去，抱起她，一起笑着转起圈来。

萨萨忍不住唱起了那首歌，并一遍遍教索索唱。

欢乐了一阵，两个人都饿了。

这片沼泽没有食物，寻食还得进黑森林。

黑森林太危险，萨萨犹豫了一阵，还是决定把索索留在小棚子里，便比画着告诉索索。索索听懂了，用力点了点头，似乎并不害怕。萨萨越发喜欢这个小妹妹，又亲了她一下，这才走出去，从外面用一根皮绳拴紧了门，独自划着那截空树干，回到了黑森林。

一路上，除了几声树枝响动，并没有看到人或兽。她没有深入，只在黑森林边缘找了一片空地，用树枝不停戳打地面。等了很久，才引出一条地蚓。看到地蚓钻出地面那一瞬，萨萨吓了一跳。

以前，她从来没有清楚地看过地蚓，现在有了光亮，一眼望去，地蚓身子湿软黏滑，沾满泥渣，灰黑色外皮上，布满褐色斑纹，而它的头，尖滑幽亮，顶上一个裂口，不断翕张，吐出黏稠的涎水。

萨萨浑身一颤，感到一阵强烈的恶心，这时地蚓已经缠住了她的左腿。她忙用力挥刀，砍向脚边。有了光，一刀便把地蚓砍成了两截。汁液顿时从断口处涌了出来，黏稠的乌蓝色。萨萨几乎要呕吐，她强忍着恶心，把土里的大半截地蚓拽了出来。

她不由得叹气：看来，光亮也有它不好的地方。索索看了，恐怕也吓得不敢吃。

她拖着那截地蚓，边走边抬头在枝叶间寻找塔奇果。寻了很久，却只找到一颗。看来以后也只能拿地蚓当主食，得想办法让地蚓看起来不这么恶心。

回到沼泽，她也没想出好的办法，却一眼看到小丘上一片漆黑，没有丝毫光亮。索索身上的光消失了？

她忙划着空树干急急回到小丘，连唤了几声，索索都没有回应。她飞快地跳上岸，跑到木棚边，却见门开着，索索并不在里面。

她绕着棚子去找，发现侧边的湿土上有一串脚印，一直延伸到沼泽里。

成年人类的脚印……

3．盲

摩辛陷溺在沼泽里，不敢睁开眼。

不过，他把耳朵伸了出去，为了听那个辫子女孩的声音。

女孩身上的光亮让他又怕又恨，他有意隔开了很远的距离。沼泽无比寂静，声音听得很清楚。除了那个辫子女孩，土丘上还有一个女童的声音。他记得那声音，是他最后猎杀的独眼女人的小女儿。

两人不停地发出一些奇怪的声音。

摩辛十分惊讶，人类之间，除了"摩辛"，竟然还能互相发出这么多声音。他根本无法明白这些声音的含义，但能清楚地感到，这些声音远比"摩辛"丰富、生动和快乐，像是在不断开启另一个奇异世界。他听得见，却看不到，也永远无法走近。

这让摩辛十分嫉妒、憎恨和厌恶。

然而，辫子女孩的声音又令他无比着迷，像是小风穿过冰冷的沼泽，拂在他刚蜕过的新生皮肤上，吹进他的心里，很清凉，又有些微痒，说不出的舒服。

两人低声说了一阵，辫子女孩忽然大笑起来。

摩辛听了，浑身顿时一阵麻痒，竟然比蜕皮后的那种痒更让他迷醉，一阵阵晕眩，伴随一阵阵抽搐，他不由得呻吟起来。

那笑声停了，摩辛却意犹未尽，忽然记起自己曾经也笑过。

幼年时，有一次，身边那个唯一安全的女人左手抱着他，右手去抓一根树枝，却没抓稳，险些摔下树。摩辛从来不会笑，当时不知为什么，忽然咯咯大笑起来。才笑了两声，那女人的巴掌重重拍到他脸上，疼得他几乎哭出来。但看到黑暗中那愤怒的目光，他忙强行忍住。从那以后，他再没有笑过。

他是真正的黑森林的孩子，从不出声，从不笑。

那个辫子女孩却正相反，不但身上发出光亮，还能这样笑。

如果是其他人类，摩辛一定会立即杀死她、吃掉她，然而对这个辫子女孩，他竟然丝毫没有杀意。

为什么？

摩辛十分惊讶，却想不明白。这让他有些恼恨，甚至开始慌乱。

女孩又笑了起来，摩辛不敢再听，忙把头往下一沉，让淤泥掩住两只耳朵，却依然能隐隐听到。他忙在泥里划动，远远离开了那个小土丘，直到再也听不见。

然而，远离不但没能中断意念，反倒让他越发烦躁。他在泥里不断翻着身，再也无法享受这沼泽的宁静，更无法入睡。他恼怒起来，用力划动泥浆，向土丘冲了过去。

快要接近时，他却猛然停了下来。

光，小棚子的缝隙里透出光亮。

这光亮，比任何东西都可怕。只要有这光，他便永远无法接近那个女孩。他喘着粗气，不知道该怎么办。

忽然，"吱呀"一声，小棚子前面的挡板打开了，一道强光随之射出。

他双眼剧痛，忙俯身低头，把全身埋进泥里。

一段寂静后，传来挡板重新关上的声音。

他不敢动，继续趴在泥里。他已经能在泥里憋气很久，等一口气用尽，才缓缓抬起头。

这时，棚子里忽然又响起那女孩的声音，却不是之前的说笑声，而是一串更加奇怪的声音，他似乎曾经听到过。

摩辛愣了一阵，忽然想起，这是那个放肆男孩发出的那串可憎的声音。但这串声音从辫子女孩口中发出，听起来无比轻柔，无比悦耳，也像一阵凉风，拂过他的心，把他所有的烦躁全都吹散，让他心里只剩一片清凉……

摩辛闭着眼睛，顿时呆住。他虽然怕过很多东西，但心里从没有放弃过。这声音却让他丧失了一切力量和斗志。

这比死亡更加可怖，他惊慌之极，忙把头埋进泥里，尽力往下钻，钻到极深处后，他强行睁开了眼睛。

正如他所预料和惧怕的：泥水顿时涌进眼中，眼珠一阵剧痛，眼皮本能地就要闭上。他却用手指掰住眼皮，在泥里不住晃动，让泥水沾满眼珠的每个角落。

疼痛猛然加剧，钻心一刺，他顿时昏了过去。

不知过了多久，他被疼醒。

他感到自己仰躺在淤泥上，眼睛闭着，睁不开，眼珠灼痛无比。他尽力忍着，忍了很久，眼珠上似乎有东西脱落，他用手背抹掉，继续忍着痛。过了一阵，痛变成了痒，钻心的痒。他实在受不住，又翻过身，一头扎进了淤泥中，钻到极深处，在泥里不住翻滚踢打。

良久，那痒才渐渐止住。

他钻出淤泥，费力睁开眼睛，眼前一片漆黑。

从出生以来，从没见过这么黑的黑，完全的黑，真正的黑。

他不由得露出笑来，感到一阵从未有过的解脱和舒畅。

4．勇敢

光亮给了泽恩从未有过的安全和自由。

他和老人穆巴在黑森林里随意走动，没有任何一个人类敢靠近。

途中，他们遇到一群夜兽，它们向这边冲了过来。泽恩忙要躲上树，刚取出绳石，却见那群夜兽忽然停了下来，站在十几步远光亮的边缘处，不停发出怪异的嘶吼声，却没有一头敢扑进光亮中。

泽恩又怕又惊喜，第一次真正看清夜兽的形貌：皮毛并不是纯黑色，背上夹杂深灰色花纹；一对尖耳朵则是浅灰色；鼻头是肉红色，点缀着灰黑色斑纹；嘴巴尖长，边沿露出深红色肉皮；利齿也不是森白色，而是泛着黄；四条腿精瘦，关节处各生着一簇灰毛，爪趾则是青灰色。

看清之后，这些夜兽显得越发可怖。泽恩虽然尽力自抑，却仍微微有些发抖。他壮起胆，朝夜兽吼了一声。夜兽听到，顿时停住嘶吼，身子全都微微向后缩。

泽恩忙用足力量，又大吼了两声，那群夜兽竟然纷纷转头逃窜。泽恩大喜，不停地吼叫起来。夜兽群转眼就逃进黑暗里，迅速远去。

穆巴原本偷偷缩在后面，准备逃走，这时急忙跑到泽恩面前，颤抖着又要跪下："神！神！"

泽恩忙伸手拦住："穆巴，不许再跪。"

穆巴眼里涌出泪水，连连点着头："神，光亮之神！"

"你也有光了。如果我是神，你也是。"

"我不是，我不敢！"

泽恩正要继续争辩，眼角却扫到一个人类身影，矮小瘦弱，是个少年，他躲在不远处的一棵塔奇树后，向这边偷望。看到自己被发现，忙闪到了树后。

泽恩朝那边唤了一声，树后没有动静，又唤了两声，仍没有回应。他慢慢走了过去，发现树后并没有人，少年已经逃走了。泽恩微有些遗憾，笑着叹了口气。

光亮带来的好处中最令他惊喜的，是和穆巴结成了伙伴。虽然同为人类，但除了妈妈，他其实从来没把其他人类当作同类，那都是要吃他的敌人。认识穆巴后，他才惊异地发现，人类和人类并非只能互食，竟然还能交谈，还能相互赞赏、一起捕食、一起分享。

这是一种看不见的光亮，它让两个孤独黑暗的世界，互相照亮。

看到树后那个少年的身影，泽恩不由得想，其他人类是不是也能这样走近？

他继续和穆巴在黑森林里四处游走，一直有个人类在后面偷偷跟着。泽恩用余光扫到，仍是那个少年。

他回转身，又笑着唤了一声。少年仍急忙躲到树后，不敢现身。

泽恩望向穆巴，穆巴低声说："他怕。"

泽恩想了想，盘腿坐到了地上："走累了，休息休息。"

穆巴也笑着坐了下来。两人坐了很久，树后的少年始终不敢出来，却也没有离开。

泽恩笑着唱起了那首歌，穆巴也跟着唱起来。唱到一半，树后露出了小半张脸，一只明亮的眼睛望向他们，目光又畏怯，又好奇。泽恩笑着向他招手，少年却立即又缩了回去。

泽恩有些饿了，便从袋里取出三块地蚓肉，一块递给穆巴，一块用力抛向那棵树的后边。而后，他和穆巴一起吃起来，边吃边偷看。吃到一半，树后伸出一只细瘦的手臂，抓住那块地蚓后，又迅速收了回去。泽恩看到，很开心。

吃完后，他和穆巴又一起到处游走，少年始终偷偷跟在后面。

泽恩知道，惧怕是人类最顽固的本能，只有无比的勇敢，才能克服它。

就像他和穆巴，虽然已经彼此信任，走累时，却都仍然不敢放心睡觉。两人本能地隔开一段距离，只敢靠着树短暂休息一会儿，甚至连眼睛都不敢闭紧。

尤其是穆巴，在困乏时，他显得更加苍老憔悴，头不断下垂，却时刻保持着警惕。虽然活了这么久，他恐怕从来没有好好睡过一次。

泽恩终于忍不住劝说："穆巴，你安心睡，我守着。"

穆巴眼中立即露出惊疑和恐惧，却立即用笑容压住，感激地点了点头。他又犹豫了片刻，才似乎下了必死的决心，将头靠向身后的树身，用力闭上了眼睛。他的身体却始终紧绷着，并没有睡着。又过了很久，他才慢慢放松，真的睡了过去。

泽恩也终于松了一口气，坐在对面，一动不敢动。他知道，穆巴睡着，绝不只是由于太疲惫，更因为他抱着巨大的勇气，信任了自己。

这一觉，穆巴睡了很久，中途他还发出了奇异的鼾声。

直到躲在不远处的那个少年离开藏身处时，踩断了一根枯枝，发出一声脆响，穆巴才被猛地惊醒。他睁眼看到泽恩，满脸惊恐，迅即抓起身旁的长矛，用力刺了过去。刺到一半，他忽然清醒，慌忙丢下长矛，满脸惊惶愧疚，连声说："我，我，我……"

泽恩也惊了一跳，但尽力装作没事，笑着说："该我睡了。"

穆巴忙连连点头，刚坐回去，忽然想到了什么，又抓起长矛，并抽出腰间的骨刀，一起递了过来。

泽恩一愣，但随即明白，忙笑着摇头："你要留着武器，防备敌人。"

他靠向身后的树，闭起了眼睛，却根本不敢放心睡去。身体始终戒备着，心里更是丝毫不敢放松，虽然坐在十分粗壮的树杈间，却像是悬在一根即将断裂的枯枝上。

信任另一个人，是如此巨大、可怕的冒险。

泽恩在心里不断告诉自己，穆巴敢信任你，你也应该信任他。内心却始终无法消除那藏在生命最深处，甚至比生命更久长的恐惧。

反反复复，努力了很久，他都不敢睡去，便微微睁开一道眼缝，偷偷望向穆巴，却见穆巴也正望着他，他忙闭上了眼睛。

那一瞬间看到的穆巴的目光，不但没有丝毫敌意，更是充满了爱护和崇敬。

泽恩终于下定决心，不再挣扎，长长呼出一口气，强迫自己入睡。

然而，越强迫越难入睡。他不由得又偷偷睁开眼睛，这回并没有遇到穆巴的目光。穆巴侧转身，望着黑森林的深处，神情十分安宁轻松，嘴角微微带着笑意。

泽恩心里也顿时一松，静静注视了一会儿，重新闭上了眼睛。他心想，即便死，能这样轻松地死去，也是从来没有过的幸福啊！

他的身体渐渐松弛下来，不知不觉睡了过去……

5. 黑

摩辛看见了许多原先看不见的东西。

以前，他几乎随时随地都在仔细看、用力看，甚至拼命看。但其实，从未真正看清过什么。生存的威胁几乎占去了他全部的注意力，目光总是只聚焦于黑暗中人或兽的暗影，而暗影之外的世界，则全然顾不上看。

现在，眼睛盲了，注意力顿时被解放，世界也随之一变。

原先散乱无序的气息和声响，忽然织成了一张大网，罩在自己周围，给这纯黑的世界划分出清晰而细密的界线。

他原以为双眼盲了会分不清方向，但站在沼泽中，左边传来一股浓郁的气息，由树木、泥土、尸体、粪便混合而成，那是黑森林；右边隔着一片淤泥的湿腐气，传来一些干土、干树枝的气息，是那座小丘。从那些树枝的气息分布，摩辛甚至能大致判断出那个小棚子的形状。以前，这个距离，黑暗中他根本看不到小丘和小棚。

除了气息，还有声响。

这片沼泽原本异常寂静，而这时，远远近近、上上下下，到处都发出繁杂细微的声响：微风在空中轻轻刷过、淤泥表面的水缓缓流动、泥中无数微小的气泡不断生成和破裂、远处黑森林里的枝叶轻微颤动交织出低沉的唰唰声……甚至连他拴在树林边的那几条地蚓在泥土里扭曲拱动的声音，他也能隐约听到。

真正的黑暗，竟如此深广、丰富而细密。

没有了眼睛，才能真正看到和看清。

以前，他只知道自己身处在无边的黑色淤泥中。这时，他能清晰看到周围这些淤泥的高低起伏、稀稠疏密、软硬干湿。虽然同样是泥，一团与另一团的区别，并不亚于一棵树与另一棵树。

而他的身体，经过了许多次蜕皮后，也越来越轻，越来越滑。凭着气息和声响，他就能轻松避开紧实的泥团，寻见多水的缝隙，他不断迂曲滑过，比泥土中的地蚓更自如。

这让他兴奋无比，像在黑森林穿越树枝一样，他在淤泥中自由滑行。

滑行了一段距离，前面的淤泥越来越紧实，不知不觉，摩辛滑到了那座小丘边。

小丘上很安静，听不到声音，他却嗅到了人的气息，非常细嫩，不是辫子女孩，是那个女童。

辫子女孩去哪里了？

他又用力嗅了嗅，的确没有。她去寻食了？

摩辛忽然觉得饿了，便从淤泥里站起身，抬脚踏上了小丘，走近那小棚子。他记得那辫子女孩开门的方位，便走到棚子的门边，伸手去摸，摸到一个绳结，轻轻一扯，随后推开了门。

小女童尖叫起来。

他向着那尖叫声走了过去，小女童哭喊着，站起来想逃，自然逃不掉。他一把抓住小女童，挟在腰间，反身出门，回到了沼泽里。

小女童一直在尖叫挣扎，而且她身上似乎布满了细刺，让摩辛感到浑身一阵阵细微的刺痛。摩辛伸手摸了摸小女童，却并没有摸到什么细刺。他烦躁起来，一把将她按到淤泥中，叫声终于停止，那刺痛感也随即消失。

他有些累了，便仰躺在淤泥中，抽出小骨刀，开始享用那嫩肉。吃饱后，他连打了几个哈欠，满足睡去。

一个声音惊醒了他。

辫子女孩。

他忙抬起头，仔细听，女孩声音很焦急，不再像轻风，而像寒风了，有些刺耳。他不喜欢。

这里离小丘不远，他能清楚嗅到女孩的气息，在兽皮、汗水、泥污的味道中，有一缕新鲜而清香的气味。这气味有一种奇异的魔力，让他的心顿时狂跳起来。

他从淤泥里站了起来，向那个女孩走去……

6．伤心

萨萨把铺在地上的兽皮，拿了几张出去，浸到淤泥里。

她快步回到小棚，闩紧门，用剩余的兽皮盖住头、笼住身体，遮住了身上的光。

湿泥中留下的那串脚印，并不是朝向黑森林，而是走向了沼泽深处。这沼泽里有不一样的人类？能在沼泽里徒步穿行？是一个，还是一群？

萨萨无从猜测，但能断定：来过一次，就会再来。

她也知道索索回不来了，却不愿立即离开，想再多等一等。

她很诧异，索索的离去，竟让自己如此不舍和伤心。她以为妈妈和姐妹离开后，自己再也不可能和任何人类有任何连接。何况索索只是个幼女，相处时间如此短暂，彼此只说过几个词语。但她真的很伤心。

这伤心不同于亲人的离去，是另一种绝望。

如同第一次在光里看见了颜色，却迅即回到无边黑暗中。

笼在兽皮里，那光仍然罩在她身上，把兽皮上每一根黑色细毛都映得无比清晰，不断变幻着奇异光晕。妈妈当年盼着光亮，就是希望能看到这样的色彩，却不知道，光亮里藏着另一种黑暗。

这种黑暗，比身外的黑暗更冰冷、更残忍。

它并不吞噬光亮，反倒让光亮更明亮、更刺眼。

萨萨记不清妈妈、姐姐和妹妹的面容，却清楚地记得索索的眼睛。那双眼睛，是她第一次清清楚楚看过的眼睛。这时回想起来，它们更加明亮，仍在望着她笑，并闪耀着纯真和惊喜。在那目光的映照中，她不断地看见自己，并从原先的孤独，坠入另一种更深的孤独。

她静静坐着，不由得落下泪来。

棚子外忽然传来一阵轻微的声响，像是人在行走，"那人"从沼泽走上了小丘，走近了小棚。

萨萨忙笼紧兽皮，握紧骨刀，屏住了呼吸。

那脚步极轻，几乎像是在滑行，很快便停在小棚子外。

四周恢复了死寂。

萨萨似乎听到了呼吸声，那声音却比人类的呼吸深长很多，像是沼泽中的淤泥在缓缓旋动，又像是一只粗粝的手掌，在她后背一遍遍擦抚。

一阵寒意从心底升起，她的身子急剧颤抖起来。但想到索索，她不由得将骨刀握得更紧，心里第一次涌起复仇之恨。

静默了许久，那呼吸忽然变作一声深深的长叹，似乎有无穷的孤寂和绝望。

随即，那脚步声再次响起，竟离开了小棚，只是比之前滞重了一些，一步步慢慢走向沼泽，踏进淤泥。接着，一阵滑行声，渐渐远去。

萨萨又等了许久，确信四周真的没有了任何响动，才笼着兽皮，小心走了出去。湿地上又有一串脚印，形状和上次的相同，也是踏进了淤泥中，消失在黑暗里。

她颤抖着手，慢慢敞开兽皮，让光照向沼泽，却只看到一片死寂，没看到任何活物。

不能再留在这里了。她忙走到沼泽边，拽起浸在淤泥里的那几张兽皮，拖回到小棚子里，用干兽皮裹住，不断揉搓踩踏。

果然像她预料的，沼泽淤泥的腐蚀力极强，那几张兽皮上的毛全都脱落了，只剩薄薄一层软皮。

她用骨刀沿着软皮边缘，割下一条条细皮绳。接着比照自己的身体，裁好那几张软皮。用妈妈留给她的骨针，穿起细绳，把软皮缝成一件皮衣、一个头套。

皮衣是连体衣，能把全身包裹起来。头套则只留出眼睛和鼻孔处的小洞。

缝好后，她把皮衣、头套穿戴起来，前面衣襟对叠，用绳扣系紧。全身的光顿时被遮掩住，只有眼部还透出两束光亮，暂时还想不出遮蔽的办法。

她把绳刀、骨刀和皮袋都收拾好，回身环视小棚，光被遮掩后，这个家也迅即灰暗了。

她叹了口气，在这个黑暗的世界，本不该妄求一个安稳的家。

她出门来到小丘边，跳上那根空树桩，划动树枝，离开沼泽，重新回到黑森林，却不知道该去哪里。

这时，她才明白：家，不只是为了安稳，更是为了有一个方向。

泪水再次滑落，她又伤心起来。

想了很久，想起那片溪水湾，她便向那里走去。

走了很久，前面忽然出现一团亮光，并传来一阵歌声……

7．点亮

泽恩终于敢放心睡觉了。

他和穆巴一点点放下戒备，逐渐习惯了轮流守护和睡觉。

这是把自己的生命交给对方，是最巨大、最艰难的冒险。

泽恩无比感慨和庆幸，自己和穆巴能够一起打破这最高的生存禁忌。他不知道这种勇气和信心来自哪里，却看到了又一场奇迹。

这种奇迹，甚至比身体发出光亮更不可思议，是割断求生的本能，以近乎赴死的勇气，在幽暗内心的最深处，点起另一种光亮——信任。

泽恩望着熟睡的穆巴，不由得在心里又一次问：我为什么敢信任你？你为什么敢信任我？

他发现，无论举出多少证据，其实都没办法真正证明这种信任，更没办法保证它绝不会毁坏。

信任，始终是一场冒险，一场心甘情愿，甚至盲目的冒险。

不过，生存原本就是一场接一场的冒险。每一场冒险的成功，并不是赢得了生命，只是赢得了下一场冒险的机会。冒险永远不会停止，而生命也从来没有一刻真正拥有过自身。

信任的冒险却不同，它止住了无休止的孤独冒险，把生命托付给同类。如果信任错了，生命就此终结。如果信任对了，则能获得解放和安宁。比如，安心睡一觉。

能安心睡觉的生命，才是生命。

泽恩不由得笑了，从放声唱歌那一刻起，自己就开始了这种违反生存法则的冒险。现在看来，所谓生存法则，并不是用来遵守，而是要不断去打破的。每一次打破，都是一场奇迹，都能迎来生命的一次解放。

他正笑着，忽然看到一个瘦小的身影从旁边一棵树后慢慢显露，仍是那个一直跟着他们的少年。

少年已经没有那么恐惧了，他从暗影中现身，攀着树枝，慢慢走到泽恩的光圈边缘。

泽恩这才大致看清他的面容：脸很瘦，眼睛很大，鼻翼和嘴唇很倔强。他望着泽恩，目光里虽然仍含着怀疑和戒备，却更流露出一种渴望。

泽恩知道他想接近，却没有动，也没有鼓励，只是继续笑着。

少年伸出一只赤脚，慢慢挪向光圈的边沿小心地试探，看到光亮并没有伤到脚趾尖，才将脚慢慢伸进光里。确认没有伤害后，他又将另一只脚伸了进来，身体也跟着慢慢移近，站到了光亮里。

他一边保持戒备，一边不住地打量自己的手脚和身体，既害怕，又兴奋。

泽恩一直静静看着，怕惊动他，丝毫不敢动，心里却不由得赞叹少年的勇气。

忽然，他发觉那少年的身上散出一圈淡光，不由得轻轻惊呼了一声，自己又点亮了一个人。

少年听到后，身子一颤，慌忙跳回到光圈外的暗影里，随即发觉自己身上散出的光，他惊叫一声，不由得跳了起来，拼命抖动身子，想抖掉那光，脚下一滑，摔下树去，打了几个滚儿，飞快爬起来，继续连跳带抖，逃向森林深处。

泽恩忙站起身，望着那团迅速消失在黑暗中的淡光，既担忧，又有些自责。光亮虽好，对人类来说，却是陌生可怕的东西。

穆巴被惊醒，也急忙爬起来，向四周惊望。

"那个少年被我点亮了。"

"哦？他去哪里了？"

"逃走了。"

"呵呵，他会回来。"

"哦？为什么？"

"独自光亮最可怕。"

他们的交流越来越顺畅。

泽恩想起自己最初发亮时无处可逃的恐惧，他不再说话，靠着树身坐了下来，默默期待穆巴的话能够应验。

等了很久，少年却始终没有出现。他不愿离开，穆巴似乎明白他的心意，也坐在旁边，一起继续等着。

又过了很久，远处黑暗中忽然现出一团淡光，泽恩忙站了起来，却见那团光转向另一边，在树影中时隐时现，移动得非常快。少年一定仍在惊恐，不断在逃。

"我们去找他。"

"好！"

他们一起攀着树枝，望着那团淡光追了过去，追了很久，才终于接近。

那团光忽然停了下来，少年应该是望见了他们的光亮。泽恩见穆巴累得气喘吁吁，便自己加快速度，飞荡过去，一眼看到少年趴在一根粗枝上，惊恐环视着四周。

泽恩放慢速度，小心走了过去，在距离十几步时停了下来。

少年看到他，并没有逃开，他睁大了眼睛，目光中交织着恐惧、戒备、怨恨、无助和乞求。

泽恩不知道该怎么安抚他，也不知道他能不能听懂自己的话，便露出笑，指了指自己，放缓声调说："我，泽恩——"又指着少年问："你？"

少年惊望着他，不动，也不答。

这时，穆巴也赶了过来，站到了泽恩身边。

泽恩又指了指穆巴："他，穆巴——你？"

少年仍然盯着他们，神色却略略放松了一些。

泽恩从袋里取出一块地蚓肉，笑着抛给少年。少年却没有接，地蚓肉从他身前划过，掉到了地上。

泽恩继续笑着重复："我，泽恩。他，穆巴。你？"

少年犹豫了片刻，低低发出一点声音："甲甲。"

"甲甲？"泽恩忙指了指穆巴手里的长矛的矛尖。

少年又犹豫了片刻，点了点头。

泽恩大为开心，自己不但猜对了，而且看来他们语言中有一些也是相通的。

他一低头，一眼看到旁边一根细枝上垂着一颗塔奇果，忙伸手摘下来，递给穆巴。穆巴笑着接过，抽出骨刀，在旁边一根粗枝上砍开了塔奇果，把果肉切成三块。

泽恩拿过一块，笑着望向甲甲，轻轻抛了过去："索索——"

这次，甲甲伸手接住了，他望着那块果肉，眼里闪出惊奇。

泽恩和穆巴笑着一起把果肉放进嘴里，甲甲看到，犹豫了一下，接着也把自己那块放进了嘴里，随即，他脸上露出一丝惊喜……

8. 恨

摩辛嗅到兽皮的气息、枯木的气息、泥面翻涌的气息。

这些气息伴随着树枝在沼泽里划动、木桩在泥中滑行的响声，不断向黑森林的方向飘去。

其中，几乎嗅不到那女孩的气息，只隐约听到她的呼吸声。女孩应该是用兽皮裹住了全身。

之前，他走近那个小棚子时，女孩的气息也被兽皮遮掩，呼吸声比现在更轻，听着却更清晰，像一丝吹过缝隙的凉风，有些发紧。

听到那呼吸声，摩辛的心也顿时紧了起来，却不知道自己该做什么。他想把门推开，却听到女孩的呼吸声变得更紧促，自然是在恐惧。

黑森林里，恐惧再熟悉不过。女孩的恐惧却很不同，里面含着一种摩辛从未感受过的情绪——似乎是愤怒，却比愤怒更深、更重、更锐利，像是从愤怒里生长出的一把利刃，包含着憎恶、攻击和毁灭。

对，是毁灭，不是杀死。

它远远重于杀死。

是杀死之后，还要再刺、再砍，甚至一块块嚼碎，却并不是为了吃。

她为什么对我生出这种情绪？

摩辛想不出原因，心却被重重刺伤，不由自主地深深叹了口气，转身离开了那里。回到沼泽中，他把自己深深浸进淤泥里，浑身没有了一丝气力，心里也没有了任何意志，几乎像死了一样。

直到小丘上的棚门打开，那女孩的脚步声响起，他才被唤醒，却仍躺在那里，一点都不愿动。

树枝的划动声、木桩在泥面的滑行声、女孩紧促的呼吸声……不断传进他耳中，他不愿意听，却无法阻挡。

女孩离开了小丘，因为我，因为那种情绪。

他忽然觉得很委屈，鼻子一酸，竟涌出泪来。

这时，耳边传来女孩丢掉树枝、跳到干地上的声音，随后一阵脚步声消失在黑森林里。

摩辛心里一空，觉得自己被遗弃了一般。

幼年时，他从来不敢哭。长大后，不需要再哭。

可这时，他忽然失控，竟哽咽着哭了起来。

他从没听过自己的哭声，比夜兽的嗥叫更粗粝，像是利齿撕裂喉咙、骨刀劈断骨头。

他在漆黑中哭了很久，直到声音哭哑，没了气力，才沉沉睡去。

等他醒来，四周恢复了死寂，身体又空又冷。

他继续躺着，一动不想动，像是想化成淤泥，融进这无边沼泽。

黑森林里却忽然传来一串声音，连续不断、高低起伏的可憎声音，又是那个放肆的男孩？

他心里一阵抽搐，一股陌生的情绪从心底腾起，不住翻涌绞动，绞得心痛。

他先是一怔，随即明白：这就是那种情绪。

不是为了吃，而是为了毁灭。

但是……

我想毁灭那个放肆男孩，是因为那串可憎的声音。

可她呢？她为什么对我生出这种情绪？

心里又一阵刺痛，激得那种情绪越发强烈，他的牙齿不由得咬磨出一阵咯咯声，喉咙里发出一个古怪的声音，充满了毁灭的渴望。

这是他第一次发出有清晰意义的声音，第一次从内心涌出一个命名——

恨！

9. 我

不止一个人的歌声，也不止一团光亮。

萨萨听出是三个男声在合唱，一个苍老，一个年轻，一个少年。那光亮，也是时分时合的三团。

其中一团光极其明亮，那个年轻的声音也十分耳熟，是他？

萨萨心里一动，但三种声音和三团光聚在一起，让她本能地惧怕，她忙转向另一边，在树枝间不断飞荡。

对于光亮，她已经丝毫没有了开心，只想摆脱。她身上穿了那套皮衣，只有双眼还发散出两束光，她尽量眯着眼，让光微弱一些。即便如此，那两道光在漆黑中仍然十分醒目，很容易被发现。

至于那个唱歌男孩，想起时，心里虽然会泛起许多莫名的滋味，隐隐想再见到他。但这时，她却只想避开。

她急急穿行，终于来到那片溪水湾。

在眼里两束光的照射下，她第一次看清那水流，极其清澈，静静流淌着。水纹细柔，不断变幻出深深浅浅的幽绿色。很美，但也让她生出一缕忧伤。

她一低头，猛然看到水中有个身影，还有一双夜兽的眼睛。她惊得倒退了几步，平息了片刻，见那身影并没有浮出水面，才慢慢靠近水边，又向水里小心望去——那身影又出现了！

她强忍恐惧，盯着细看：那身影像是人形，却长了一对夜兽般发亮的眼睛。

她轻轻挪动脚步，想从侧边再看看，那身影竟也跟着动了起来。

她忽然想起：这是我的影子！

以前来这里洗浴时，妈妈说过，如果有光，我们就能从水里看到自己的影子。

她仍有些惊疑，试着左右晃了晃，那影子也跟着晃了晃。只是，她穿着兽皮衣，水里也只有一团暗影，和没有光亮时看到的人影并没有多少区别。

她忍不住伸手要解开皮衣，忽然身后传来一声砰响。她忙回身望去，一个瘦小的身影跌在地上，是个小女孩。

接着，另一个身影跳下了树，是个成年男人，手里握着一把长骨刀，向那个小女孩狠狠砍去。小女孩忙滚开了身子，想站起来，腿一瘸，又摔倒在地上。

萨萨见那个男人挥刀又要砍，不由自主地扯开了身前的绳扣，掀开衣襟，让光亮照了过去。

那个男人猛地怪叫一声，用胳膊挡住眼睛，慌忙逃走了。

萨萨这才确信，人类真的怕光。

她合起衣襟，半眯起眼睛，用弱光照向地上那个小女孩。小女孩一对眼睛又大又圆，满是惊恐，缩着身子急忙向旁边的树后逃去。她的左腿上拴了一块兽皮，血不断从边缝涌出。

萨萨听着她的脚步声远去，不愿再多想，便转过身，抬脚踏进溪水，向对岸走去。

水里那影子又出现了，一直跟着她，却只看得到双眼的光亮，看不到面容。

而且，身体虽然浸在溪水中，隔着兽皮，却感受不到溪水的清凉。她已经很久没有洗浴，极想脱掉兽皮，却又怕露出光亮。

唉……黑暗里洗浴的快乐，也被光亮夺去了。

蹚过溪水后，她坐在溪边，闭起了眼睛。重回黑暗，让她顿感安宁和轻松。

原来，在黑暗里，人才有自由。

有了光亮，便会被四周隐藏的目光困住。

想到目光，她忽然有了办法。

她忙站起身，走进身后的林子里，去寻了几张毛已经褪尽的兽皮，又捡了一些粗长树枝。由于眼中能射出光亮，寻找起来，比以往轻松很多。

她不由得又笑起来：光亮也有它的好，只是得学会藏和用。

她选了四根最粗的树枝，走到溪水中间，深深扎进水下的泥里，立起四根柱子。她在柱子上用皮绳扎了几根横木，做成一个木架，又照木架长短，把兽皮缝成五大片，分别挂在木架顶面和侧边。

全部完成后，她掀开兽皮，钻了进去，遮严了四边的缝隙，她又快乐起来：这是我的浴棚。

她摘掉头套，脱掉身上的皮衣，身体顿时感到清凉和轻松。

她低头一看，顿时呆住：水里映现出一张脸。

那张脸在波光中漂浮不定，却大致看得清，脸型有些尖瘦，眼睛细长，鼻头和嘴都很小。

这是我？

她呆望了很久，震惊之余，对这张陌生的脸有些失望，不喜欢这种长相。

不过，又看了一阵后，她觉得那双眼睛还不错，尤其是目光，很坚定。她不由得眨了眨眼，水里那双眼睛也眨了眨，随即一起笑得弯了起来。

她大为开心，一边捞水洗浴，一边看着自己的动作，渐渐开始熟悉并喜欢上自己，不由自主地对着自己低声吟唱起那首歌。

洗完后，她仍浸泡在水里，静静望着自己的脸，越看越生出一种奇异之感：又陌生，又亲近，更有一种久远的忧伤、空旷的孤独，感觉像一场无边无际、虚幻飘忽的梦。

她不敢再多看，忙重新套上皮衣，水中的自己又回到一个漆黑的暗影。

她怔了片刻，才掀开皮帘，刚走出去，一眼看到对岸立着一个身影。

是刚才那个小女孩，她左手挡着光，右手握着把骨刀，浑身充满戒备。

萨萨有些纳闷，站在溪水里没有动。

小女孩也没有动，眼睛一直从手背下面盯着她。

萨萨不喜欢被人盯着，原本要转身离开，但洗浴过后，心情好了很多，便开口问道："你叫什么？"

小女孩并不应声，却仍盯着她。

萨萨又问了一遍，见小女孩仍然不答，便转身向岸边走去。

这时，身后忽然响起一个倔强而清亮的声音："索索。"

萨萨心一颤，顿时停住脚，转过身："你也叫索索？"

"你？"小女孩语气极生硬，发音却竟然听得懂。

萨萨犹豫了片刻，才回答："萨萨。"

小女孩又说出一串词语，再听不懂了，但她抬手指向溪水中的那间浴棚。

萨萨知道她不会懂，却仍然回答："洗浴。"

"洗浴……"小女孩生硬地模仿，语气很茫然。

萨萨做出洗浴的手势。

小女孩又生硬地说出一个词，萨萨猜测她是在问"为什么"，却不知道该怎么回答，便用手势示意女孩自己到溪水中。

女孩摇了摇头。

萨萨见她腿上裹了兽皮的伤口仍在流血，便从皮袋里取出一块地蚯肉，示意给她敷治。

女孩眼中立刻又闪出怀疑和戒备。

萨萨便把那块地蚯肉抛给了她，女孩伸手接住，目光中的戒备虽然未减，却露出些惊讶，盯着萨萨，忽然摇了摇头，随即转过身，瘸着腿，走进了森林，消失在黑暗中……

10. 合唱

泽恩很开心，那个少年甲甲终于加入了他们。

他们三个人一起寻食，一起分享，一起唱歌，轮流休息。没有人或兽敢来打扰他们，生活从未如此安宁、欢畅。

穆巴仍把泽恩视为神，甲甲受了他的影响，也认定泽恩是神。泽恩自己却暗暗想，也许那个女孩才是神。

他有意引着穆巴和甲甲在黑森林里四处游走，希望能遇见那个女孩，却始终不见她的踪影。

女孩没有出现，他们的群落却又增加了新的成员。

一个、两个、三个……

不断有少年、少女像甲甲一样，偷偷尾随他们。在他们的鼓励之下，一个一个从黑暗中小心地走了出来，并在他们赞许的目光注视下，一个一个被点亮。

人数越来越多，很快变成了一个大群落。

他们聚集在一起，一大片森林都被照亮。

这些少年渐渐适应了光，也适应了和陌生同类相处，一个个无比兴奋。

看着这一张张激动的脸，泽恩十分欣慰和感慨：少年的心，还没有被黑森林完全驯服，还记得自己和妈妈之间的爱和依赖，还有勇气，还敢好奇、向往和冒险。最重要的是，他们心中的光亮还没有被黑暗磨灭，所以容易点亮。

唯一的困难是：人多，语言杂，彼此很难沟通。

泽恩便带着他们来到森林中的一片空地上，和他们一起坐下来，指着身边的事物，一个词、一个词慢慢沟通。但同一样东西，有时至少有十几种命名，很难达成一致。

穆巴站起来说，大家以泽恩的语言为准。听懂的少年纷纷表示赞同，没听懂的，看穆巴指向泽恩，也都争着点头。

泽恩却觉得这似乎不公平，忙摆手摇头。

穆巴却率领那些少年一起拍掌，高喊他的名字。呼声和掌声热浪一样涌向泽恩。泽恩从没经历过这种场景，脸都烧烫起来，见无法拒绝，只得点头接受。少年们这才安静下来。

泽恩低头想了想："我先教你们唱歌吧？"

少年们听了，又拍起掌来。

泽恩在黑暗中独自唱歌时，只觉得畅快。这时面对这么多目光，嗓子顿时涩住，连清了几次，才终于发出声。幸而穆巴和几个会唱的少年，一起唱了起来。其他少年也纷纷低声跟着学。

几遍之后，歌声越来越谐调，节奏越来越有力，几十个声音合在一起，像是几十条小溪汇聚成一道闪亮的大河，在黑森林里穿行奔流。

泽恩一直以为，人注定孤独，每个人的心只能藏在自己躯体的黑暗中，默默承受只属于自己的悲伤、艰难和疼痛。心与心之间，不可能有任何相通。然而这时，他越唱越激奋，觉得自己的心冲开了躯体的阻隔，化作一团光亮，和其他的光亮融在一起，世界随之变得广阔明亮。

不但欢乐能与人同，藏在心底的悲伤、担忧和恐惧，也在这歌声里流泻而出，汇聚到一处，一同被这光照亮，被这暖流冲净。

更让他惊奇的是，伴随着合唱，自己和其他人身上的光也越来越亮，扩向四周，穿过林间枝杈的缝隙，照亮了几十步外的幽暗密林。

少年们也发现了，眼中全都闪耀着惊喜，唱得更加嘹亮，光也随之亮了许多。

直到嗓子唱哑，他们才渐渐停了下来，光亮竟也随之收缩。

大家都累了，便就地躺下，陆续睡去。泽恩却仍兴奋未消，看着那些少年在光亮中安然入眠，心里越发感慨。这些少年，每一个都一直在黑森林里独自苦战，谁都不曾这样安心长睡过一次。

穆巴也没有睡，坐到泽恩身边，笑着叹了口气，低声说："我孤独了一生，却经常梦到这样的景象。"

"以前点亮你的那个人，没有聚集其他人？"

"他只点亮了我一个，却让我远远离开，不许靠近。他厌恶同类。"

"后来呢？"

"他的光很快就变暗了，我的也是。"

"光亮本就来自同类。"

"是啊，我们应该点亮更多的人。"

"成年人很难……"

"那就先救少年。"

等少年们睡醒后，泽恩反复比画着，把这个想法讲了出来。

少年们大致听懂后，都很兴奋，纷纷点头挥拳，又在穆巴的引领下，一同高喊起泽恩的名字。

泽恩深受鼓舞，便和穆巴一起，把少年们分成十几个小队，三人一伙，分别朝一个方向，去黑森林里寻找少年，引他们走到光亮里。

少年们全都干劲十足，兴奋地喊叫着，飞快地跑进了黑暗中。

泽恩仍和穆巴、甲甲一队，也离开那片空地，一起去寻找少年。然而，走了很久，都毫无收获。途中虽然看到了几个少年的身影，却都迅即逃走，没有一个敢稍稍停留。他们只得回去。

还没走到那片空地，就先听到了一阵阵惨叫声，他们忙加快脚步赶了过去。

几队少年已经回来，都围在一棵树边。他们回头见到泽恩，抢着说——

"我，他，他，抓，他！"

"我，捕，他！"

"她，逃……我，戳，她腿……"

泽恩走近一看，两个少年、一个少女被皮绳捆紧，拴在那棵树上。

三人全都惊恐无比，不断挣扎，嘴里不时发出惨叫和怒吼。少女腿上有一道伤口，血不断涌出。

泽恩忙从袋里取出地蚓汁液，要去给那个少女敷。少女见他靠近，尖叫一声，拼力伸腿乱踢。穆巴和甲甲忙一起过来，按住了少女。泽恩把地蚓汁液敷到那伤口上，又从兽皮衣上割下一条，替她捆扎好。

少女略略平静了些，眼睛里却仍充满惊疑和恐惧。

泽恩有些难过，也才意识到：只有自己愿意和敢于，人才能走进光亮。

他伸手解开了少女身上捆的皮绳，少女缩起身子，惊恐地扫视着他们，见身侧没有人，忽然跳起来，扭身便逃。

其他少年看到，纷纷要追，泽恩和穆巴忙上前拦住。

那些少年全都十分愕然。泽恩想到语言还不通畅，只能稍后再慢慢解释，便又去解开了另两个被捆的少年。绳子才一松，两个少年便都立即跳起来，飞速逃走，惊慌瘦小的身影很快消失在黑暗之中。

望着那片黑暗，泽恩心里也升起一团黑雾……

他们坐在林间空地上，泽恩反复向那些少年解释原因，少年们却听不明白，十分困惑。

其他少年也陆续回来，很多队都捉到了无光的男孩女孩，每个被捉的男孩女孩都在惨叫挣扎。

泽恩只能一个个放走，又一个个解释：我们自己不愿意被同类捉住，就不能强行捉他们。

那些少年却大都同样困惑，有的甚至露出愤怒，纷纷坚持说："光亮好！让他们光亮！"

泽恩从来没遇到过这种困境，焦急起来，却只能不断摇头摆手，连声说"不"。

穆巴在一旁高声喊道："泽恩是神，我们必须听从！"

泽恩想阻止，但看到那些少年顿时安静下来，一起望向他，眼中充满敬畏。他不知该说什么，心里却十分担忧：这些少年有了光，便可以为所欲为，黑森林里的其他人类恐怕从此再无安宁。

他清了清嗓子，尽量提高声音："我们……我们必须……不能伤害其他人类，不能捉他们，不能杀他们。"

那些少年全都望着他，有些茫然点头，有些眼露怀疑，尤其听不懂"们"字。

穆巴又高声叫道："泽恩命令，必须服从！光亮之神！光亮之神！光亮之神！"

他挥动手臂，不断高呼，那些少年受到鼓舞，也一起挥臂高呼起来。

泽恩难以承受，想阻止，却怕辜负他们的热情，更怕他们不听从。同时，这也让他感受到一种从未有过的荣耀，他觉得自己的身体似乎高大了许多，双脚几乎要离开地面，飘浮起来。

等高呼声渐渐歇止，他才清醒过来，看着那些少年，觉得似乎少了几个。但十根手指以上的数目，他还不会算，忙请穆巴清点。

穆巴清点完，发觉少了五个。

人群中一个少年说："我，见，三个，死……"

另一个也站起来说："一个死，一个死……我逃……"

泽恩大惊，这些少年身上有光，人和兽见到他们都会逃开，应该不会有谁敢靠近他们。

他忙问比画着的那个少年："那两个是你同伴？"

"嗯。"

"谁杀了他们？"

"雾——"少年也比画着。

"雾？什么雾？"

"黑……雾……"

"黑雾杀了他们？"

"嗯！黑雾！"少年满眼的惊疑后怕。

泽恩十分疑惑，少年却始终说不清楚。

这让泽恩更坚定了一个想法，他高声说："我们离开黑森林，去山上。"

穆巴听到后，立即又挥臂高喊："上山！上山！上山！"

那些少年虽然都有些茫然，却不由自主，又跟着一起挥臂高喊起来。

泽恩十分感激穆巴，向他点了点头，随即转身，向北边走去。

穆巴带着那些少年跟在后面，又一起唱起歌，如一条闪亮的河流，穿出幽暗的黑森林，登上北边的山地。

以前在黑暗中，满山都是黑色的石头。这时有了光亮，那些石头竟显出各种奇异的颜色，看起来无比壮丽。

快到山顶时，一眼看到山巅那根高高矗立的岩柱，泽恩更加惊异，黑牙石？

原来，黑牙石并不黑，而是深青色。在光亮的映照下，闪烁着无数银色的光点。

泽恩仰头惊望，心里无限感慨，默默说："妈妈，我找到光亮了……"

11. 黑雾

摩辛从淤泥里探出上半身。

那串可憎的声音仍在森林里回响，却不是那个男孩，而是三个少年。

摩辛大惊，黑森林发生了什么？其他人类也敢发出这种放肆声响？而且在一起喊叫？听起来，那声音里没有丝毫恐惧，竟然十分欢畅，还充满了骄傲和得意。

那三个少年已经不是人类，而变成了一种无比可怕可恨的怪兽。

摩辛的手有些发抖，消失许久的恐惧重新涌起，身体不由得向下缩了缩。

这时，那串可憎的声音忽然变成了叫喊声，同时响起了一阵急促的脚步声。多了一个人，距离那三个少年有几十步远，脚步很轻快，也是个少年，却十分惊慌。

那三个少年在猎杀这一个？

细听那脚步声，摩辛心中的恐惧顿时消去很多，这脚步声依然是人类的脚步声，速度有限，力量有限，很脆弱，可以轻易毁灭。

唯一不同的是，后面三个少年似乎在并肩奔跑，彼此之间不但毫无敌意，反倒像是连成了一体，像夜兽。

人类和人类竟然能结伴？

摩辛身子又一颤，但这一次伴随着恐惧的，是恨。

这恨像一把锋利的骨刀，从内心最深处刺出，刺穿内脏，冲上头顶，在尖锐的疼痛中，激发出一股从未有过的力量。他挥动手臂、扭动身体，在淤泥里飞快滑行，迅速来到沼泽边，从淤泥中站起身子，循着那脚步声，快步追了过去。

让他吃惊的是，自己的行动变得极轻极快，几乎听不到自己的脚步声。而且，两眼虽盲，他却能清晰嗅出前面的树木分布，这让他轻松避开障碍，很快便追上了那四个少年。

他先嗅到最前面逃跑的那个少年的气息，他躲在一棵树后，急促地喘着气。而后面三个少年的脚步声放得极轻，在悄悄向那个猎物逼近。

摩辛嗅着树的气息，一棵棵避开，迅即绕到三个少年的背后。只离几步远时，三个少年仍都没有发觉。摩辛却忽然感到皮肤微微有些刺痛，像是无数根细刺射向自己，却无形无迹。

他顿时想起沼泽里那个小女童，不由得打了一个寒战：这不是真的细刺，而是……光？

这三个少年身上有光？

看来黑森林真的发生了巨变，光亮已经传染开了。

让这三个少年敢发出可憎声响、敢大声喊叫、敢结成伴、敢像夜兽一样一起猎杀其他人类的，正是光。

摩辛不由得心生退缩，但随即想起，沼泽里那个小女童身上也有光，但身体和其他人类没有任何不同。听前面三个少年的脚步和气息，也只是普通的人类少年，没有任何异常的力量。

恐惧随之消去了一些，摩辛轻轻呼了口气，慢慢抽出腰间的骨刀，嗅着气息，悄悄靠近最左边的一个少年，一刀刺中了他的后背。惨叫声中，他迅即拔刀，又接连刺中另两个。

三个都没有死，都倒在地上呻吟惨叫。摩辛循着声音，又各划了一刀，全都割向喉咙。三个少年相继没有了声息，摩辛皮肤上的刺痛感也随即消失。

四周顿时寂静，只听得见躲在树后那个逃跑少年的呼吸声。摩辛轻步走了过去，皮肤却没有感到刺痛，这只是一个普通人类少年。

摩辛心里的杀意顿时消散，忽然觉得普通人类变得很可怜，不值得去杀，便把骨刀插回到腰间，转身离开。才走了十几步，却听见那少年从树后走了出来，脚步极小心。摩辛不愿理睬，继续前行。

那少年竟然开口出声："摩辛？"

摩辛大惊，顿时停住脚。

除了幼年时身边那唯一安全的女人，他从来没听过这个名字被别人叫出声。

"摩辛？摩辛！摩辛……"少年竟连声轻唤。

这轻唤声在摩辛心底激出一股强烈的情绪，混杂着熟悉和陌生、亲切和厌恶、震惊和恐惧……他不由得停住脚，握紧了骨刀，想转身回去割断那少年的喉咙，却发觉那少年并不是朝向自己这边呼唤。

他有些纳闷，不由得转过身，少年不断转动着头，在朝各个方向呼唤。

他没看到我？

摩辛越发惊奇，不由得伸手摸了摸自己的身体，才发觉，自己皮肤上似乎笼罩了一层湿气，像是雾，却比雾气更稠密黏湿一些。

难道是不断蜕皮后生出来的？

他虽然一时想不明白，但能确定，那个少年看不到自己，正是因为这团雾气。

那少年仍在不住轻唤着"摩辛"。

摩辛心中腾起一股厌恶，快步走到少年近前，挥起骨刀，向他用力砍去。

少年顿时惊叫起来，声音十分怪异。在死亡的恐惧中，竟然还混杂着另一种情绪，极度兴奋，像是饥饿濒死时，忽然看到无数食物。

摩辛不由得停住了手，他为什么会兴奋？

咚的一声，少年忽然跪到他的身前，仰起脸，对着他，又连声呼唤起"摩辛"。

他终于看到我了，但是……他的声音为什么这么奇怪？

少年声音里充满了惶恐、敬畏和依恋。

摩辛无比震惊，这种情绪他很熟悉。

幼年时，对身边那唯一安全的女人，他就一直怀有这样的情绪。但这少年的情绪极其强烈，远远超过母子之间，像是面对无边黑暗，仰望一种巨大无比、威严冷酷、控制着黑森林每一个生命的神秘力量。

"摩辛"不是我，而是那种力量。

这少年把我当作了那统治一切的力量。

摩辛不由得笑出了声，声音威严而冰冷，像是被那神秘力量附身。

少年听到这笑声，越发惶恐地呼唤着"摩辛"，接着，口中又连续发出另一个声音："丁尼"。

摩辛从来没有听过，"丁尼"是这少年的名字？

他不想再杀这少年，便将骨刀插回腰间，却不知道该如何对待这个少年，迟疑了片刻，他忽然想到：自己双眼已盲，靠近光亮时，借助刺痛才能感到。少年有一对眼睛，正好可以拿来使用。

他想起自己拴地蚓的办法，便嗅着气息，转身走向光亮少年的尸体，俯身摸到尸体身上的兽皮，剥了下来，抽出骨刀，正要割成皮绳，却听见身后那少年竟也小心跟了过来。

这个少年比地蚓好，似乎不会逃走，他便丢掉了那张兽皮，转头唤了一声："丁尼。"

"呀！"少年立即应了一声，惶恐中含着无比的惊喜。

12．说话

萨萨又回到了那个树洞。

她割了两片兽皮，分别遮严洞口和洞底那个小洞，脱掉了身上的皮衣。

光顿时照亮了树洞，树壁竟然是悦目的灰白色，光滑而干净，上面布满深灰色细线，一根根像水纹一样优美。

她不由得叹了口气，光亮不但照亮了这个树洞，也照亮了她的孤独。

她忽然觉得，生命就像这个树洞，外面虽然在生长，里面却如此空洞。不论黑暗或光亮，都消不去这空洞，不知道用什么才能填满它。等某一天，树枯死了，这空洞才会跟着消散……

她感到一阵虚乏，看多了光亮和它映现的事物，眼睛有些疼，身体也十分疲倦，便割下一条兽皮，蒙住双眼，让自己回到纯粹的黑暗中，不知不觉睡了过去。

她看到那个唱歌的男孩从黑暗中走来，哼着那首歌，脸上带着轻松的笑。那笑容让她顿时轻松下来，不由得也露出了笑。

男孩走到离她几步远的地方，停住了脚，笑着说了一句话。她没有听清，想问，却开不了口。正在犹豫，男孩身上的光忽然急剧增强，变得极其刺眼。她眼睛一阵剧痛，顿时惊醒过来。

眼前一片黑暗，她忙摘下了那条兽皮，看到的仍是灰白光滑的树壁，那些细纹也仍静静优美。

她不由得回想男孩说的那句话，却始终辨不清他究竟说了什么，只觉得那句话很轻柔，像一缕暖风，不住地在心底回旋，让她越发怅惘。

自从妈妈和姐妹们离开后，自己再也没真正地说过话了。

真正地说话，那是什么？

之前，她和小索索说过一些话。后来，在溪边又和那个大索索说过两句。但那些话，都是很用力才能说出来。

真正地说话，像溪水一样，是自然流出来的。

不是想说才说，也不是为了什么而说，是不由自主就说了起来。说了什么，并不重要，重要的是说本身。有时候，甚至连说都不用说，只要静静地在一起，就能彼此明白。

像风来时，树叶一起摇动；风走后，树叶一起静止。

真正地说话，其实不是说话，而是信赖、亲密、安全、放松。

梦里那个男孩说的那句话，是不是真正地说话？

应该不是，我只是希望他是在真正地说话。

除了亲人，一个人和另一个人，能真正地说话吗？

萨萨心里一片茫然，就像站在沼泽边，想知道它的尽头。

她正在出神，树壁上忽然响起一阵咚咚声。

她惊了一跳，再听，是人类在敲洞口那个挡板。

她不由得屏住呼吸。

"萨萨——"一个女孩压低的声音。

萨萨更加吃惊，是那个大索索。

"萨萨！萨萨！萨萨！萨萨……"

她记住了我的名字，偷偷跟着我找到了这里？

萨萨不知道该如何应答，却不由自主地站起身，揭开洞口的兽皮，要推开挡板时，却又犹豫起来。

索索仍在连声叫唤。

萨萨终于忍不住，推开了挡板，却听到一声尖叫，接着砰的一声，索索跌下了树，地上传来她的惨叫。

萨萨这才想起，自己没穿皮衣，身上的光猛地射出，惊到了索索。

她忙把皮衣套到身上，遮住了光，这才爬出树洞，跳下了树。见索索蜷缩在地上，抱着小腿，正在呻吟。

她刚要伸手去扶，却见索索身边落了一把骨刀。

她顿时警觉："你想杀我？"

索索并不回答，眼里透出一股狠狠的野气。

萨萨抓起那把骨刀，见索索的手臂和双腿都极其干瘦，枯枝一样，浑身充满了饥饿、恐惧和疲惫。腿上的伤处虽然用一条兽皮扎着，却仍有鲜血渗出。只有那双眼睛又大又亮，不时闪出惊疑和狡黠。

萨萨想，自己曾经恐怕也是这样，不由得叹了口气："你等等。"

她爬上树，从树洞里取出装食物的皮袋。索索仍趴在地上呻吟，她拿了一块地蚓肉，递了过去。

索索盯着她，惊疑了片刻，忽然伸手，唰地抢过那截地蚓，迅速缩到旁边一棵树下，一边防备着萨萨，一边大口吞食起来，很快便吃完了那截地蚓。随即，她扶着树身，想站起来，要逃走。

萨萨笑着说："我不会杀你。"

索索目光一颤，狠狠盯了过来，满眼戒备和惊疑。

萨萨比画着说："你——妹妹；我——姐姐。"

索索脸上露出一丝怪笑，忽然开口说："妹妹……我……"接着，她比画出一连串动作，用刀刺、割肉、送进嘴里……

萨萨大惊："你杀了你妹妹？吃掉了她？"

索索咧开嘴，笑着点了点头。

愤怒、恐惧和厌恶同时涌起，萨萨忙用力比画，大声说："你不要再跟着我！"

索索却忽然指了指自己腿上那处伤，又指向脚腕，不断摆手，说出一串古怪的语音。萨萨只隐约听出一个"伤"字，但大致明白，她不但腿伤未好，刚才摔下树，又扭伤了脚腕。

她望着萨萨，眼中露出慌怕和哀乞。

萨萨心里微微一颤：她跟着我来到这里，又这样乞求，其实是对我生出了一些亲近，甚至信任……

她犹豫了片刻，见索索身上没有其他武器，便从袋里又取出一块地蚓，指了指索索的腿伤，比画着说："我替你敷伤。"

索索眼里又闪出恐惧和惊疑，紧咬着嘴唇，用目光探测了许久，才微微点了点头，显然下了极大的决心。

她怕，萨萨也怕。

这不但是对她们自己，也是对黑森林法则的可怕挑战。试图打破猎手和猎物的生死界限，以亲人的方式，走近一个陌生同类。

萨萨一步、一步小心走了过去。

每走近一步，她和索索之间的紧张便成倍增加，像是有一双无形的手，在不断向两边推拒。索索的身体明显越绷越紧，萨萨自己的心也咚咚跳响。她尽力抑制住紧张，维持着一点笑容。

走到索索身边时，她先停了停，等两人之间的紧张稍稍松缓一些后，才慢慢蹲下身子。而索索的身体，这时已经绷紧到僵硬，一直微微在抖，嘴皮几乎要咬出血。那双大眼睛一直用力盯着萨萨，随时准备惊叫和逃窜。

萨萨的双手也有些发抖，长呼了一口气，才略略松弛了一些。她笑着望了索索一眼，微微点了点头，才小心将手伸向她那条受伤的腿。手指即将触到时，索索忽然怪叫一声，腿猛地缩回，并迅速爬起身，飞快向旁边逃躲。然而，才跑了两步，便又摔倒，她却仍挣扎着继续向前爬。

同情顿时驱散了所有紧张，萨萨忙赶了上去，连声安抚："别怕，别怕……"

索索回头惊望向她，萨萨从腰间抽出自己和索索的两把骨刀。索索看到，又慌忙向前爬去。萨萨大叫了一声，索索又惊望过来。萨萨一扬手，将两把骨刀丢到了远处。索索顿时停住，眼中的惊疑胜过了恐惧。

萨萨笑着再次蹲下，先伸手轻轻摸了摸她蓬乱的头发。索索身子一颤，慌忙扭头避开。萨萨又笑了笑，将手伸向她的那条伤腿，轻轻解开了那条绑扎的兽皮。这次，索索没有再躲开，身体却仍紧绷着。

萨萨取出一块地蚓肉，抠了一团汁液，轻轻涂抹到伤处。索索身子又一颤，却不是因为怕，而是因为痛。

萨萨朝她笑了笑，将那条兽皮又重新包扎起来，而后，又抠了一团汁液涂抹到她扭伤的脚腕上。

这时，索索的身体渐渐松弛，眼中的惊疑和恐惧也散去大半。

萨萨笑着站起身，比画着说："你到那个树洞里去养伤。"

索索犹豫了片刻，微微点了点头。

萨萨伸出手去扶她，索索身体微微向后躲了一下，但随即止住。萨萨两手触到她干瘦的身体，心里也生出一阵抗拒，同时又感到一种遥远而陌生的亲近。她忍着不适，挽住索索细瘦的手臂。索索没有抗拒，借着她的力量，顺从地站了起来。

萨萨扶着她，慢慢走向树洞，心里的不适很快散去，曾经和妈妈、姐妹之间的那种亲密感从心底涌起，眼中不由得泛出泪来。

她忙提醒自己，这不是你的姐妹，而是一个吃掉自己妹妹的陌生人。

索索抬头望向她，她忙转头避开，不愿再和她对视。

走到树洞下，她从袋里取出一根皮绳，见索索仍盯着自己，目光不再那么凶狠，戒备和惊疑中竟流露出一丝亲近，既渴望又害怕。

萨萨的心又一颤，感到这干枯瘦小的身体里，藏着一颗同样孤独而敏感的心，那心向自己发出一声微弱的呼唤，呼唤和她的心连接。

抗拒随即生出，挡住了这呼唤。

萨萨有意放冷了目光，比画着说："我把你吊上树。"

索索听懂了，点了点头，虽然仍有戒备，目光中却闪耀出感激。

萨萨把皮绳的一端系在她的腰上，甩动绳头，缠住树枝，自己先爬了上去，而后用力把索索吊上树。让她钻进树洞，拽紧绳子，慢慢降落。感到她到底后，又把还装有几块地蚓肉的皮袋丢了下去，仔细盖好挡板，才跳下了树。

萨萨不知道接下来该去哪里，正在茫然，树洞里忽然传出索的声音——

"姐姐……"

13. 失眠

黑牙石下，少年们围坐成了一个巨大的光环。

泽恩不由得想起妈妈那句话："整个黑森林都是敌人，你只有你自己。"

看来，妈妈错了，人并不是只能孤独。现在的自己，再也不是那个孤立无助的幽暗生存物。借着光亮，那个封闭、漆黑、沉默的自己得以敞开，和其他人相互连接。

"我"变成了"我们"。

世界也随之变成了另一个世界，黑暗被驱散，万物显现出无限的美。人们再也不必随时惊恐，可以静静地欣赏它，可以快乐地在其中嬉戏，也可以在它的宽广怀抱中安心睡眠。

想到这些，爱惜之心油然而生，泽恩感到一种从未有过的责任，默默对自己说：必须保护好这一切。

山上所有人都是初次和同类相处，谁都不知道该怎么办。这一阵，泽恩想了很多，上山的途中，他和穆巴商议出一套办法：

首先，山上冷，要在这里常住，得用兽皮和树枝搭一些棚子，挡风遮雾。

其次，大家轮流守卫，好让其他人安心睡觉。

还有，食物很重要，可以分成几组，轮流下山捕猎。现在不能再吃人类，就只剩地蚓和夜兽。地蚓好捉，夜兽必须专门训练一个捕猎队。

最后，也是最重要的，大家的语言还很混乱，很难沟通，得尽早教会大家说同一种话语。

等大家安静下来后，泽恩站起来，比画着把自己的想法说了出来，少年们听懂后，全都异常兴奋。泽恩便和穆巴一起分配人手——

穆巴年纪最大、经历最多，语言就由他来教。

甲甲速度最快，曾独自捕猎过夜兽，由他挑选十几个最强的少年，先练习，再去捕猎夜兽。

剩余的少年分成两组：一组下山收集兽皮和树枝，在黑牙石周围搭建棚子；另一组专门捕捉地蚓。

少年们无比激动，又在穆巴的带领下，一起高呼泽恩的名字。

泽恩忙笑着摆手：“我和你们一样——”

穆巴却又高声赞颂：“光亮之神！光亮之神！光亮之神！”

少年们再次一起跟着挥臂高呼。

泽恩难以承受，却无法拒绝，只能尴尬而感激地笑着。

短短几天，山上就完全不同了。

黑牙石下石块全都被搬干净，平整出了一大片空地。少年们用树枝和兽皮搭起了十几座小棚子，每三个人一座。

空地中央挖了一个地洞，捕食的少年们捉来的地蚓都存放在里面。

雾起和雾散时，各进食一次。大家围坐在一起，地蚓切成段，由泽恩平均分给每个人。

吃饱后，由穆巴给大家讲故事。

他从"光亮之神"讲起，尽量避开自己的口音，照着泽恩的语言，一字一句慢慢讲给大家听。一边讲，一边比画，演示每一个词语的读音和意思。他讲得极生动，少年们都听得着迷，跟着一起学读音。

故事讲完后，少年们热情极高，纷纷聚在一起练习。大家很快便掌握了基本的词语，学会了简单的对话，甚至开始争论。

语言是另一种光亮。

在共同的词语里，大家渐渐打破了彼此心灵的阻隔，共同开辟出一片精神的空地，并不断丰富和扩展，渐渐建造出一个看不见，却能清晰感受和领会的新世界。

在这个新世界里，每个人记忆中的孤独情绪和幽暗事物，一点点被提取到光亮中。每一个命名，都是对一种事物的解放，都能引发出一场心灵的震颤和共鸣。

就像"人"这个命名，泽恩最早是从妈妈的口中听到，但始终觉得这个词语像所有黑森林的事物，幽暗而模糊，像一团暗雾。直到它从穆巴及这些少年们口中被响亮地说出时，泽恩才第一次真正意识到它的神奇。

"人"不只是在黑暗中猎取食物，也被当作食物猎取的躯体，在这个躯体中，隐藏着一个秘密。

这个秘密是：自由。

自由之心，能超越黑森林的求生本能，打破弱肉强食的生存法则，让疲于求生的躯体摆脱束缚，运用心灵真正地去看、去想、去感受。最重要的是，能去选择，从而成为一个真正的人。

更神奇的是，自由能让一个孤独者看见另一个孤独的同类，并一起呼唤其他的孤独者。让众多的孤独者走到一起，学会协作，并互相给予安全、和平和友善，让每个人获得更多的自由，并因此成为真正的同类，彼此照亮。

一团团互相映照的光亮里，穆巴又讲起了故事，少年们目光闪亮，脸上时时变换着惊奇、感动、欢笑的表情。

泽恩坐在一边，感到无比欣慰，却也不由得望向光亮外的无边黑暗，想起那个辫子女孩。

想到她，泽恩就会觉得孤独。

这种孤独，不同于原先的那种孤独，它陌生而无形。就像罩在他身上的这圈光亮，比身边所有人的都亮，把他从人群中隔离开，围困在中间，根本无法走出。

是那个女孩带来了这圈光，恐怕也只有她，才能破除这种围困……

穆巴的故事讲完后，雾已经很重，大家各自回到小棚子里休息。

泽恩的棚子紧靠着黑牙石，和其他棚子都隔开了一段距离。

他原本想和穆巴、甲甲同住一座棚子，穆巴却坚持给他单独建了这一座。泽恩虽然执意反对，穆巴却又率领少年们一起高喊"光亮之神"，让他根本无法拒绝。这更加重了他的孤独。

回到棚子里，他躺在少年们特意给他铺的几层厚厚的兽皮上，虽然十分柔软暖和，却翻来覆去，难以入睡。

他想起女孩那个树洞，想偷偷下山，去那里看看。但现在身上有了这圈光亮，再不可能做到"偷偷"了。

他不由得叹了一口气，继续不断翻身，很久，才渐渐入睡。睡了没多久，便又醒来，浑身无力，十分困乏。

他打着哈欠，爬起来走出棚子，见不少人也都起来了，但大多数坐在地上，都没有精神。穆巴坐在一块石头边磨骨刀，却有些心不在焉，也连连打着哈欠。

"穆巴，没睡好？"

"呵呵，太高兴了，始终睡不着。"

泽恩看他的脸，十分憔悴，似乎更加衰老了。他隐隐觉得不对，又环视四周，那些少年们也都没有了活力。也许是变化太大，所有人都太兴奋，等适应了，应该就好了。

然而，过了几天，情形不但没有好转，反倒越来越严重。

不但泽恩和穆巴这样，所有少年都越来越困乏。每个人都不住地打着哈欠，行动也越来越迟缓无力。捉来的地蚓全都吃完了，却没有力气下山。所有人都躺在棚子里，或靠在石头边，垂着头，闭着眼，想睡却又睡不着。

泽恩自己也极其困乏，走路时，脚都发软。他去和穆巴商议，穆巴却斜靠着黑牙石，嘴微微张开，想说话，却困得连眼睛都睁不开。

泽恩忽然想到：大家并不是没有睡觉和休息，而是难于入睡。

根源在于：光。

所有人一直生活在黑暗中，现在身上罩着光，睡觉时光也仍亮着，所以很难入睡。即便睡着，也很难深睡。时间一久，便承受不住了。

想出这个原因，他已经耗尽了仅余的精力，慢慢坐倒在地上，头脑昏沉，身体乏得没有一丝力气。只有心底还有一线念头，不住提醒自己：不能这样、不能这样……挡住光、挡住光……

他的手搭在一样东西上，昏沉中，模糊感到，是腰间那个皮袋。

他拼命集中意志，让手指动起来，慢慢摸索着，解开绳扣，抓住皮袋，费力地抬起手臂，努力了很多次，终于把皮袋套到了头上。眼前顿时暗了下来，他也随即躺倒，昏睡过去。不知道睡了多久，才被后背一颗尖石子硌醒。

他睁开眼，眼前一片昏黑，像是回到了从前，心底不由得发出感叹：黑暗真好啊！

他舍不得摘下皮袋，只想继续这样昏黑下去，但随即想到其他人，忙扯下皮袋，眼前一亮，一阵刺眼晕眩。他眯着眼，适应了一阵，才又慢慢睁开。

他坐起身，扭头看见穆巴靠在石壁上，垂着头，脸色灰白，几乎已经没有了气息。他忙抽出骨刀，从穿的兽皮上割下一条，系在穆巴的头上，紧紧遮住他的双眼，扶着他躺平在地上。

而后，他继续割兽皮，去救那些少年们。

几十个人的眼睛全都遮住后，他也耗尽了气力。吃力地回到自己的小棚子，头上也拴了一条兽皮，躺倒身子，昏昏睡去……

14. 驯

不论摩辛走到哪里，那个少年丁尼一直跟在后面。

摩辛没有夺走他的骨刀和长矛，但一直防备着身后的脚步声。令他惊异的是，丁尼始终保持着一个安全距离，不敢靠得太近，也不敢离得太远。脚步和气息都是既惶恐，又兴奋。

除了幼年时身边那个唯一安全的女人，摩辛从来没和另一个活物这样相处过，他感到十分怪异，有些不适，却又不厌恶，甚至隐隐有些舒服之感。

他们一前一后，在黑森林里走了很久，丁尼的步伐和气息与他越来越一致，那种舒服感也越来越强。而丁尼的惶恐也随之减弱，脚步声中甚至能听到一种欢欣。

这欢欣让摩辛忽然感到一阵憎恶，他顿时停住了脚。丁尼在后面也急忙停住。摩辛转身走到丁尼面前，丁尼不敢动，气息中的惶恐随之猛增。摩辛抽出骨刀，用刀背在他脸上狠狠一抽。丁尼顿时惨叫出来，但又慌忙抑住，只敢低声喘息。

摩辛插回刀，转身又走。丁尼也慌忙跟着，脚步又惶恐起来。摩辛也重新回到了那个适度的舒服。

走了一阵，远处忽然传来声音，又是那种连串的可憎声音。

摩辛仔细一听，也是三个少年，也十分欢畅和得意。恨意再次涌起，他立即加快脚步，向那声音奔去。丁尼也急忙跟着奔跑起来，并发出一个古怪的声音。

很快，他们便逼近了那三个少年。相隔十几步远时，摩辛的皮肤又感到那种细微的刺痛，他才明白，丁尼发出的那个古怪声音应该是"光亮"。

三个少年也似乎发现了他们，立即停住了那连串的可憎声音。

摩辛抽出骨刀，嗅着树木的气息，快步绕到第一个少年的背后，用力一刀，刺倒了那少年。随即转向第二个，也迅即命中。

第三个少年离得略远，惊叫了一声，迅即攀上了树。树上枝杈密集，摩辛无法再追，只能听着那少年在树枝间不断跳蹿，飞快逃远。

他有些恼恨，又觉得饿了，便坐下来吃了几块肉，感到吃饱后，他正要站起来，却听见一声吞咽口水的声音，是丁尼，他一直站在不远处，不敢靠近。

摩辛几乎忘了他，听到这口水声，顿时本能地警戒起来。再一听，更听到丁尼肠道饥饿的鸣响。即便如此，他却没有丝毫夺食的企图。相反，惶恐和敬畏仍然控制着他。

护食本能顿时松懈下来，摩辛犹豫了片刻，将一块肉抛向了丁尼。丁尼慌忙接住，无比激动地叫了声"丁尼"，随即大口吞嚼起来。

摩辛这才明白，"丁尼"的意思是肉。

有生以来第一次分食给同类，他觉得极其怪异，心里隐隐有些绞痛。但同时，他又感到有一种从未有过的力量，让他莫名地兴奋。

什么力量？

丁尼很快便吃完了那块肉。那激动的吞嚼声，让他忽然明白：舍弃一些吃不完的食物给同类，能让同类更顺从于自己，类似于用皮绳拴住地蚓。不同的是，这是根无形的皮绳，是一种无形的力量，从自己的体内，延伸到丁尼那里。

听到丁尼打了一个饱嗝儿，他站起身，模仿丁尼之前的发音，试着说出了那个词语："光亮。"

丁尼愣了片刻，像是忽然明白，用力"呀"了一声，随即向三个少年来的方向奔去。

摩辛很震惊，第一次向同类发出声音，竟迅即得到回应。这让他感受到另一种神异的力量。相比于食物，更加无形，但传送过去，却似乎更强大。

不过，他不知道丁尼是否真的明白了自己的意思，便跟在丁尼后面，在黑森林里快步穿行。

丁尼的脚步声中又有了那种欢欣，这次却没有激起摩辛的憎恶。相反，他越发真切地感受到语音中的那股神异的力量，正是它，在丁尼心中催生出了那种欢欣，让丁尼甘愿服从于自己的意志。

走了很久，蹚过小溪后，前面隐隐传来一阵声响，丁尼立刻放慢了脚步，摩辛则不由得打了个冷战：仍是那种连串的可憎声音，发声的却不是一个人，也不是三个人，而是许多个人。黑森林从来没有这么多人类一起发声，更没有这样整齐过。

摩辛更感到身体隐隐有些刺痛，难道那些人全都有了光亮？

他顿时停住脚，浑身颤抖起来，恐惧和憎恶像两把骨刀，交替割刺着他的心。

丁尼见他停住，回转身，小心走过来，却不敢靠近。听到他那胆怯的气息，摩辛忽然想到了一个办法，立即转身向南边快步行去，丁尼急忙跟了上来。

摩辛在树林间急急穿行嗅探，蹚过小溪时，脚碰到一块扁圆的石头，他俯身捞起那块石头，掂了掂重量，大小合适，便握在手里，过了小溪，继续寻找。

寻了很久，他终于嗅到了人类的气息，便放慢脚步，悄悄走了过去。是个成年人类，身上没有女人那种怪异气味，是个男人，正用树枝不断戳打地面，在捕捉地蚓。

摩辛轻轻走到那人身后，对准他头顶重重一击，男人随即昏倒在地上。摩辛摸索着剥下他身穿的兽皮，用骨刀割开，连成一根长皮绳，拴在男人的腋下。而后拽住皮绳，拖着男人向沼泽行去。

途中，那个男人醒来了一次，摩辛又用石块将他砸晕。穿出黑森林后，摩辛把那男人拖到沼泽中，抓了一把淤泥，掰开男人的眼皮，把泥抹到了他的眼珠上。

男人在淤泥里昏迷了一阵后，忽然被疼醒，连声惨叫起来，不住地在泥里打滚。这惨叫声中，除了疼痛和恐惧，还有一些盲目的恨。

这声音刮擦着摩辛的耳膜，让他感到格外舒服，几乎像蜕皮时的痒。丁尼则站在沼泽边，呼吸急促，十分惊恐。

摩辛走到他埋着地蚓的树下，拽着皮绳，扯出一条地蚓，从尾部割下一截，回到沼泽边，对着那人冷冷喊了一声："摩辛！"

那人顿时停住惨叫，变成惊恐的呜咽，颤抖的身体让身边的泥浆也连续发出咕叽声。

摩辛将地蚓抛向那人，地蚓砸中他的身体，掉落在淤泥中。那人显然已经饿极，从泥里一把抓起那截地蚓，大口吞食起来。

摩辛清晰地感到：话语和食物，两股神异的力量再次延伸了出去……

15. 空

索索在树洞里连叫了几声"姐姐"。

萨萨心里虽然有些触动，却没有应声。

她怕再与人发生连接，连接是纠缠，是负担，更藏着危险和痛苦。

她想离开黑森林，去一个没有人，也没有兽的地方。但南边那片沼泽已经不能去，北边的山地经常有人兽出没，还能去哪里呢？而且，没有人和兽的地方，恐怕也没有食物。就算能找到这样的地方，也活不了多久。

你想活多久呢？

她不由得问自己。

这一问，那树洞般的空乏感，又立即将她淹没。

即便不与任何人连接，有一种连接却永远无法切断——人和这世界的连接。

而将人和世界紧紧连在一起的，则是求生的本能。

求生，不为任何原因，只为求生本身。

而生，又是如此空洞。

她不由得笑了。

笑自己，也笑这个世界。

自己和世界的连接，就像那棵空洞的塔奇树和黑森林的连接。

只有放弃求生的念头，才能从这种连接里解脱出来。

不求生，更不求活得久，活在哪里，该如何活，便都不再是问题。

她心里一亮，顿感轻松，不再烦恼，也不必逃避什么。

她本来要走，这时却不需要再走，便靠着那棵树坐了下来。

树洞里又传出索索的声音："姐姐！"

"嗯。"她轻应了一声。

"姐姐。"

"嗯。"

"姐姐。"

"嗯。"

索索忽然咯咯笑出了声，萨萨也忍不住笑了。

索索笑完，又开始叫，萨萨也继续应。

应答几次后，两人又一起笑，居然无比开心。

萨萨正笑着，一个黑影忽然从树上坠落，掉在她面前。

她吃了一惊，身子不由得往后一靠，眼中的光照过去，才看清：是个女人，右手拽着一根皮绳，左手抱着一个幼儿。蓬乱头发下是一张脏污凶狠的脸，却咧着嘴、皱着眉，看起来十分痛苦。萨萨往下一看，女人腹部的兽皮上有个裂口，不断渗出血水。

女人松开绳子，抱紧孩子，望向萨萨，目光十分怪异，却没有袭击之意。萨萨便没有动，眼中的光照回到女人的脸。女人忙侧头避开，嘴里发出一串声音，似乎在说话，但发音含混而滞涩，显然很久没有开口说过话。

萨萨听不懂，便微微眯起眼睛，让光亮变弱。女人小心地望向她，目光十分焦虑哀伤，并用一只手用力比画着，嘴里又发出一串含混声音，似乎在求助。

萨萨十分惊诧，除了亲人之间，黑森林绝不会发生这种事情。同类之间，从互为食物，到开口求助，这中间要跨越的，不是森林、高山或沼泽，而是死亡。

求助者自己必须冒着死亡的危险，放下防御，走近同类。更得相信，对方也会冒着死亡的危险，允许她接近，并且不把她当作送到嘴边的食物。最后，也是最不可能发生的——对方愿意舍弃一部分比生命更重要的食物或力量，分给求助者。

萨萨不知道是什么不可思议的原因，竟让这个女人开口向自己求助。她听不懂，便伸手指向女人腹部的伤口："帮你治伤？"

女人用力摇头，手指连连指向自己怀中的幼儿，又说出一串怪异的话语，萨萨只隐约听懂了两个词语："死"和"女儿"。

女人受伤了，要死了，在求我救她女儿？

萨萨大为震动，也顿时明白，让这个女人开口求助的那个不可思议的原因：对女儿的爱。

但她为什么竟然相信，我会救她女儿，而不会吃掉她？

女人似乎看懂了她的疑惑，又比画着说了一串话语，萨萨又隐约听懂了两个词语："光"和"女童"。结合手势，大致明白了女人的讲述：她在这里看到萨萨发出光亮，并救了一个小女童。

她说的是小索索……

吃惊之余，萨萨顿时难过起来。

女人看到后，神色忽然变得十分恐怖，大张着嘴，连连比画，看手势，是在质问："你吃了她？"

萨萨轻轻摇了摇头。

女人神色顿时缓和下来，指了指树洞，又比画着说了一串。萨萨大致听出，她在说："我还看到你救了树洞里的那个女孩，求你也救救我的女儿。"

萨萨感到一种从未有过的重压，自己根本无力承担。她站起身，走近两步，指着女人腹部说："让我看看伤口。"

女人迟疑了片刻，腾出右手，掀开兽皮，露出腹部那道伤口。

萨萨小心走近，隔了两三步距离，望向那伤口，是矛尖刺伤，伤口很深，不知道能不能治得好，得先止住血。

她转身回到树洞边，朝里面喊道："索索，地蚓肉。"

索索并不应声，萨萨又唤了两声，树洞里依然寂静无声。

没有人类会轻易舍弃食物。

萨萨正要转身去另捉一条，树洞下面的小洞里忽然滚出一团东西，是一小块地蚓肉。

萨萨不由得笑了一下，捡起那团地蚓肉，走到女人近前，示意给她敷伤。

又是黑森林绝不会发生的危险事情。两人对视了片刻，女人很艰难地点了点头，露出一种古怪的紧张表情，似乎在尽力笑。

萨萨也笑了一下，终于迈出最后一步，凑近女人，俯下身，挤出地蚓汁液，抹到那伤口上，却随即被血水冲溃。她又继续抹，敷了好几道，才勉强止住血，仍有血滴不断渗出。

女人一直忍着痛，这时才摇着头哀叹："死……死……"

萨萨忽然想起妈妈曾说过：塔奇果成熟后，贴着果壳有一层厚壁，剥下来，磨成粉，拌进地蚓汁液，是止血治伤最好的药。

她后悔之前吃塔奇果时没有想到，便比画着让女人到树下休息："你在这里等，我去寻索索。"

"索索？"女人既惊奇又疑惑，但用力点了点头，似乎知道塔奇果内壳能治伤。

萨萨甩动绳石，攀上树，在枝杈间寻找塔奇果。

然而，找了很久都没找到一颗。她一路找到北边，发觉树顶似乎隐隐映出些微光，忙攀到树顶，扭头一望，顿时惊住：北边漆黑的半空中有一团光亮，光亮的上方，隐隐显出一根青黑色尖柱。

萨萨惊望许久，才辨认出，那个尖柱是黑牙石。黑暗中原来根本望不见黑牙石，在那团光亮的映照下，它才显出轮廓，孤耸在天空中，无比奇异，甚至有些可怖。

这团光难道是那个唱歌男孩？

萨萨心里不禁一颤，但随即想到，他一个人的光不会这么大，应该是点亮了很多人，全都聚在黑牙石下。

她不由得想去那里看一眼，但旋即打消了这个念头，轻轻叹了口气，又望了一眼黑牙石，下去继续寻找塔奇果。

又荡过十几棵树后，终于寻到了一颗成熟的塔奇果。

然而，等她急赶回去时，那个女人却已不在那里。

她忙朝着树洞唤："索索？"

树洞里传来索索惊恐的声音："夜兽、夜兽！"

16. 重

少年们一个个醒来了。

他们不知道自己的眼睛蒙了兽皮，费力睁开眼，却见眼前一片漆黑，纷纷惊叫起来。

泽恩被叫声惊醒，忙爬起身，摘掉绑在头上的兽皮，快步走出棚子。这时，躺在外面最早醒来的几个少年，先后发觉了眼部蒙的兽皮，忙都扯了下来。重新见到光，虽然刺眼，却都放了心，陆续安静下来，眯着眼，适应光亮。

泽恩见他们全都恢复了活力，这才放心。那几个少年却望着扯落的兽皮，都很纳闷。泽恩笑着走到他们中间，把缘由告诉了他们。少年们听了，全都又后怕又感激。

棚子里的其他少年也纷纷走了出来，像是从一场怪梦中惊醒，却都不再萎靡，一个个重新有了精神。

穆巴是最后一个醒来的，虽然依然显得疲倦，至少能爬起来走动了。他听了泽恩的解释，眼里顿时涌出泪来，颤抖着声音，又挥臂号召少年们和他一起高喊"光亮之神"。

泽恩阻止不住，忽然起了顽性，也跟着挥臂高喊起来。

少年们全都愕然停住，穆巴眼中更露出失望，甚至有些愤怒。

他颤抖着声音说："我们是真心……"

泽恩连忙道歉："对不起，对不起……"

穆巴却像被夜兽咬了一口，猛地垂下头："光亮之神，请宽恕我们！"

泽恩无比惊诧，更不知该如何应对。

穆巴又挥舞手臂，号召少年们再次连声高呼"光亮之神！"。

泽恩只能等他们喊累了，才插话说："食物已经吃完了，我们得下山去捉地蚓。"

"是！我立即安排。"

"这次我也去。"

"不！光亮之神绝不能去！"

泽恩本想坚持，但看穆巴神色极其坚定严肃，只能叹口气，坐到一边，看着穆巴把醒来的少年分成三组：一组捉地蚓，一组汲水，另一组是甲甲和几个最敏捷的少年，他们一直在练习，现在是第一次下山去捕猎夜兽。

少年们带着长矛、骨刀、皮绳、皮袋，唱着歌，一起下山去了。

泽恩坐在一块石头上，望着这些少年走远，变作星星点点的亮光，消失在黑森林里。他忽然觉得十分失落，比少年时独坐在黑牙石上还孤独。

穆巴站在一旁，也望着山下，脸上露出满意的笑容。

泽恩不由得抱怨："以前我自由自在，现在却……"

"这些少年能这样快乐、和平，全都是因为你。"

"但我……"

"你是光亮之神，随时可以丢下他们。"

"但……"

"是啊，你一旦走开，他们就再难和平。黑暗无处不在，光亮却需要一个光源。"

泽恩再说不出话，心里闷闷的。

他第一次感受到：这光亮，比石头更重。

少年们陆续回来了。

唱着歌，提着水袋，扛着地蚓。

看到他们脸上的兴奋和骄傲，泽恩无比羡慕。

最后，甲甲和那几个同伴也回来了，他们竟然扛了一头夜兽。

少年们全都围了上去，不断惊呼和欢叫，泽恩也忙站起来张望。

甲甲满脸得意，双手捧着一样东西，从人群中挤了过来："光亮之神，献给你！"

泽恩低头一看，竟是一只夜兽幼崽。只比他的拳头略大一点，浑身淡灰色茸毛，蜷成一小团。有些畏怯，不住发出呀呀的嫩叫声。

泽恩虽然十分喜爱，却不好接受："你自己留着它吧。"

甲甲却强行递了过来，眼中闪着亮："穆巴那天讲到了礼物，这是我献给光亮之神的第一件礼物！"

泽恩无法再拒绝，只得笑着接了过来："谢谢你！"

小夜兽的茸毛无比轻柔细软，散发出微弱的、生命的暖，让他的心不由得也随之一暖。

最可怕的夜兽，竟然也曾如此柔弱可爱、让人疼惜……

17．珍惜

摩辛把几根皮绳编在一起，制成了一根长鞭。

他能想到这个方法，是由于那个女孩的辫子。长鞭编好后，他握在手里，不断地抚摩拧绞，心里一阵阵战栗，不知道是舒服还是痛苦。

沼泽边响起踩踏泥浆声，丁尼和捉来的那个盲眼男人想爬出沼泽。

摩辛怒吼了一声，挥动长鞭，先抽向那个男人，啪！男人被抽中，惨叫了一声，摔倒在泥里。他又连抽了两鞭，男人惨叫着爬回到沼泽中。丁尼也慌忙向后退去，重新钻进了泥浆里。

摩辛一直守在沼泽边。等两个人都痒过、痛过之后，开始蜕皮，相继发出那又难受、又享受的呻吟。

这之后，两人果然都上了瘾，再不愿离开沼泽，陷溺在淤泥里，焦急等待下一次痒。

这种力量的控制，甚至超过食物。

等到那个盲眼男人完全驯服后，摩辛才离开沼泽，回到黑森林。

他发觉，自己的行动更加敏锐迅捷了。让自己避开障碍的，不只是嗅觉，罩在身上的那层雾气也在替他引路。遇到前面的树、地上的枯枝、石块和骨头时，雾气会随不同位置和形状而飘荡，引他不断避开绕过。这让他无比惊喜，对光亮的惧怕又减退了很多。

他又接连捉来十几个人类，都是成年男人。女人会发出那种喘息声，会生育，让他本能地厌恶。

捉到那些男人后，他都拖到沼泽中，先用淤泥抹瞎他们的眼睛，而后丢进泥浆里。

这些人无一例外，都是先惨叫、打滚，而后呜咽、哭泣，等得到食物，渐渐就驯从起来。在沼泽里蜕过皮、痒过几次后，再没有一个人愿意离开。

只是，他们彼此之间一旦互相接近或碰撞，立即会拼打抓咬起来。

摩辛喜欢他们争斗，坐在一边，耐心听着，享受耳膜的刺激。等到其中一方声音越来越弱，他才抽出骨刀，走过去，将那个弱者一刀刺死。他埋的地蚓远远不够这些人吃，弱者正好做食物。

这些人虽然彼此仇恨，但对摩辛都无比敬畏顺从，并跟着丁尼，一起高声呼喊同一个词语："摩辛！"

开始时，摩辛感到十分威严自豪。但渐渐发觉，这些人虽然顺从，但全都沉溺在沼泽里，眼睛已盲，连寻食的能力都已丧失。而他想要的，是活的骨刀、活的长矛，去消灭那些亮人。

他不再去捕捉地蚓饲养他们，让他们完全以彼此为食。十几个人饥饿时，不断互相攻击，最后只活下来五个最凶狠的。

摩辛不再允许五人之间互相攻击，把长鞭交给丁尼，只要有人违抗，便用长鞭惩罚。

等五个盲人都十分饥饿时，他才去黑森林里捉来了一个人类，丢进沼泽中，让那五个盲人围猎。

五个盲人虽然围住了那个猎物，行动却远不如双眼未盲的猎物灵活。那个猎物很快便从空隙间逃出，在淤泥里滚爬着，飞快跑到干地上。摩辛迅速赶过去，将他拦住，重新丢回到沼泽中。

如此反反复复，十几回后，一个盲人终于扑住了猎物，其他四个随即围聚过去，争抢着饱食了一顿。

摩辛继续捉人类来训练。

接连吃了十几个人后，五个盲人行动终于越来越敏捷准确，已经不亚于未盲者。

然而，这只是在沼泽中。

摩辛让丁尼给五个盲人各分了一把骨刀，又捉来一个人类，当这个人逃进黑森林，他并没有阻拦。五个盲人立即追进了黑森林，但只奔了几十步，便先后撞到树上，或被脚下树枝、石块绊倒，让那个人类轻松逃脱。

听着五个盲人从树林里跌跌撞撞走了回来，摩辛十分恼怒，看来，只蜕皮还不够，身上还要有黑雾。要黑雾，便需要恨。

他从丁尼手中夺回长鞭，用力甩动，在半空中发出一声爆响。五个盲人听到，都颤抖着慌忙高喊"摩辛"。

摩辛停住手，大吼了一声："光！"

丁尼已经能领会摩辛的心意，忙也高叫了一声："光！"

五个盲人听到，慌忙一起学着喊了一声，声音里却只有恐惧，没有恨。

摩辛加重了恨意，又高喊一声："光！"

丁尼和五个盲人又忙跟着高喊，重复了几遍后，他们的喊声中恨意渐渐加重。

摩辛这才略感满意，快步走进黑森林，又捉来一个人类，丢进了沼泽。

那人连声惊叫着，在淤泥里扑腾。五个盲人原本都躺在淤泥里，听到响动，立即爬了起来。

摩辛高喊了一声："光！"

五个盲人忙跟着一边高喊，一边向那个人围逼过去。喊声中有了恨，变得无比凶狠。

那个人类拼命要逃，却被五个盲人围死，接连惨叫了几声后，倒在了淤泥里，没有了声息。沼泽中只剩下一种声音：噗噗噗，骨刀的戳刺声。

以前，只要击倒猎物，五个盲人立即会扑上去抢食。这时，猎物已经死了，他们却仍不断在戳刺。

摩辛嘴角不由得露出一丝笑：这是恨。

18. 新家

萨萨回到了那片溪水湾。

整个黑森林，这是她唯一喜爱的地方。

她不想再游荡，便在溪边一棵树上搭建了一座小棚子。用树枝编出圆壁和顶棚，从溪水边挖了些泥，密密糊满棚壁，外面又贴了一层兽皮。这样，既不透光，也能防止骨刀长矛的袭击。

这耗费了很多时间，她却并不着急，已经没有什么需要急的。

棚子建好后，她先去捉了一条地蚓，摘到几颗塔奇果。而后到溪水中那个浴棚里，慢慢把身体洗干净，这才爬上树，走进自己的新家。

她脱掉皮衣，光顿时照亮了整个棚壁。她的编织技艺熟练了很多，一根根枝条整齐排列，浅褐的主色，间错着浅灰、淡黄、深棕，看起来悦目而舒心。她盘腿坐到铺在中间的一张兽皮上，静静环视这个新家，不再有以前那种激动，心里生出一种平静的欢悦。

她觉得有些饿了，便将壁上挂的地蚓割下一截，切成薄块。又砍开一个塔奇果，把果肉切成薄片，一片片盖到地蚓块上，整齐摆在洗净的塔奇叶上。难看的地蚓肉被遮盖起来，变得紫润鲜亮，更透出一股酸甜的清香。

摆好之后，她并不急于吃，坐在那里，静静看着，轻轻叹了口气，不由得露出了微笑。

忽然，棚壁发出咚咚声，随即响起人声："姐姐！"

又是那个索索。

吃惊之余，萨萨有些气恼，不想理睬，索索却继续敲着、叫着。萨萨叹了口气，只得起身过去，打开了小门。

"啊！"索索惊叫了一声。

萨萨又忘记套上皮衣，光射了出去。索索慌忙侧头躲避，脚一滑，险些摔下树。

萨萨抓过皮衣，遮住身前，让光暗了些："进来。"

"光！"索索用手遮着眼睛，语气很气愤。

萨萨看着她那瘦弱的身子，叹了口气，关起门，把皮衣穿了起来，遮住光后，才又打开门。索索仍用手遮着眼睛，小心走过来，钻进了门里。

萨萨刚要关门，却听见门外的树枝簌簌响动，黑暗中慢慢走出一个人影。萨萨忙要去抓挂在门边的骨刀，却一眼认出，竟是树洞外抱着幼女的那个女人，她没有死？

女人小心走了过来，眼里露出乞求的神色。

萨萨犹豫了一下，点了点头："进来吧。"

那个女人抱着幼女，迟疑了片刻，才小心走到门边，弯下腰，钻

158

进了小门。她的行动有些吃力，看来伤还未好。

萨萨用皮绳拴紧了门，回头一看，索索和那个女人各自缩在一角，眼里都含着好奇和不安。她忽然发现，这座小棚子本来是给自己一个人住，她们进来，却并不窄挤。

难道我已经在预留空间，自己却不知道？

人心的小棚子，只要打开过门，曾和经过的人打过招呼，门就再关不上了？

萨萨正在出神，索索忽然大叫起来，眼睛盯向塔奇叶上摆的食物，随即伸出手去抓。萨萨忙过去一把打开她的手，挡住了食物。

索索顿时恼怒起来，恶狠狠瞪过来，喉咙里发出示威的嘶声。

萨萨瞪了回去，比画着说："在我这里，不许乱抢。"

索索似乎听懂了，却仍然瞪着眼，鼻孔中不断喷出怒气。

女人怀里的幼女也看到了食物，伸出小手，呀呀呀地叫起来。小脸蛋虽然脏污，却十分幼嫩可爱。

萨萨笑着拈起一片塔奇果肉，放到她的小手里。她立即塞进才长了几颗乳牙的小嘴中，一边急急吮吸，一边发出嗯嘤嗯嘤的声音，吃得十分欢畅。

女人十分感激和惊奇："索索？"

索索在旁边听到，大叫了一声，伸手又要去抓。萨萨又一把打开她的手，连着塔奇叶端起一块盖了塔奇果肉的地蚓，递给了她。索索一把抢过，丢掉塔奇叶，塞进嘴里，大口吞嚼起来。

萨萨摇头叹了口气，又连着塔奇叶端起一块，递给那女人。女人咧嘴笑了笑，伸出一只手，抓过食物，先将上面的那片塔奇果肉吸进嘴里，边咀嚼边连声感叹："索索！索索！"

这时，索索已经把那块地蚓吞完，显然远没有饱，望着兽皮上剩余的两块，刚要伸手去抓，却又立即缩了回去，眼睛望向萨萨，满眼抑制不住的饥馋。

萨萨见她迅速学会了克制，朝她赞许地点了点头，又端起一块地蚓，笑着递给她。这次，索索连塔奇叶一起接了过去，却没有立即吃，眼里露出疑惑。萨萨便坐下来端起最后的一块，拈起食物，用塔奇叶接住汁水，连着塔奇果肉和地蚓肉一起咬下一小口。

索索看到后，也学着她，笨拙地咬了一口，随即咧开嘴，哈哈大笑起来。

萨萨和那女人也被她逗笑，三个人一起笑起来。

萨萨心里涌起一阵感触：虽然不是亲人，但人与人的连接，竟然也能这样快乐？

19．罪

有了那只小夜兽，泽恩开心了很多。

小夜兽十分怯弱，不停地发出细嫩的哀鸣声。

泽恩把它小心地抱到自己的棚子里，拿了一小坨地蚓肉喂它，它却不敢吃，身子反倒往后缩。

泽恩把地蚓肉放到它嘴前，往后挪了几步，趴在兽皮上看它。小夜兽又嘶鸣了几声，嗅了嗅，才小心翼翼咬住地蚓肉，小口小口地咀嚼，头不停地扭动，越吃越欢畅，喉咙里发出奇异的嘶声。

泽恩看得心里一阵欢颤，说不出的喜爱，给它起了个名字叫"夜灵"。

夜灵很快就吃完了那一小块地蚓肉。泽恩忙又揪了一坨，放到它嘴边。这回它不再害怕，一嘴叼住，低头又吃了起来。连吃了三坨后，到第四坨，它只吃了一半，便停住了嘴，缩到角落，舔起自己的毛，舔了一阵，呼呼睡去。

泽恩却舍不得睡，趴在它的旁边，一直盯着它看。越看越惊奇，这幼小的生命，竟让人如此着迷。

为什么？

我们和夜兽虽然彼此为敌，但都是生命，原本同源？对它的喜爱，其实是看到我们自己的本源，发出本能的爱？但本能只是求生的欲望，我们真的爱我们自己的生命？

应该不是。

除了极少的时候，我从来都不觉得自己可爱。对自己，只是出于本能的自保，并不是爱。

那么，爱是什么？

至少应该不是欲望吧？我并不想吃掉夜灵，相反，会尽力爱惜它、保护它。

这么说，爱，是对本能的忘怀，甚至否定？

它让我从本能和欲望里跳出来，去爱惜和保护另一个生命，即便这个生命将来也许会吃掉我。

欲望，无法自控；爱，也无法自控。

同样是无法自控，它们有什么不同？

泽恩陷入迷思，良久，他才隐约辨明——

欲望，在我身后，驱使我不停地追，让我疲惫、痛苦，是永远填不满的黑暗。直到死，直到我自己也被黑暗彻底吞没。

爱，却在眼前，它让我停下来，只需要这样静静地看着，就已经很开心、很满足。

他正默默想着，忽然发觉夜灵的身体渐渐散出一小圈光亮，映得它身上的茸毛变得银亮透明。

泽恩无比惊喜，原来小夜兽也能点亮。

发光的夜灵，看起来越发可爱，像是一颗小小的、微微颤动的、银亮的心。

泽恩正看得入迷，忽然听到外面一声尖锐的惨叫。

他忙爬起来钻出棚子，又听到一声，是从左边一个棚子里传出的。他忙快步跑到那里，一眼看到：一个男孩躺在兽皮上，胸口两处受伤，血水正在向外涌。旁边站着另一个男孩，名叫沙奇，手里握着把骨刀，刀上也在滴血。棚子角落，还有第三个男孩，缩在那里，满眼惊恐。

沙奇转头看见泽恩，眼中满是惊疑："我，我……"

"他攻击你了？"

"没，没，我在睡……"

"他吵醒你了？"

"没，没，我也不知道……"

这时穆巴和其他少年也全都聚集过来。

穆巴问缩在角落的男孩："你看到了什么？"

"我睡觉，听到叫……我扯，扯掉眼睛上……兽皮，见……沙奇拿骨刀……刺他……"

泽恩看沙奇眼中充满迷茫，应该不是有意行凶，或许是做了个凶梦。

在黑森林里，一个人类杀死另一个人类，原本是极其平常的事。棚子外围观的少年们，眼中也大都只是好奇，并没有怕或责怪。

然而，现在已经离开了黑森林，不能允许这种事发生。

这个行凶少年该怎么办？

泽恩从来没有遇到过这种难题，怔在那里，不知道能说些什么。

穆巴看出了他的无措，高声说："我们不是黑森林里那些暗人，我们是亮人。这里不允许互相伤害，更不允许杀害同伴。这是罪！你们知不知道什么叫罪？罪就是做了不允许做的事情。犯了罪，就要惩罚！"

"什么是……惩……罚？"沙奇忙问。

"惩罚就是……你伤害了别人，就要受到同样的伤害。"

"我没伤害他！"

"你杀了他！"

"我没有杀他，是这把骨刀……这把骨刀杀的他！"

"骨刀自己会动、会杀人？"

"我不知道，我没想拿它——"男孩慌忙把刀丢到了地上。

"他是你杀的，你必须受到惩罚！"

"我没杀他，我没……"

"你杀了。"

泽恩想替沙奇辩解，但随即想到，如果没有惩罚，其他少年也可能杀人，必须制止。

这时，穆巴走到沙奇身边，从地上捡起那把沾血的骨刀："你用这把刀杀了他，就得接受惩罚，让这把刀也杀了你！"

"我没杀他！我没想杀他！"沙奇连连后退。

"穆巴——"泽恩忙开口阻止，"他不是有意要杀人，要惩罚，就让他下山，离开这里。"

穆巴本要争辩，但看了一眼泽恩，随即高声说："光亮之神发出惩罚令，你立即下山，不许再回来！"

"我不走，我喜欢这里！"沙奇哭起来。

"你不走，就要被杀！"穆巴高声怒喝。

沙奇哭着走到泽恩面前："光亮之神，别惩罚我！"

泽恩心里非常难过，却不知道能说什么，只低声说了句："对不起。"

"对不起"是穆巴给大家讲故事时，刚刚讲到的一个新词。不但少年们不理解，泽恩听了也很奇怪。

穆巴解释说："我们聚在一起，要遵守约定，谁违背了约定，就是对不起其他人。"

泽恩没想到自己很快就用到了这个词，而且是在这种情形之下。

沙奇听了，也哭着说了声："对不起。"说完，便转身向山下跑去。

泽恩看着那一团亮光越跑越远，最后变作一个微小而孤独的亮点，消失在黑暗之中。

他心里越发难过，又默默说了声："对不起……"

20. 扩张

摩辛怒吼一声："光！"

五个盲人也跟着连声高喊："光！光！光！"

听到恨意被激发出来后，摩辛才放开捉来的猎物，不再丢进沼泽，有意让他直接逃进黑森林。

五个盲人立即奔出沼泽，在饥饿和恨的驱动下，疯狂追赶。

起先，他们跑不了多远，仍会撞上树，或被地上的树枝石块绊倒。但正如摩辛所料，跌得越痛，恨也越重。不断激增的恨，让五个盲人身上生出黑雾，行动越来越灵敏准确，渐渐能在黑森林里自如奔行。

而且，经过皮鞭训练，他们彼此之间也不再仇视和争斗，开始学会配合和互助。当他们尾追一个猎物时，五个人会迅速散开，围成一个半圆，把那个猎物逼在中间，并不断快速收缩。

等到他们能轻松追杀猎物时，摩辛又想到了一个新办法——

当五个盲人又一次成功围捕到一个猎物，摩辛从旁边轻轻攀上树，抽出骨刀，分辨着声息，向下用力掷出，刺中其中一个盲人。那个盲人一声惨叫，惊得其他四个都停住了手。

那个猎物趁机逃脱，飞快爬上了树，几乎迎面撞向摩辛。摩辛早已抽出另一把骨刀，听着心跳声，轻轻一刀，刺中那人心脏。那人喉咙里发出一声怪响，随即栽下树去。

树下四个盲人听到声音，全都跳开。被刺中的那个盲人，则被尸体砸中、压倒在地上，没有了声息。

摩辛在树上冷冷说："光……"

四个盲人不知道同伴为何而死，都不敢应声，但气息中充满恐惧。

恐惧，不但能增加恨，还会让他们更凶狠。

四个盲人虽然少了一个同伴，协作却更加紧密，行动也更加迅捷。再捕猎时，他们紧紧围追，一个都没有追丢过。追到之后，立即用骨刀刺死，不容任何还击和挣扎。

摩辛见他们都已成熟，又去捉了几个人类。

这次，他不再把他们当作猎物，而是刺瞎了这些人的眼睛，丢在沼泽中，先让他们蜕皮上瘾。等他们驯服后，摩辛便让丁尼和四个盲人训练他们捕猎。

有了前四个盲人的示范，这几个人类很快便也生出恨，身上散出黑雾，能够在黑森林里疾行追捕。

摩辛不必再去亲自捕捉人类。那四个盲人分别带领几个新盲人，去黑森林捉来更多的人类，弄瞎他们的眼睛，接着进行训练。

渐渐地，盲人越来越多，成群地聚集在沼泽里。

他们都无比敬畏摩辛，一起高声称颂"摩辛"。

同时，他们心里都充满了恨，恨光，恨一切活物，尤其恨那些发光的亮人。

摩辛也渐渐发明出一套简单语言，他命令丁尼手执皮鞭，监看所有盲人，把他们分作四群，分别由最早的那四个盲人带领。

盲人人数已经超过亮人，摩辛却并不放心。

在地上，盲人们虽然已能快速行动，但到了树上，立刻就慢下来，陷入劣势。而那些亮人，双眼能看清周边事物，攻击和防守远胜过普通人类。三个盲人未必能战胜一个亮人。

得有更多的盲人，得想出更好的攻击办法。

摩辛有些焦躁，恨也随之加重，这让他身上的黑雾越来越浓，丁尼已经几乎看不到他的身影。

这让摩辛略感宽慰，他对自己说："我就是黑暗……"

21. 同眠

萨萨很困，却不能睡觉。

索索和那对母女都坐在她身边，萨萨不敢相信她们，让她们把身上的骨刀都交给她。她们也不敢相信她，都不愿交出来。

"那你们必须离开。"萨萨的心忽然冷了下来。

"不！"索索摇着头，握紧了腰间的骨刀。

那个女人没有出声，神情却和索索一样。

萨萨虽然恼怒，却也知道，在黑森林里，从来没有谁能独占什么，不论是一件武器或一座棚子，想拥有，只能争夺。

现在看来，她们并不是想争夺，而是想共处。但谁都没有和陌生同类共处的经历，更没有同眠的勇气。要共处，首先得互相信任，却没有谁敢信任谁。

萨萨望着索索和那个女人，心里想：你们需要信任，但我不需要。

她解开皮衣的绳扣，掀开衣襟，让光亮照射出去。索索和那个女人一起惊叫着忙用手遮住眼睛。

萨萨迅即抽出骨刀："你们不走，我就杀掉你们。"

索索也忙抽出骨刀，身子向后急缩。

那个女人却没有动，两只手分别遮住自己和女儿的眼睛，摇着头吃力地发出声音："你……不杀……"

"为什么？"

"你……地蚓，索索……给……我们吃……"

萨萨顿时怔住。

的确，食物就是生命，黑森林里绝不会分食给同类，我为什么要分给她们？

女人忽然从腰间抽出骨刀，轻轻放到了萨萨身前，侧着头避开光说："我不……怕你……怕她。"

"我怕她，也！"索索大声叫起来，迟疑了片刻，也把手里的骨刀丢了过来，"你不杀我？"

"嗯。"萨萨重新系好衣襟，捡起那两把骨刀，插到自己的腰间，随后问那女人，"你叫什么？"

"乌拉。女儿……丫丫。"

"我先替你敷药。"她从皮袋里取出磨好的塔奇果壳粉，拌了些地蚓汁液。

乌拉放下女儿，掀开兽皮，她腹部的伤口已经溃烂。萨萨把药粉小心敷到伤口上，却不知道能不能治好，更不知道该如何和她们相处。

她十分困乏，不愿多说话，把地板上那张兽皮扯到门边铺好，从袋里取出一条兽皮带，拴到眼睛上，让自己回到彻底黑暗中，这才躺了下来。

然而，她仍然睡不着。

索索和乌拉各自缩在一个角落，从呼吸中能听出，只有小丫丫很快睡着，她们两个都保持着警觉。黑森林的生存，让她们从来不曾真正安睡过，何况和陌生同类共处在这小棚子里，又交出了骨刀。

萨萨不由得轻叹了口气："信任，其实是一种相互折磨，是最残酷的挑战。"

不过，她们敢在这小棚子里共处，已经是一个奇迹。这座小棚子，已经完全不同于外面的世界，它比妈妈当年建的那个家更难得。

想到此，萨萨感到一些欣慰，甚至有一点骄傲，不由得放松了一些，不知不觉睡了过去……

22. 疏远

山上陆续又增加了一些人。

而且，不再只是少年，一些年轻人也开始小心试探着靠近。

对此，泽恩既开心，又有些担心。人多起来后，纷争也随之增加。山上不时出现争吵，甚至争斗。

幸而有穆巴，他设立了三条约定，每天讲故事时，先让大家一起高声念诵：

不能伤害他人，任务必须完成，食物平均分配。

即便如此，很多少年仍然记不住，记住的不明白，明白的又时常忘记。

穆巴又开始反复强调惩罚——

　　　伤害他人，遭受同等伤害；未完成任务和偷食者，食物按量扣减。

穆巴执行得很严厉，惩罚了一些人后，少年们渐渐能遵守约定了。

然而，泽恩很快又发现，他们似乎不再像开始时那样开心。每个人在黑森林时，都自由自在，现在却被约定拘束。

开始有人逃离，一个、两个、三个……

穆巴发现后，十分生气，监督和惩罚得更严厉了。

泽恩安慰他："他们既然不愿意留在山上，就让他们回到黑森林吧。"

"他们的光是光亮之神赐予的。"

"我的光也是别人给我的。"

"不，你是光亮之神。"

每次争论，穆巴最终都要归结到这里，让泽恩再难开口。

穆巴更增加了一条约定：

　　　每次聚会，大家都要先齐声赞颂"光亮之神"；任何人开口说话之前，也要先赞颂"光亮之神"。

他还创制了一套向泽恩敬拜的"光亮之礼"：左手捂住心口，右手五指张开，伸向头顶，表达心存感激、颂扬光亮。

这些赞颂让泽恩身上的光越来越亮，渐渐变得十分刺眼，让人无法直视。除了穆巴，少年们在他面前都不敢抬眼。

这让泽恩和众人越来越疏远，他却无法阻止。

陪伴他的只有小夜兽夜灵。

夜灵时时在他身边，习惯了他的光亮，常爬到他的臂弯或腿上，让他喂食、抚摩、搔痒。妈妈离开后，泽恩从来没和谁这么亲近过。这虽然带给他安慰，却也不时让他感伤。周围有这么多人，自己却不能接近任何一个。

他不由得又想起那个辫子女孩。

然而，就连她，在他心里也越来越远，越来越模糊，变成一点微光，飘浮在无边黑暗的最深处。这微光或许很快也会消逝，让他彻底遗忘，再也记不起……

这被疏远的孤独，让泽恩渐渐觉得，周围的一切都与他无关。他越来越不愿走出去，只和夜灵在棚子里玩耍、说话。

穆巴似乎正希望他这样，不许其他人靠近泽恩。每次进食时，他都亲自送食物进来，给泽恩讲一讲外面发生的事。

泽恩先还很在意，但渐渐地，这些事变得像遥远而单调的故事，让他越来越没了兴趣。直到他听到一声惨叫——

那声惨叫，一听就是临死前最后的挣扎。

泽恩听到时，心里一颤，忙放下夜灵，快步走了出去。

仍像上回一样，也是同棚的少年，杀了自己的伙伴。杀人少年也像上一个一样，十分惊慌，不知道自己做了什么，连声喊着："对不起！对不起！"

穆巴却厉声说："伤害他人，必受惩罚！"

泽恩又要开口劝阻，却不知道该说什么。

穆巴似乎觉察到了，他挥臂高呼："光亮之神，有罪必罚！"

围在棚子外的少年们也跟着一起高喊起来。

泽恩回头一看，那些少年都不敢靠近，在十几步外围成半圈，每个人都用力挥舞手臂，眼中都闪着亢奋的光亮，让他心底不由得生出一丝寒意。

又一声惨叫。

泽恩急忙回头，穆巴已经一刀刺中那少年的心脏。

少年却仍站立在那里，眼睛瞪得很大，丝毫不避刺眼的光亮，直直望向泽恩，嘶哑着声音，又说了句："对不起……"随后，仰面倒在兽皮上，身体抽搐了两下，不再动弹。他身上的光也随即暗去，一双眼睛却仍圆睁着。

棚子外的少年们立刻又发出一阵欢呼，一起高声赞颂："光亮之神，有罪必罚！"

泽恩却浑身一阵阵发冷，他茫然转身，怔怔地回到自己的棚子里。

夜灵立即呀呀叫着，跑到他脚边，不停地挨擦。他茫然坐下，抱起夜灵，轻轻抚摩着。前后两个杀人少年的神情和目光，不断在他眼前交错闪现。

那目光是无辜的，那句"对不起"也是无辜的。

两个少年都并不想杀人，甚至并没有杀人。

杀人的，是黑森林的本能和记忆，趁少年在睡梦中，驱动他们的身体，向靠近他们的活物发起本能的攻击。

他们有罪吗？

泽恩心里想为他们辩解，然而相比于他们，被杀死的更加无辜。

只是，我们惩罚他们，谁来惩罚黑森林的本能和记忆？

我们用约定和惩罚来抵挡黑森林，黑森林却藏在我们的习性中，趁我们昏睡，冲溃我们那脆弱的防线。我们根本无力抵挡，甚至并未察觉。

黑森林让我们破坏约定，杀害同伴；又用惩罚，杀害另一个同伴。它迫使我们同时杀死两个同伴。

我们该如何抵挡它？

23. 引路者

摩辛独自在树枝间穿行。

要想击败那些亮人，必须能在树上快速行动。

嗅觉能分辨出近处的树枝，触觉能判定每根树枝的粗细，身上的黑雾则能提前告知树枝的分布。难处在于，除了迅速判断，同时得迅速行动，立即找到攀缘处、跳跃处和落脚处。

他摸索了很久，跌撞了无数次，终于越来越熟练。

森林看似繁密复杂，却比动物简单刻板，树枝的长势和分布，其实都有规律，而且它们不会动。

渐渐地，凭着对一根细枝的触感和嗅觉，摩辛心里便能延伸出整棵树。只剩一个难点：某根树枝若是枯死或折断，穿行速度过快时，难以及时察觉。

摩辛摔落了许多次后，渐渐学会不再惊慌，下坠时控制身体，落地时站稳双脚，并迅速找到头顶最近的树枝，重新攀缘上去。

练熟之后，他开始在树枝间追逐人类。

他意外发觉，追逐比自己穿行反倒更轻松。有猎物在前面引路，他只需要听着猎物的起落声，便能清楚判断出树枝的分布。

这更带给他一个启发，知道了该如何训练那些盲人。

他先让那四个盲人首领攀到树顶，他在前面穿行，让他们在后面追赶。

起先，四个盲人根本追不上，不时撞到树枝或抓空、踩空，跌下树去。不过，不需惩罚，那四个盲人都会迅速攀上树，继续追赶，丝毫不敢懈怠。

没用多久，他们便渐渐掌握了追踪的关键，不再顾虑树枝，只一心听前面的声音，并根据这声音，寻找攀缘、飞跃和落脚的地点。

四个盲人练熟后，摩辛便让他们依照着去训练其他盲人。

那些盲人又远不及这四个，他们便用鞭打和饥饿来惩罚。

惧怕，是最好的鼓舞。那些盲人虽然慢了很多，却没有谁敢不尽力。尤其是两个笨拙的盲人被杀掉当作食物后，其他盲人更加拼命。

不久，所有盲人都能在树枝间穿行了。

摩辛心中的焦虑终于散去，丁尼却又带来了另一个焦虑——

摩辛命令丁尼不时穿过黑森林，去北边探查那些亮人。

前几次，丁尼回来时，只探到亮人的数量在增加。

对此，摩辛并不怕。亮人增加一个，他就让盲人增加三个。

然而这一次，丁尼回来的途中，目睹了一个惊人的场景：亮人在捕猎夜兽。

有七八个亮人在追逐夜兽。那些夜兽见到他们，全都纷纷逃窜。那几个亮人迅速围住落在最后的一头，那头夜兽虽然嘶叫着，却缩在地上，不敢反击，被亮人用长矛戳死。

摩辛听后，身体不由自主地颤抖起来。

夜兽竟然怕亮人……

摩辛心中已经很久没有了怕，这时，怕像是沼泽里的水一样渗了出来，四处漫溢。

他忙用更多的恨，压住了这怕。

幸而，关于亮人的消息，每次他都让丁尼远远避开那些盲人，只低声告诉他一个人。一旦那些盲人听到这件事，对亮人再多的恨，也会被惧怕吞噬掉。

摩辛心底翻腾了许久，才渐渐止住颤抖。

我必须去杀夜兽！

然而，才一闪念，怕又忍不住渗了出来。

伴随着怕，恨也随之腾起。

他丢下丁尼，独自快步走进黑森林。

以往，黑森林里不时会传来夜兽群的嘶叫声，这一次走了很远，都没有听到任何声响。

夜兽都被亮人吓走了？

恨再次腾起，顿时驱尽了怕。

他加快脚步，继续走，继续听寻。

又走了很久，终于听到，在他左边，距离很远，有夜兽的声音。

他的心顿时重重跳响，但随即被恨驱动，他转身向那嘶叫声快步奔去。

嘶叫声也在向他移动，离他越来越近。

他忽然想起来：自己被怕和恨冲击，只顾着找寻夜兽，却没有仔细想好应对夜兽的办法。

嘶叫声更近了，有几十头。

他更加害怕，不由得停住了脚。

夜兽的臭气隐隐飘来，接着足音突然加快，它们也嗅到了他的气息。

他的身体剧烈颤抖，紧绷的心几乎要裂开。

他却强迫自己站定双脚，双手各握一把骨刀，迎接凶猛奔来的夜兽群……

24．光晕

萨萨被一声尖叫惊醒。

她忙翻身坐起，棚子角落里传来扑腾声和幼儿的啼哭声。

她一把扯掉罩住眼睛的兽皮带，见乌拉压在索索身上，双手狠力掐住她的脖颈。索索身体太瘦小，虽然拼力挣扎，却根本推不开，眼看就要窒息。幼女丫丫则坐在一边，大张着嘴在哭。

萨萨忙过去抓住乌拉的手臂："放开她！"

乌拉却丝毫不肯松手，她的力气极大，根本拉不开。

萨萨见索索马上就要断气，忙一把扯开自己的衣襟，让强光照向乌拉。乌拉怪叫一声，忙松开手，遮住了自己的眼睛。

萨萨趁机把索索拽到自己身后，大声质问："为什么？"

乌拉扭头避开光，抱紧仍在啼哭的女儿，一只手指向索索："她……杀丫丫！"

萨萨忙扭头看索索。

索索大口喘息咳嗽着，左手遮住光，右手不断摆动，费力说："不、不……"

萨萨合起衣襟掩住了光，等索索略略平复后，才问她："你说——"

索索指着丫丫大声说："她……她爬……我……地蚓给她……"

萨萨低头一看，壁角果然有一摊被压得稀烂的地蚓。

乌拉也看到了，不由得望向索索，眼中的恨意被惊疑搅乱。

丫丫这时也已经止住了啼哭，小手伸向那摊地蚓汁液，嘴里叫着："吃，吃……"

萨萨盯着乌拉："你错怪她了。"

"我……"乌拉眼中仍惊疑不定。

萨萨回头望向索索："你没想杀丫丫？"

"小人……好吃……"索索忽然咧嘴笑起来，嘴角流下口水。

"但你没吃她。"

"姐姐不吃……我不吃……"索索嘴角一撇，用手背抹掉了口水。

萨萨顿时惊住，索索竟然因为自己而克制住了本能，这对于黑森林的人类而言，比死更难。

乌拉惊望着索索："你……"

这时，索索忽然发出了光亮，在她身上围出一圈光晕，那张瘦小尖硬的脸顿时柔和了许多，显出少女才有的鲜嫩之美。

萨萨更加惊奇，不知道是自己的目光，还是乌拉的目光，让索索发出这光亮。同时，她始终难以断定，光，究竟好，还是不好，所以不知道该庆贺，还是该担忧。这光亮更让她想起那个小索索，心里一阵难过。

乌拉则惊望着索索，发出一声惊呼。她怀里的丫丫从她手臂边伸出头，也望向索索，发出一声嫩嫩的"呀！"。

这时，索索自己才发觉。

她猛地怪叫一声，忙伸出手，不断拍打自己的身体，想把那些光拍掉。然而，光不是灰尘，它静静散发，丝毫无损。

索索见拍不掉，拼命甩着手，大哭起来。

萨萨忙笑着安慰："别怕，它不会伤害你。"

索索却像没听懂，或者不愿听，继续哭着不停拍打。

"你看我——"萨萨把衣襟掀开一道缝隙，光照向了索索，和她身上的光融合在一起，"你和我一样了。"

索索看到，忽然咧嘴笑起来："姐姐光亮，我光亮！"

乌拉眼中露出羡慕，小心问："我……光亮？"

萨萨迟疑起来："我不知道……"

"丫丫？"

"我也不知道。"

"丫丫光亮！丫丫光亮！"乌拉忽然大声哀求起来。

萨萨更不知道该如何回答。

索索却忽然伸出手，想从自己身上抓些光给丫丫，见无法成功，有些恼恨，鼻子里发出一串怪哼。

乌拉眼里充满了羡慕和忧伤："光，好……人怕、兽怕……我死，光保护丫丫……"她抱紧了丫丫，眼里闪出泪来。

萨萨看到那泪光，十分感动，忽然发现：黑森林里其实一直有光，看不见的光，在每一个妈妈的心里。

这时，乌拉身上忽然也发出光来。

光晕围绕着这个女人，让她的身形显出无比的慈爱……

25. 暗人

山上又接连有几个少年被杀。

杀人的少年，全都被穆巴刺死。

泽恩屡次跟穆巴争执，却始终无法说服穆巴。

"光亮之神，我们如果饶恕他们，这山上很快就和黑森林没有分别了。"

"这些少年都是在睡梦中杀死同伴，没有一个是在清醒的时候行凶。真正的凶手，并不是这些少年，而是黑森林的本能。"

"黑森林的本能，光亮之神有，我也有，其他少年也都有，但我们都没有杀人。"

"有一天，我们可能都会……"

“但现在没有。”

“这些少年之前也没有。我们该清除的，不是这些少年。”

“黑森林的本能该怎么清除？”

“这……至少，我们可以先做一件事。”

“什么？”

“不能再让他们睡在同一个棚子里。”

“嗯……”

穆巴虽然有些犹疑，但还是点了点头。

他立即命令山上的少年们加盖棚子，每个人都单独一间。

同时，他也提出一个要求：为了避免危险，不能再让光亮之神住在这些少年中间，必须把光亮之神的棚子搬到黑牙石顶上。

泽恩当然不同意，但穆巴坚执不让，更带领着所有少年一起高呼“光亮之神，上黑牙石！”

泽恩又一次无法拒绝。

上百座新棚子很快就加盖好了，之后一段时间，果然再没有人被刺死。

穆巴极为赞叹，带领所有人，一起向黑牙石顶上高声赞颂。

泽恩独自住在黑牙石顶上新修的棚子里，越发孤独，只能抱着夜灵，默默俯视着下面。

他不止一次想悄悄离开，但身上这光芒越来越刺眼，怎么能躲得开下面这么多人的目光？而且，如穆巴所说，自己一旦离开，这些少年恐怕会十分失望，很难再像现在这样齐心。

黑森林的本能，随时都会冲溃脆弱的约定。

他们身上都有了光亮，一旦重回黑森林，那些无光的暗人，根本难以抵挡。原先的黑森林，现在的山顶，都将毁灭……

光亮，其实是利器。

它不只能照亮人心，也能刺伤人心。

想到这些，泽恩心里越来越沉重。

他不知道，自己点亮这些少年，把他们聚集在一起，是不是真的好？

唯一能确定的是：一旦点亮，就再也回不到过去。

少数人的光亮，对黑森林来说，是极大的不公平。既然不能回去，就只能尽力向前。为了公平，应该点亮所有的人类……

穆巴上来送食物时，泽恩忙把这个想法告诉了他。

穆巴听了，眼睛顿时闪亮："对！光亮之神应该照亮整个黑森林！"

他立即下去安排，把人分作三伙：一伙寻食，一伙寻人，一伙建笼子。

很快，寻人的少年们就捉了十几个暗人，押到了山上。

穆巴把这些暗人全都一个个单独关在笼子里。

泽恩坐在黑牙石顶上俯瞰，那些笼子排列在下面的空地上。被关起来的暗人有成人，也有少年，全都很恐惧，有的不停吼叫，有的拼力撞着木笼，有的不停颤抖哭泣。

泽恩看着，心里有些不忍，默默说："这是为了你们好……"

穆巴一个一个安慰那些暗人，派了三个少年给他们送食物。

年纪小的暗人，得了食物，立即停住了哭喊，抓过食物，缩在笼子里，飞快吃起来。年纪大的，却都不敢碰那些食物，等穆巴和少年们离开后，才小心抓起来吃。

吃过几顿后，所有暗人渐渐都安静了下来。

穆巴继续和他们说话谈笑，他们虽然并不回答，却都不再惧怕。

每当所有少年都回山后，穆巴让他们聚集在笼子前，给他们讲故事，和他们一起唱歌。

山上的少年们最近还开始跳舞，他们围成一个圈，不停地唱、跳、欢笑。

笼子里的暗人全都十分惊奇。

很快，其中一个暗少年开始和穆巴说话，脸上不时露出笑容。

在穆巴鼓励的目光下，这个暗少年被点亮了。

不但那个少年自己惊奇，其他暗人看到，也全都瞪大了眼睛。

穆巴打开笼子，放那个少年出来，让其他少年牵着他的手，加入舞蹈中。那少年先还有些害怕和拘谨，但很快就被其他少年的热情感染，跟着跳了起来。动作虽然生硬，脸上却越来越轻松，眼中不断闪着新奇和兴奋。他身上的光团，和其他人的连在一起，在黑暗中不断跃动流转。

泽恩在黑牙石上看到，大为欣慰。

夜灵也在他怀里发出一声低鸣，身子忍不住一跳一跳。

那个少年被点亮后，笼子里的其他暗人渐渐放松了戒备。

有的开始和穆巴说话，有的虽然不开口，却也愿意静静地听。

于是，第二个、第三个、第四个……暗人们逐一被点亮，走出了笼子，小心翼翼地走到亮人群中。

穆巴给他们分别指派了一个热情的少年做同伴，让他们渐渐融入新的生活里。

同时，他又命令少年们继续下山，去捉更多的暗人。

26. 猎

摩辛站在树林中间。

夜兽群的奔跑声越来越近，浓臭的气味也已经充满他的嗅觉。他的身子剧烈颤抖，握刀的手由于抓得太紧，有些痉挛。

来了！奔在最前面的一头夜兽迅猛逼近。

只有几步远时，摩辛体内忽然腾起一股猛烈的力量，这让他不由自主地发出一声吼叫。声音像一股黑色泥水，从沼泽深处喷出，暗沉而粗粝，浑厚而强劲，震得周边的塔奇树簌簌颤动。

那群夜兽听到这声吼叫，顿时一起刹住，并发出一阵惊惧的嘶叫。

摩辛立即又蓄了一股力量，再次发出一声吼叫，声音更加汹涌暴烈。

夜兽忽然全都迅即转身，疯狂逃窜。

摩辛攥紧骨刀，飞快追了上去，很快追到跑在最后的一头夜兽。他听声辨味，对准那头夜兽的臀部，一刀刺了过去。

刺中了！那头夜兽惨嗷一声，随即扑倒。

摩辛迅即拔刀，又在它咽喉处割了一刀，那头夜兽顿时毙命。

摩辛立即去追第二头，又很快追到。他仍对准夜兽臀部，一刀刺去，再次刺中！

然而，这头夜兽猛然扭头，向他咬来，一口咬中了他的右臂。

一阵剧痛，摩辛却只闷哼了一声，左手的刀迅即挥出，向那夜兽脖颈处用力一划。血水喷出，夜兽松开嘴，倒毙在地上。

这时，其他夜兽已经全都逃远。

摩辛无比畅快，忍着臂痛，拖起两头夜兽的尸体，向南穿出黑森林，回到沼泽边。

沼泽里一片混乱嘈杂，他又从腹部聚集出一股力量，怒吼了一声，盲人们顿时安静下来。

他把两头夜兽用力丢进了沼泽，盲人们嗅出夜兽血气，全都惊住不敢动。

摩辛又高喊一声："吃！"

盲人们才怪叫着纷纷去争食。

摩辛自己则踏进泥浆，游到沼泽深处，把身子深深浸在淤泥里。

他已经很久没有受过伤，右臂的伤口被泥水浸泡后，疼得越发剧烈，让他忍不住发出呻吟。他却丝毫不觉得难受，反倒无比痛快。

吓退兽群、连杀两头夜兽，这让他越发坚信：我是黑暗之神。

他仰躺在沼泽中，臂上的伤口越来越痛，痛过之后，伤口开始愈合，发起痒来。

他已经很久没有享受过蜕皮之痒了，没想到，这愈合之痒，比蜕皮更加钻心、更加剧烈。从伤口处向全身一波波扩散，让他战栗，让他痉挛，让他在死亡和新生的临界点上，享受到极致的快感。

他忍不住发出黑暗的呻吟。

这呻吟，混杂着痛、痒和欢快，比他吓退夜兽的吼叫更深、更暗、更迷狂，如同沼泽深处的暗水一样沸腾，让整个沼泽随之震颤。

当呻吟终于停止，他的身体变得极其虚弱，像一卷枯叶，浮在泥水上。同时又无比轻松舒畅，像一团暗雾，在黑暗中飘升。

远处那些盲人听到他的呻吟，先都惊恐怪叫，纷纷在淤泥中扑腾，争着要逃离沼泽。接着，他们又被这呻吟声蛊惑，倒在淤泥中，跟着一起呻吟起来。这时，他们也一起清醒，一起噤声，静卧在淤泥中，谁都不敢发出响动。

摩辛知道，自己已经能牵动这些盲人的心魂。

不过，这还不够。

必须震慑他们，让他们彻底信服。

等体力恢复，他从淤泥中站了起来，感到身体轻得像一团虚影，内在的力量却源源不绝，如同浸满沼泽的水。

他向那些盲人发出命令："捉夜兽！"

他的声音也变得更加低沉浑厚，像沼泽旋动泥浆。

那些盲人发出一阵低低的惊呼，全都怕得发抖，却不敢违抗，跟着他，离开沼泽，走进了黑森林。

他的感觉又敏锐了很多，远处细微的声响、气味都能分辨得出。他的脚步更是轻捷无比，几乎感觉不到双脚和地面的摩擦。身后的那群盲人快步奔跑，才能跟上他，不时有人被石块树枝绊倒。

这一回，摩辛很快就嗅到了夜兽的气息，只有十几头。

夜兽也嗅到了他们的气息，加速向他们奔来。

当夜兽群逼近时，他停住脚步。身后那群盲人也已嗅到夜兽的臭气，虽然没有发出声响，却能听见他们都在发抖，牙齿和骨骼不断发出一阵阵咯咯声。

夜兽嘶叫着狂奔过来！

身后有个盲人忽然发出一声惊叫，其他盲人跟着纷纷怪叫，全都转身，争着逃命。

摩辛猛然发出一声怒吼。

这吼声不再有恐惧，更增添了愤怒和威吓，无比震耳，无比威严。

身前的夜兽和身后盲人全都一起顿住。

他挥刀杀了过去，转眼之间，划破了两头夜兽的喉咙。其他夜兽慌忙转身逃命，他迅即追赶，在夜兽逃远之前，又连杀了三头。

等他转过身，听到那些盲人全都跪倒在地上，颤抖着声音，一起向他高呼："摩辛！摩辛！摩辛！"

27. 陌生人

萨萨很快乐。

不但索索和乌拉身上都发出了光，连小丫丫也很快被点亮。

小丫丫先是念出了萨萨的名字，接着，当萨萨递给她食物时，她竟然学着她妈妈说了声"谢谢"。

在萨萨惊喜的目光里，小丫丫身上散出了微光。她不停转头，看着自己身上的光，连连发出呀呀声。乌拉激动得流出泪来。

她们很快都习惯了光，同住在这间小棚子里，通过比画，她们的言语也越来越通畅，彼此不停地谈笑。

然而，萨萨很快就发觉：陌生人毕竟是陌生人。

她们正开心说着话，小丫丫忽然发出吭吭的憋气声。乌拉放下她，让她蹲了下来。萨萨正在纳闷，哗的一声，小丫丫竟拉出了稀屎。好在没有多臭，而且毕竟幼小，萨萨并没有太介意。她见小丫丫已经拉完，从墙角取过一张蔫软的塔奇叶递给乌拉。

这是萨萨的妈妈想到的办法，她们住在棚子里，虽然都是去外面排泄，回来后，身上依然有臭气。她妈妈便去采了些鲜叶子，放在湿土上，蔫软后再揉皱，每次排泄完，就拿一片来擦拭干净。

乌拉却满眼诧异，不知道拿来做什么。

萨萨这才意识到，黑森林里，恐怕只有她们一家人用过这种叶子。她忙笑着解释："替丫丫擦干净。"

乌拉仍很纳闷，根本不明白。

萨萨只得自己过去替小丫丫擦净。又取过两片叶子，去擦地板上的屎。正擦着，忽然噗啦啦一声巨响。萨萨吓了一跳，扭头一看，是乌拉。

乌拉竟也蹲在一边，拉了起来，拉的也是稀屎。

萨萨不由得惊叫一声，几乎哭了起来。

乌拉却一边抬头惊望过来，一边仍在继续拉，棚子里顿时散出一股恶臭。

"不能在这里！"萨萨大叫。

"为什么？"乌拉又满眼诧异。

"脏！臭！"

乌拉却瞪大眼，丝毫不懂，仍在继续拉。

萨萨再说不出一个字，头嗡嗡乱响。

这时，旁边又一声大响，哗——噗——

索索蹲在另一边，竟也拉了起来。

棚子已被恶臭充满。

萨萨再忍不住，顿时哭了出来。

她已经很久没有这样哭过，边哭，边收拾起自己的皮袋、骨刀、绳索，把乌拉和索索的骨刀分别丢给她们，套上皮衣，遮住光，打开门快步走了出去，纵身跳下树，蹚进溪水，走进那间浴棚，遮好皮帘，把身体浸在水中，又大声哭了起来，并在心里发誓：再也不和任何人有任何连接，任何！

不过，哭完之后，平静下来，她想到：除了自己，黑森林里的人可能全都不知道什么是脏。排泄时，除了安全，也从来不会去想其他。

她心里不再恼恨，但想到除了排泄，不知道还会有多少难以接受的事等着她，她便再也不愿回到那间棚子。

把身上的臭气冲洗干净后，她蹚到对岸，却不知道该去哪里，便坐到了溪边。那间棚子完全隐没在对岸的黑暗中，也听不到什么声响。她不愿去想棚子里的索索和乌拉母女，便扭头向四处张望。

黑森林依旧无比寂静，满眼尽是黑暗。

这黑暗和寂静让她忽然觉得十分亲切。也许，这才是真正的家吧，永远都离不开，终究要归于它。

黑暗是外面无边的大家，让人存身；孤独是里面宁静的小家，让人安心。

我却总想着用棚子隔开黑暗，又用他人来关闭孤独，其实哪里都去不了，始终都在这里，得到的也只有心烦意乱。

她静静想着，心渐渐重归安宁。由于和乌拉、索索谈笑，一直没有睡，这时她困乏起来，不由得把头垂在膝盖上，闭上眼睛，睡了过去。

不知道睡了多久，她被一声吼叫惊醒。

她从来没听到过这种吼叫，听着应该是人类的声音，但极其粗粝可怖，像是从黑暗深处发出。

接着，那吼叫声的附近，响起夜兽群的嘶叫，嘶叫声中竟毫无往常的凶狠，反倒充满惊恐。继之而起的，是夜兽群狂奔的足音，它们在逃离？

萨萨大惊，忙取出绳钩，荡到附近一棵树上，藏在粗树干旁。

那里又传来一群人的喊声，喊声在不断重复同一个词语。萨萨听了几遍，才隐约辨出，那群人喊的似乎是"摩辛"。

恐惧顿时遍布全身，萨萨惊得脚一滑，险些从树上掉下去。

妈妈曾经讲过，"摩辛"是黑暗之神，掌管着黑森林所有的生死。不过自从光亮从世界上消失后，黑暗之神便开始沉睡。

难道是光亮唤醒了黑暗之神？那声吼叫来自黑暗之神？难怪夜兽都恐惧逃窜。

萨萨急忙攀到树顶，向声音的来处望去，一片黑暗，看不到任何东西。喊叫声也停止了。她猜不出发生了什么，心里却十分不安：黑森林恐怕再难安宁了……

28. 幸福

山上陆续捉来一批又一批暗人。

其中大多数都被点亮，放出笼子，渐渐融入亮人中。

然而，有少数暗人，自从被关进笼子后，便不停地哭叫、撞击、拒绝食物，哪怕筋疲力尽，也不肯顺从。其中有个暗人，竟撞死在木笼里。

泽恩在黑牙石上看到，再忍不住，沿着岩壁飞快溜了下去。

下面的亮人们看到，全都惊呼起来。

泽恩每天在上面接受他们的赞颂，身上的光已经扩张成一个无比刺眼的巨大光团，几十步外的人都睁不开眼睛。

他向木笼快步走去，木笼附近的亮人们全都慌忙躲开。而木笼里那些暗人，则一个个惊叫着遮住眼睛，背转身，缩到笼子角落。

泽恩走到其中一个最不肯顺从的暗人笼子前，解开皮绳，打开了笼门。

然而，那个暗人却捂着自己的双眼，不住地惨叫。

泽恩大声说："你可以走了！"

那人像是没有听见，却移开了双手，露出眼睛。双眼睁得极大，眼珠上布满血纹，眼眶溢出了血。那人猛然发出惊恐的惨叫声，空张着双手，不住向四边摸寻，眼珠却一动不动。

泽恩心里一沉：他的双眼瞎了，被我身上的光刺瞎了……

这时，旁边两个笼子里的暗人也发出惊恐的惨叫。

泽恩忙扭头望去，那两个暗人眼中也溢出了血。

泽恩惊得连连倒退了几步，慌忙望向四周，木笼里的暗人全都背对着他，把头埋在臂弯，不住地哭喊发抖。他身后的亮人，则全都远远避开，遮住眼睛，没有一个人敢直视他。

泽恩惊呆在原地，心里一片慌乱。

身后忽然传来穆巴的声音："请光亮之神回到黑牙石上。"

泽恩茫然点了点头，但双腿似乎僵死，很久才能挪动。他木然走到黑牙石下，费力爬了上去，掀开皮帘，钻进棚子，躺倒在兽皮上。

夜灵长大了很多，和泽恩也越来越亲，它凑过来，又伸出舌头，舔他的脸。泽恩却像已经死去，丝毫感觉不到。

"光亮之神……"棚子外响起穆巴的声音。

穆巴现在也不敢直视泽恩身上的强光，每次上来，都是隔着帘子说话："有四个暗人眼睛瞎了……这不是光亮之神的错，是光亮的威力和惩罚，他们仇恨光亮……"

泽恩听到，心像被骨刀刺中，神志顿时清醒，痛悔随之涌起。

"是我的错！我不应该让你捉他们上山，不应该强迫他们——"

"那些被点亮的暗人现在很快乐。"

"但这四个不但不快乐，还被我刺瞎了眼睛。"

"这是代价，快乐要用痛苦来换。"

"他们并不想换！他们不要这快乐！"

"暗人并不知道自己想要什么。"

"你知道吗？你想要什么？"

"我想让人类远离黑暗，全都走进光亮里，不再孤独无助，不再互相残杀，不再时刻活在恐惧中——"

"那几个少年已经被点亮，却还是在睡梦里杀了同伴，你能清除掉他们的本能？"

"能！他们是在黑森林长大。等山上有新的人类出生，就不会再有黑森林的记忆。连夜灵都能改变它夜兽的本能，人类更能。"

夜灵正蜷在泽恩的臂弯里睡觉，听到自己的名字，低鸣了一声，伸出舌头，舔了舔泽恩的手臂，又继续睡起来。泽恩听着它轻微的呼噜声，陷入一片昏乱。

"那四个人怎么办？"

"他们眼睛瞎了，已经没办法回黑森林，就让他们留在山上。他们不用做什么，有住处，有食物，比在黑森林要幸福很多。"

"幸不幸福，得由他们自己来说。"

"过一段时间，他们自然会感到幸福。"

"我们不能再强迫黑森林里的暗人了，还是由他们自己选择吧。"

"我们都知道黑森林的残酷，我们是在救他们。"

"但他们惧怕光亮——"

"那是因为他们还不懂得光亮的好，也从来没有尝过和平的滋味。你听下面的歌声，他们是刚被点亮的那些暗人，他们在给那四个盲人搭建新棚子——"

泽恩听着，那歌声的确十分轻松、友善、欢快。

"光亮之神，我这年纪，已经活不了多久了。我做这一切，不是为我自己，是为了将来的人类——"

"我知道，但……"

泽恩心中始终疑虑难消，但他却想不明白，也说不清楚。

29. 围猎

摩辛准备活捉一头夜兽。

他用皮绳拴了个绳套，让丁尼在前面躲闪，他舞动绳套，反复甩出，套向丁尼的头颈。他的手感和触觉已经远胜未盲时，练习了没多久，便能稳稳套准了。

他带着绳套，又追到一群夜兽，这次没有刺杀，只用绳套套中了其中一头。那头夜兽拼命挣扎，想咬断皮绳。他大吼一声，夜兽顿时呜咽着停了下来。他拽着皮绳，将夜兽拖到了沼泽边。

那群盲人听到夜兽的嘶叫声，全都惊住，不敢动弹。

摩辛命令四个盲人头领，让所有盲人在沼泽里围成一个大圈。他拖着夜兽走到圈子中间，伸手解开了绳套，夜兽趴在淤泥里，不断扑腾，防止沉陷，却不敢咬他。

摩辛转身离开，走出圈子，回到干地上。

那头夜兽等他走远，凶性迅即恢复，怒嘶了一声，蹿起身子，就要逃奔。拦在它前面的那几个盲人吓得纷纷倒退，想要避开。

摩辛大声喝令："拦住它！不许杀它！"

那几个盲人忙重新围了起来，不断挥动长矛，怪叫着，逼住了夜兽。夜兽转头又向另一边冲去，那边的盲人们也急忙挥刺长矛，挡住了去路。

夜兽在那圈子里不断转向奔逃，盲人们虽然惧怕，却没有谁敢退后。

夜兽越发凶悍起来，厉声嘶叫着，从淤泥中腾跳起来，猛然冲向一个盲人。那个盲人十分瘦弱，怪叫了一声，滑倒在淤泥中。

摩辛听到那头夜兽跳到那个盲人身上，那个盲人惨叫了一声，显然是被夜兽狠咬了一口。而那头夜兽则再次腾空一跃，跳出人圈，在淤泥里飞速蹿跳，向干地这边奔来。

摩辛快步迎了过去，等夜兽奔近，挥动绳套，迅疾一甩，便将夜兽套住。他又低吼一声，那夜兽趴在地上，又不敢动了。

被咬的那个盲人仍在淤泥里不住翻滚痛叫，摩辛高声命令："吃掉他！"

附近几个盲人立即扑了过去，争着撕咬起来，其他盲人也纷纷过去争抢。一阵惨叫后，再听不见那个盲人的声音，只飘来人肉、人血的腥气和一片咀嚼声。

摩辛再次命令盲人们围成大圈，又把那头夜兽拖到中间。

这一回，时间几乎延长了一倍，那头夜兽才又寻到一个弱处，逃了出来。摩辛仍旧套住了它，让盲人们吃掉那个失守的盲人，再次围起来训练。

直到那头夜兽再也没有力气跑跳，摩辛才吩咐盲人们刺死它，让丁尼切割成碎块，丢给大家争食。

摩辛又继续去捉活夜兽，一头头拖到沼泽，继续训练。

直到盲人们不再惧怕夜兽，他再次带领盲人们进入黑森林，去围猎夜兽群。

远远听到夜兽群的嘶叫声，摩辛命令盲人分成四队：一队继续前行，迎向夜兽；两队向左右包围；剩下的一队则跟随他上树，快速前行。

那群夜兽嗅到盲人的气味，迅速奔了过来。

这是个大夜兽群，有上百头，奔跑声、嘶叫声极其震耳。

摩辛大喜，带着一队盲人在树上疾速绕行，奔到夜兽群后方，命令盲人们全都跳下树，排成弧形，拦住夜兽的退路。

他站在最前面，对着夜兽群大吼了一声，吼声无比震耳。

夜兽群听到后，嘶叫声顿时变成哀鸣，随即加速，拼命向前狂奔。

摩辛命令身后的盲人立即围追上去，自己则和丁尼重新上树，一起飞荡到夜兽群的上空，快速跟行。

夜兽群奔行了一阵，忽然停住。

前方和左右的三队盲人小心围了过来，都很惧怕，脚步发虚，不敢出声。

夜兽群迟疑混乱起来，挤成一团，不断缩紧。当盲人们越逼越近，它们猛然散开，嘶叫着向四方冲去。

盲人们顿时慌乱起来，有些开始退逃。

摩辛在树上高声命令："围住！"

声音震得四周的树枝剧烈颤动，那些盲人慌忙重新围了起来。夜兽群更加惶恐，加力奔逃，很快便冲向了盲人。

一片混乱的声音顿时响起：嘶叫声、扑跳声、怒喊声、搏击声、惨叫声……

很快，这些声音便渐渐歇止，只剩下一些盲人的痛叫声和呻吟声。

摩辛让丁尼下树去查看清点。

丁尼跑了一圈，回来时手里攥了一捆计数的细枝，他分长短一根根数着说："夜兽死了十三头……盲人死了十九个……四十几个受伤。"

摩辛听了，咧嘴一笑："我不再只是盲人们的摩辛，从此我是整个黑森林的摩辛……"

30. 远行

萨萨向南穿出黑森林。

她想去看看沼泽中小土丘上那个小棚子。

然而，才走到黑森林边上，便听到了一阵阵怪叫声。

她忙藏到一根粗树后，悄悄探看。但她戴着头套，只有眼中有光亮，照不远。沼泽中一片漆黑，看不到任何东西，萨萨只听到有很多人类，似乎围成了一个大圈，不停地在叫喊。大圈中间，不时传出嘶叫声，是一头夜兽，它在淤泥里四处蹿跳。

她听了一阵才明白：这些人在围猎那头夜兽！

从来都是夜兽围猎人类，这些人居然……

萨萨正在吃惊，沼泽边忽然响起一声怒吼，黑暗而粗粝，正是在黑森林里听到的吼叫。她忙向那边望去，距离不太远，本应清楚看到那个"摩辛"的身影。然而，黑暗中她只看到一团黑雾。

真的是黑暗之神？

萨萨浑身一冷，不由自主地颤抖起来。

沼泽里忽然响起一声人类的惨叫，随即，那头夜兽嘶鸣一声，似乎跳出了包围，在淤泥中拼力扑腾跳蹿，向沼泽边奔来。

那个黑暗吼声再次响起，接着传来双脚踏进沼泽的声音。

萨萨却始终没看到任何身影，她再不敢停留，也不敢在树枝间飞荡，忙轻轻溜下了树，悄悄离开了那里，疾步走了很久，身体仍在发冷。

萨萨忽然想起：小索索失踪后，自己独自在小丘上那个棚子里时，外面传来的脚步声和叹息声，那叹息声和这吼声有一处很像，一样的黑暗而低沉。

当时那个就是"摩辛"？小索索是被他……

萨萨不由得打了个冷战，从来没有什么曾让她如此惧怕和憎恶。

看来，沼泽里那些人类已经被那个摩辛驯服。他既然能围猎夜兽，那么黑森林所有的人类都将是他的猎物。

得离开这里。

但能去哪里？

萨萨想了很久，忽然想到：那片沼泽应该有边际，沼泽的另一边是什么地方？

她决定去看一看。

她远远避开摩辛和那群人类，绕到沼泽的另一边，先在森林里捉到两条地蚓，又在沼泽边寻见一段中空的树干，把地蚓放进去，拖到淤泥中，用一根树枝撑着，向沼泽深处划去。她不敢脱下头套和皮衣，只用眼部露出的光照着前方。

无边黑暗中，只有无尽的绿褐色的淤泥。

她不停地划，不停地划。

不知道划了多久，泥面的水渐渐越来越多，划起来也越来越轻松。

划累了，她就吃一块地蚓，躺在树干中睡一觉，醒来再继续划。又划了很久，泥渐渐看不到了，水越来越深。水面却极平静，她仍不敢脱下兽皮，只用眼中的光照向水面，水是幽蓝色。

除了划动的水声，四周没有任何声息。她有些怕起来，却不愿停下，仍旧继续前行。她已经记不得划了多久，睡过几次。

等她又一次醒来，身边只有黑暗、冰凉和死寂。

她从未如此孤独，甚至能清晰感受到孤独的重量——很轻，比一个水泡都轻，却又被四周巨大的黑暗压过来，随时都会破灭。

这就是生命，这就是我啊！

这么轻，这么脆弱。

她躺在树干中，失去了一切知觉，已经感受不到自己的身体，只剩目光在看，但除了无边黑暗，她看不到任何东西。

我是什么？这世界又是什么？

我只是这"看"，看不见任何东西的看。

这世界则只是"在"，却什么都不存在的在。

就这样？

就这样。

她不由得笑了。

随即想到：除了是看，我还可以是笑。

笑，很好，很好……

身体渐渐恢复感觉，她动了动手指，又动了动手脚，坐了起来，望着四周的黑暗，隐约听到前面传来轻微的唰唰声，像风声，又像水声。

她抓起树枝，向那声响处划去。

那声音越来越响，前方的水面也不再宁静，似乎在旋动，旋出一道道宽广的弧线。而且，水面似乎越来越低，旋动也越来越快。

她忽然意识到，这是一个巨大的漩涡。

这时，她身下的树干也被漩涡卷动，偏转了方向。

她忙划动树枝，向漩涡外用力划去。幸而发觉得早，拼了一阵后，终于划出了漩涡。

她小心避开那漩涡，沿着外侧继续前进。渐渐地，水面又恢复了平静，却仍看不到尽头。

她只有继续划，不知道又划了多久，两条地蚓全都吃尽。

看来，我要饿死在这水上。

她有些慌，加快速度，用力前行。她又划了很久，力气几乎耗尽时，水渐渐开始变浅。

这让她有了希望，又拼命划起来。

水越来越少，变成了泥，泥又变成了沼泽。

她再也划不动，便跳进沼泽，费力向前蹚行，蹚不动，便爬。

最后一丝力气都用尽后，她终于爬到了干地上，抬眼一看，眼前是一大片塔奇树。

黑森林？

对决篇：爱

1. 别离

泽恩透过皮帘上的一道窄缝望着下面。

他身上的光亮仍在持续增强，对于人眼，已经变成巨大的危害。他再不能坐到棚子外面，只能在皮帘上割了这道窄缝，透过它来看外面的世界。

山上捉来点亮的暗人越来越多，他们原先只是围着黑牙石盖了一圈棚子，现在棚子已经有几十圈，一圈圈几乎排到山腰。

泽恩看不清他们的脸，只看到黑暗中一团团、一串串的亮光，在山石间上下往来。

每次进食前，穆巴都要带领所有人整齐地排列在黑牙石下。光亮聚集在一起，互相映照，组成一个明亮的方阵。他们一起膜拜称颂光亮之神，人声形成巨大的共振，在半空中回响，让黑牙石变得异常神圣。

对此，泽恩已经麻木。

这称颂除了让他身上的光越来越灼目外，再无任何益处。他被越来越广阔的虚无包围，变成一个空洞。这空洞里，只有寂寞、无聊和深不见底的黑。

陪伴他的，只有夜灵。

夜灵已经长成一头矫健的年轻夜兽，不同于黑森林里的那些夜兽，它的毛褪了几次，越褪越白，变得银光闪闪，俊美而神异。

夜灵的眼珠是淡蓝色的，它不怕泽恩身上的光，时常和泽恩翻滚嬉戏。睡觉时，它也总是偎在泽恩身边，让泽恩能时刻感受到生命的呼吸和温度。

他们虽然已经习惯了黑牙石顶上的狭窄和寂寞，但每当夜灵在小棚子里蹦跳时，泽恩忍不住就会想起在黑森林里放声歌唱、飞荡穿行的畅快。他多想带着夜灵下山，去黑森林里任意奔跑。

然而，他不能。

他也不时想起那个辫子女孩，想起她最后望向他的目光。

正是那目光，点亮了他，让他的命运从此改变，变成现在只能困居在黑牙石顶的这个"光亮之神"。

他有些怨她，但更多的是想念。

每次透过皮帘的窄缝望向下面时，他都在找寻她，盼着她瘦小而安静的身影能够出现在这些亮光中。

然而，她从未出现。

即便出现，他也不能靠近。他身上的光，会瞬间刺瞎她的双眼。

泽恩不知道这是怎样的一个因果，只知道这果，很苦涩。

他想和穆巴说一说，但穆巴的腿脚已经老化，再爬不上黑牙石，只能派一个叫希达的女孩送食物给他。

那女孩很胆小，话很少，每回把食物放到帘子前，轻声说句"光亮之神，请用食物"，不等泽恩应声，就已轻轻溜了下去。

泽恩和世界的连接，就这样断了。

他不知道，这种孤独和黑森林里的孤独相比，哪个更不好？

如果能选择，他宁愿选黑森林。

帘子外传来攀岩声，是希达。

泽恩发觉这脚步声和往常不同，听起来十分紧张。

"光亮之神，穆巴死了！"希达在帘子外急急地说。

泽恩正在抚摩夜灵的头颈，手一颤，不由得攥紧了夜灵的毛。夜灵呜咽一声，挣脱了他的手。泽恩却愣在那里，毫无知觉，直到听见黑牙石下响起一片惊嚷声，才怔怔地问："穆巴在哪里？"

"他死了。"

"他在哪里？"

"一座新棚子里。"

泽恩心里空洞洞的，却又觉得闷得喘不过气，他必须出去。他站起身，随即想到自己身上的光，顿时怔住，像被卡在石缝里，进退不能。

怔了很久，他抬眼看到皮帘，才有了一些意识："希达，你闭上眼睛。"

"嗯？嗯！"希达慌忙应声。

泽恩用力扯下了皮帘，身上的光芒顿时射了出去，黑牙石下一片惊呼。他忙用皮帘裹住身体，只留了眼前一道缝隙。兽皮不够长，小腿以下还露在外面，光芒依然很强。他已经顾不得这些，抬脚走了出去。

黑牙石下又一片惊呼，一团团光亮全都静止，所有的脸一起仰起，所有的目光全都聚向他，目光中尽是惊和畏。

他扭头一看，一个畏怯的少女紧靠在棚子侧边，低着头，紧闭着双眼，双手摆出局促的光亮之礼。这是他一次看到希达。他绕过她，滑下了黑牙石。

下面一大片空地是穆巴留出来用于集会膜拜用的。空地外是连排的棚子，站了许多惊慌的亮人，他们见他走近，忙都垂头闭目，行光亮之礼，口中纷纷念诵"光亮之神"。

泽恩大声问："穆巴在哪里？"

念诵声顿时停住，一片寂静中，一个年轻人从人群中走出，他低垂着眼睛、微弯着腰，先施过光亮之礼，然后伸手指向身后："光亮之神，穆巴在那座棚子里……"

泽恩一眼认出这是甲甲，他长高了很多，变成了一个强健的青年。他向甲甲所指的方向走去，沿路的人慌忙避让开。甲甲在前面快步引路，带着泽恩走到一座新建的小棚子前。

泽恩一眼看到穆巴躺在地上，胸口插了一把骨刀。

他已经很久没有见过穆巴，那原本灰白的须发，全都变作银白，干净而悦目。脸也不再那么枯瘦，微微透出些光泽。他的表情十分平静，像是在安眠。

泽恩盯着那张苍老面孔，感到极其陌生，像是掉进了梦里。怔了许久，一眼看到老人腰间挂着一个半圆的塔奇果壳，他的意识才忽然醒来：那是他和穆巴初次相识，一起分享的第一颗塔奇果。穆巴吃完后，留下了这半个果壳，用骨刀钻了个孔，挂在了腰间……

泽恩的牙齿咯咯颤响，心里一阵阵抽痛。

自己被点亮后，第一个见到、第一次开口说话的人就是穆巴。这一路，一直都是他陪伴在身边，在前面引路。自己和他相处的时间、说过的话，甚至多过妈妈。自己能安心住在黑牙石顶，也是因为知道，他一直在下面守护。还有很多话要跟他说，还有很多疑问需要他解答，他却走了。

泽恩感到自己再次被遗弃，不知不觉，泪水已经涌出眼眶……

2．孤寂

多次围猎后，盲人们已经不再惧怕夜兽群。

他们杀死、捕获的夜兽越来越多，摩辛却越来越焦躁。

每次丁尼从北边山地回来，说的都是同一句话："亮人又多了。"

摩辛已经记不起，自己为什么恨亮人。即便亮人站在面前，他也看不见。为什么要恨自己看不见的东西？

——因为他们能看见你。

任何危险，都比不过被看见。

必须消灭所有的亮人，必须让光亮从这个世界上消失，让黑森林回到从前的黑暗。

摩辛下令："去捉暗人！"

盲人们立即一队队冲进黑森林。

对于暗人，摩辛没有恨，只有厌恶，尤其厌恶他们的迟钝。

这些暗人被捉来后，每个都要从头训练：弄瞎双眼、丢进沼泽、蜕皮上瘾、崇拜摩辛、仇恨亮人、行走冲杀、上树穿行、围猎夜兽、捕捉暗人……没有任何一个步骤能够加速，更无法跳过，他只能一次又一次地重复忍受他们的迟钝。

新捉来的暗人的连片哭号声，折磨得摩辛随时要爆裂。他不知道该如何消解，忽然想到了沼泽中小丘上那个棚子。

他穿过淤泥，走上那座小丘，小棚子仍在那里。

他原以为，这个世界上已经没有任何可惧怕的事物。然而，当他走近那座小棚子，呼吸却忽然紧促，很久没有听到的心跳声重重响起。

他站在那棚子前，迟疑了很久，似乎又听见那个辫子女孩的语声、笑声，还有那连成串的动人声音。

当他终于走了进去，却又立即失望了。棚子里早已没有了那女孩的气息，只剩下死寂的潮霉味。

不过，他的脚底触到兽皮，那女孩坐过、躺过的兽皮。他的心又跳起来，不由得蹲下去，伸出手抚摩那兽皮。一阵心悸的醉意顺着指尖涌到心间，他忍不住小心趴伏到那张兽皮上，将脸贴在兽毛间。虽然盲眼不需要闭，他仍在意念中闭起了眼，让自己深深沉陷在想象中那女孩的气息中，这感觉比陷在淤泥中更惬意、更醉人。

从此，他便一直住在那间小棚子里。

在这里，他的心安宁了很多，外面那些暗人的哭声和惨叫，也不再让他焦躁。

不过，一种孤寂的悲伤也渐渐从心底生出，像黑雾一样弥漫开。

我能征服整个黑森林，却无法拥有那个女孩。

这又让他生出恨和渴。

他吩咐丁尼，带领几个盲人去黑森林寻找头发编成辫子的女孩。

丁尼听了，声息中微微露出些诧异，似乎无法想象"头发编成辫子"。摩辛却不愿多解释，只要见到，自然就会明白。

作为他身边唯一一个双眼还能视物的人，丁尼早已熟知他的脾性，丝毫不敢多问，只应了一声"呀！"，便转身快步离开了小丘。

然而，丁尼寻了很久，始终没寻到那个女孩，却意外捉到了一个亮人。

那亮人被带上小丘时，摩辛的皮肤又感到了光亮带来的那种刺痛，他浑身极不舒服。那个亮人虽然有些惊恐，却不挣扎，也不哭喊，口中一直低声说着什么。摩辛心里厌恶，不愿让他靠近，他让丁尼关起门，在棚子外审问。

丁尼问了很久，才勉强问出：这个亮人杀了山上的老亮人，他不想要光亮。

摩辛吩咐："丢进沼泽。"

两个盲人拖走了那个亮人，沼泽中随后传来那个亮人的惨叫声，之后渐渐安静下来。

丁尼急匆匆来回报："那个亮人浸在淤泥里，蜕过一次皮后，身上的光亮消失啦！"

摩辛感到一阵久违的欢喜。

他一直担心，亮人虽然能杀死，光亮却不知道该如何消除。没想到淤泥竟然能让光亮消失。有这无边的沼泽，再也无须担心光亮。

丁尼继续去寻那个辫子女孩，摩辛心里却生出另一个担忧：辫子女孩身上也有光亮，如果真的找到她，也用淤泥除掉她的光亮？她如果不愿意呢？

有生以来，摩辛第一想到：其他人类也有愿意和不愿意。

当然，暗人、亮人、盲人，他们愿意或不愿意，完全无须考虑。但对那个女孩，摩辛却不由自主地生出犹豫。

她如果不愿意，会恨我……

3．回

萨萨有些迷失。

她穿越那片沼泽和水域，却又回到了黑森林。

她走进森林，见那些塔奇树并没有什么差别。不知道这片森林是原来的黑森林，还是水域对岸的另一片。

她继续前行，走了很久，忽然听到人类的脚步声，不是一个人，而是几个。她忙取出绳钩，荡上树，躲在枝叶间，用手遮住眼中射出的光亮。

很快，那几个人走了过来，脚步又快又轻，而且步伐十分齐整。萨萨忍不住微微张开一道指缝，偷望过去，一共十个成年人类，一个走在最前面，后面九个，每三个一排，手里都握着长矛。

萨萨十分吃惊，她从来没有见过这么多人类一起行走，而且排得这样整齐。更让她纳闷的是，这十个人行走姿势都十分古怪，头颈僵直，并不转动，而且似乎没有目光，也不用看视身前和脚下。

萨萨全身发冷，屏住呼吸，轻轻移开手指，让眼中的光亮射了出去。树下那十个人仍然昂着头，面朝前方，快速走过，并没有发觉光亮。光亮照到他们的眼睛时，萨萨一眼看到，这些人双眼的部位全都是烂疤。

萨萨一惊，几乎叫出声来。

那些人顿时停住脚，侧仰着脸，朝她这边嗅探。其中一个似乎嗅出了她的气息，忽然怪叫了一声，手中长矛猛地对准她刺了过来。

萨萨慌忙一闪，随即甩出绳钩，钩住旁边的树枝，纵身一跃，跳到另一棵树上。她听到身后树枝在响，不敢回头，继续甩动绳钩，接连荡过十几棵树。等身后没有了声响，才停了下来。

她不知道自己身在何处，不敢久留，继续在森林中穿行。不知道走了多久，竟穿出了森林，昏黑的半空中忽然现出一串光亮。

她惊望了一阵，才辨认出，眼前矗立着一座山的黑影，那光亮是在山上，星星点点，不停移动。看那山形，和黑森林北面的那座山有些像，却又似乎不是。

她十分迷惑，却又不敢上山，只沿着森林边的空地，绕山而行，边走边望，迷惑越来越重。

途中起了风，她迎着风走了很久，忽然听到前面传来一阵呜呜声。

她忙躲到树后，窥视了一阵，并没有发现什么，便朝着那声音小心寻了过去。走到前面一大片石地上时，她一眼看到，石凹里有一根雪白的细骨，呜呜声是它发出来的。

　　她小心走过去，见那根细骨卡在一道石缝里，并没有什么异常，只是骨头上有几个风蚀的小孔，呜呜声应该是风吹小孔发出的声音。

　　她十分好奇，小心捡起了那根细骨，呜呜声随即消失。她反复细看了一阵，忽然明白，外面的风力不够。她把细骨重新放回石缝，呜呜声果然又响了起来。

　　萨萨无比惊喜，从来没见过这么神奇美妙的东西。她忙把那根细骨捡起来，收进了自己的袋里，继续沿着山脚而行。

　　又走了很久，那山上的亮点越来越多，几乎布满了山顶。在光亮的映照下，更隐约现出一根笔直陡峭的山岩矗立在山顶最高处——黑牙石！

　　这座山就是黑森林北面那座山！之前我是在山的背面，所以没认出它。

　　萨萨更加疑惑起来，我为什么会走到山后？山后那片森林也是黑森林？

　　不过，看到黑牙石，她心里竟有些亲切，也随即明白，山上那些亮点是那些亮人。看数量，比原先多了很多。

　　她心里微微一动：那个唱歌的男孩应该也在其中吧？

　　不过，就算在，又能怎样呢？

　　她又望了一眼黑牙石，轻轻叹了口气，随即转身钻进了森林。

　　她在黑森林里走走停停，不知道走了多久，前面隐隐传来流水声。她忙加快脚步，穿出树丛，黑暗中现出一条溪水，溪水中间有一座方形的小棚——自己搭的那间浴棚。

　　萨萨不由得笑了起来，很久没有洗浴了。

她正在出神，旁边树上忽然射出一道光，随即响起一声又尖又亮的声音："姐姐！"

萨萨惊了一跳，扭头一看，是树上自己搭的那座小棚子，小门打开，光亮中一个瘦小的身影，是索索。

"乌拉，姐姐！"索索又大叫一声，随即跳下树，"姐姐，回啦！"索索满脸欢喜地奔了过来，一把抓住萨萨的手，不住地跳，不住地摇。

萨萨有些发窘，不知道该如何回应。

"姐姐，我、乌拉等你！屎，溪水，冲了，不臭了！你上看！"索索牵住萨萨的手，用力往那边拽。

这欢喜、激动和连声的"姐姐"，让萨萨心里一阵阵的暖。但这样拽着她的手，又让她很不自在。心里已经断绝的连接，又重新连了起来，让她有些抗拒，又无法拒绝。

她被索索强行拽到那棵树下，乌拉的身影出现在小门边，她怀里抱着小丫丫，乌拉也十分激动，大声叫起来："萨萨？上！上！"

小丫丫也舞着小手连声唤："萨、萨、萨……"

萨萨只得攀上了树，走进了那扇小门，里面果然干干净净，没有一丝臭味。地板上新铺了两片兽皮，墙壁上挂着一条地蚓，墙角多了个用树枝编的小筐子，里面有几颗塔奇果。

索索在她身后说："索索，我摘，没吃，等姐姐。"

萨萨站在那里，仍不知道该如何应答，却已经无法再抗拒。

心和心的连接，并不像绳索，而是像溪水，它流过来时，你根本无法阻挡。

乌拉急忙放下了小丫丫，用骨刀切下一段地蚓，切成三块厚片，摆放到一片塔奇叶上，又从篮子里取出一颗塔奇果，砍开，将果肉切成薄片，贴在那几块地蚓肉上。而后，她用塔奇叶托着，笑着递了过来："我也会了——"

萨萨伸手接过，眼睛不由得泛潮，她忙忍回眼泪，轻轻说了声："谢谢！"

小丫丫伸出小手，大声叫起来："谢谢！丫丫吃！"

4．怖

泽恩奔进了黑森林。

他去追那个杀害了穆巴的人。

那个人是不久前才捉来的暗人。他不像其他暗人，被关进笼子后，并不哭喊挣扎，而是安静地坐在笼子里，很快就被点亮。穆巴很好奇，亲自把他放出笼子，带他去了那间新搭的棚子，坐下来和他细谈。那人却夺了穆巴的骨刀，将他刺死，逃下了山。

甲甲派了三个少年去追，却还没有回音。

泽恩望着穆巴的尸体，浑身不停颤抖，心里第一次生出了恨。他快步回到黑牙石上的棚子里，从壁上取下那把大骨刀，插到腰间。又抽了一根皮绳，拴在腰上，扎紧了裹在身上的那张兽皮帘，而后快步走出棚子。

夜灵紧紧跟在他脚边。他原本想拦住它，但想到它和穆巴也很亲，便低声说："我们一起去追那个人。"

黑牙石下光团汇成了一大片，山上所有的人都聚集了过来，他们都仰着头，却没有像往常那样齐声称颂"光亮之神"，只是静静望着他，目光中充满惊疑。

泽恩忽然感到一种重压。

这些人全都是由穆巴召集而来，他们在这里吃、住、劳作、言谈、歌唱、舞蹈……也都是由穆巴指引、安排和教导。

穆巴是他们的眼、他们的口、他们的心。

那眼和口却闭上了，那颗心也停止了跳动。

现在，他们全都望向我，是希望我能代替穆巴。但是，我……

面对那些目光，泽恩深深感到自己的虚弱和无能，连一句话、一个字都说不出。他唯一能想到的，是穆巴定下的约：杀人必受惩罚。

他快步溜下了黑牙石，夜灵紧跟在他脚边，异常兴奋，步伐无比欢快，浑身闪着银光。

那些人给他让出了一条路，仍静静望着他，目光变得复杂起来，有疑惑，有激奋，有期待，也有担忧。

他不敢和他们对视，微垂下眼，向山下奔去。

他已经很久没有奔跑，腿脚有些僵硬，但惩罚凶手的恨意催动着他，让他甚至感到一种兴奋。

当他奔到山脚，身后忽然响起一个声音："光亮之神！"是甲甲，手握着一根长矛："光亮之神，请让我跟随您！"

这个"请"字，也是穆巴发明的。

泽恩点了点头，甲甲不但是最好的猎手，也是他和穆巴最早点亮的少年。

他们一起奔进黑森林，那股暗雾、泥土和树木混杂的气息顿时弥漫过来，泽恩不由得深吸了一口，感到无比亲切，同时又十分感伤。

夜灵更是长长嘶叫了一声，不知道是因为陌生，还是熟悉。

泽恩的双腿渐渐生出了力量，他快步在树林间穿行，四处寻找光亮，奔行了很久，前面忽然闪出亮光，不是一团，是三团。

三个山上的少年迎面奔来，他们并没有立即认出泽恩，一阵愕然后，才慌忙一起垂头致礼："光亮之神！"

"你们没找到那个人？"

"他被捉走了。"一个少年忙说。

"被捉走?"

"被几个盲人。"

"盲人?"

"有很多、很多盲人,在南边的沼泽。"

"你们带我去!"

"可是……"三个少年脸上一起露出畏惧。

"带我去!"

三个少年不敢违抗,转身向来路走去,都有些犹豫。

泽恩从来不知道南边有沼泽,更无法想象"很多盲人"意指什么。等他跟着那三个少年一起来到黑森林的最南边,远远就听到一阵阵叫喊声。他们放慢脚步,小心走到森林边,躲在树后向外偷望。

在泽恩眼中的强光照射下,一幅可怖景象猝然展开:一片无边的幽黑烂泥,里面不知道有多少人,全都浑身泥污,身体比一般暗人要暗很多,似乎罩了层黑雾。他们站成许多个大圈,每个圈有几十个人,全都厉声叫喊,挥刺着长矛。而每个圈子中间,都有一头夜兽,在淤泥中不停奔窜,想要冲出人圈。

泽恩全身发麻,呼吸几乎停止。

夜灵在他脚边忽然发出一声尖锐的嘶叫,刺穿了沼泽上空的黑暗。那些人和夜兽顿时全都停了下来。

泽恩心里一慌,却不知道该如何是好。

离他们最近的人圈中的一头夜兽忽然也嘶叫了一声,猛然一跃,向这边奔窜过来。拦在这边的人慌忙挥矛阻拦,那头夜兽扑向一个最瘦弱的,避过长矛,一口咬中那人肩膀,那人惨叫一声,倒在淤泥里。

那头夜兽又纵身一跃,跳出人圈,向这边飞奔过来。快要奔近时，它望了一眼夜灵，似乎有些畏惧，呜咽了一声，随即奔向另一边，很快消失在树林中。

那一圈人纷纷追了过来，泽恩这时才明白三个少年所说的"盲人"。那些人行动十分古怪，头都僵硬不转，似乎没有目光。

奔在最前面的盲人用力嗅了嗅，似乎发觉了泽恩，猛地怪叫一声，不再追赶那头夜兽，挥着长矛，奔向泽恩。其他几十个盲人也迅即转向，昂着头，一起追了过来。虽然是盲人，速度却快过一般的人类。

泽恩忙抽出腰间的大骨刀，兽皮掀开时，身体的光随之射出，照亮了那些盲人。这时他才看清，那些人没有眼珠，眼部全都是两片烂疤。

哪怕夜兽群，也不曾让泽恩如此恐惧。他回头看了一眼，甲甲和三个少年也都惊恐之极。他忙低声说了句："走！"

他们转身刚要跑，夜灵却又怒嘶一声，飞快冲向那些盲人。

泽恩忙回头去唤，却见夜灵腾空跃起，扑向最前的那个盲人。那个盲人身上罩着一层黑雾，他听到声音，挥矛疾刺，正刺向夜灵的腹部。

泽恩惊呼了一声，幸而夜灵在半空中迅疾一扭，避开矛尖，滚落到一边。它随即翻身，再次跃起，张嘴又向那盲人咬去。盲人反应极其迅捷，侧身一躲，挥矛又刺。夜灵又险被刺中，它龇着利齿，露出从未有过的凶相，嘶吼着不肯退让，不断反扑，和那盲人咬斗起来。

泽恩见后面那群盲人眼看就要赶到，忙奔了过去，却听见一声尖锐惨叫，夜灵重重摔到地上，腹部一个血洞，在银光的映照下，异常刺目。

泽恩的心也被重重刺中，他痛叫一声，挥刀砍向那个盲人。那盲人侧身躲开，迅即回矛刺来。泽恩一刀挡开，大叫着连连进攻，却都没能砍中。

一个身影忽然闪来，一矛刺中了那个盲人，是甲甲。

泽恩要奔去看夜灵，后面那群盲人却纷纷怪叫着，已经奔了过来。

甲甲忙叫了一声："光亮之神！快走！"

泽恩望了一眼夜灵，见它躺在地上，身上的银光暗淡了很多，血从那个伤口汩汩涌出。它幽蓝的眼睛望向这边，发出一声低低的哀鸣，随即闭上了双眼，停止了喘息。

泽恩的泪水顿时涌出，然而那群盲人已经逼近，他裹的兽皮前面张开，强光照亮了那些盲人，他们全都浑身幽黑污湿，面目肮脏僵冷，像是淤泥里浸泡的尸体复活，喉咙里发出怪异的吼叫，争相疯扑过来。

泽恩只得咬牙说了声"对不起"，含着眼泪，和甲甲一起转身逃离……

5．记忆

摩辛离开了沼泽小丘的那座小棚子。

他越渴望那个辫子女孩，就越记不清她的声音和气息。他尽力回忆，却越回忆越模糊。女孩像一阵雾气，在他记忆里越飘越远，融入幽深的黑暗之中。

摩辛有些慌，这个世界没有任何东西值得留恋，除了那个女孩。

但是，那个女孩为什么这么重要？

他想不明白，只隐隐觉得，自己和这个世界之间，那个女孩似乎是仅有的一丝连接。这根细丝一旦断开，他便会彻底坠入黑暗，再感受不到任何东西，包括自己。

必须找到她！

丁尼一直在黑森林里寻找，却始终没有发现那个女孩的踪迹。摩辛又给四个盲人首领下令，让他们盘问所有盲人和新捉到的暗人。

只有两个盲人遇见过那个女孩，但都是在很久之前。

摩辛再也坐不住，自己冲进了黑森林。然而，黑森林如此广阔，该去哪里找寻？何况，他已经记不清那女孩的声音和气息，只能想：一旦听到那女孩的声音、嗅到她的气息，一定能认出她。

不过，就算真的找到她，该做什么？

他不知道。

他只想再听到她的声音，嗅到她的气息，真切感到她的存在。

穿行在黑森林里，他听到各种人声、嗅到各种人气，却都无比单调平庸，令人厌恶。这让他越发渴念那个女孩，她是黑森林里唯一的奇妙。

他不停地走，不停地听和嗅，丝毫不觉得疲倦。

当他走到黑森林的腹地，忽然听到一阵急促的脚步声，人数很多，从沼泽方向传来。他停住脚细听，是两拨人：前面五个，脚步声重而不齐；后面几十个，脚步声很轻，节奏齐整，应该是盲人在追暗人。

摩辛原本不想理会，但皮肤隐隐感到有些刺痛。前面那五个人奔近了一些后，刺痛更加明显，他心底泛起一阵厌恶。

那五个人不是暗人，是亮人。

摩辛抽出两把骨刀，迎了上去。距离越近，身上的不适和心里的厌恶便越强烈。

那五个人向他疾奔过来，却一直没有发现他，只离几步远时，才发出惊呼，猛地停住了脚。

摩辛站在那里，浑身皮肤一阵阵剧烈刺痛，心里的厌恶更是翻腾不已，从来没有亮人让他如此难受。他强抑情绪，从气息分辨出，前面三个是少年，后面两个是青年。右边那个青年年纪最大，让他身体右侧的皮肤感到一种怪异的灼痛，应该是光极强。

　　摩辛趁五个人全都处在惊愕状态，迅即出手，飞快逼近前面三个少年，两把骨刀同时挥动，左右一划，分别割中两个少年的咽喉；又迅疾一刀，刺中第三个少年的心脏。

　　后面两个青年亮人一起惊呼起来。摩辛随即感到浑身一阵烧灼般的剧痛。他知道是后面那个亮人的强光猛然加剧，忙迅速回撤，退了几步。

　　一声怒喊，伴随着矛尖疾刺的风响，左边那个青年亮人向他攻来，极轻极快。摩辛从来没遇见过这么迅捷的人类。他急忙侧身，避开矛尖，同时快速逼近两步，右手的骨刀刺向那迅捷亮人的胸口。左手骨刀也同时挥出，拦住了他的退路。

　　迅捷亮人急忙躲闪，左肩却已被刺中，他惊叫一声，向后急退了两步。摩辛知道他速度快，不能给他任何空隙，又迅疾逼近一步，两手交替挥刺。迅捷亮人连连发出惊恐之声，速度也忽然减慢，右臂又被一刀刺中，手中的长矛掉落在地。

　　摩辛大喜，看来亮人惧怕我身上的黑雾。

　　他正要一刀刺死这个迅捷亮人，旁边那个强光亮人大叫一声，骨刀的风声迅疾划来。听声音，那把骨刀格外长大。

　　摩辛已有防备，右手骨刀一伸，挡住了那把大骨刀。左手并未停止，一刀急刺，刺中迅捷亮人的胸口。迅捷亮人痛叫一声，倒退了两步，跪倒在地。

　　摩辛虽然得手，但距离强光太近，皮肤又一阵灼痛，这让他心头的恨意顿时燃起。他忍着灼痛，左右手连连疾刺，攻向那个强光亮人，逼得他连连退避，同时也连连发出惊恐之声。

摩辛感到自己身上的黑雾也威胁到了强光亮人，便加力进攻，一刀割中他右手，那把大骨刀随即掉落。摩辛又疾速挥刀，接连割中那人的手臂和肩膀。

这时，那群盲人也已赶到。他们嗅到了摩辛的气息，不敢围过来，转而扑向那个受伤的迅捷亮人。

强光亮人忽然大叫了一声。

听到这叫声，摩辛一愣，猛然记起：这人是曾经发出那连串可憎声音的男孩，自己要杀死他时，他曾和那个辫子女孩对视。正是因为那次对视，他们身上都发出了光亮……

憎恨、厌恶、惧怕与伤痛一起腾涌，摩辛浑身剧烈颤抖，不由得停住了进攻。

而这时，旁边忽然传来扑通扑通声。扑向迅捷亮人的几个盲人接连倒在地上，身上随即散发出一阵焦臭味。

摩辛大惊，他从来没闻到过这种味道，不知道发生了什么。

他正在疑惑，接连又响起一阵扑通声，又有几个冲过去的盲人倒在地上，身上也发出那种焦臭味。

随即，那个强光亮人快步奔到迅捷亮人的身边，似乎扶起了他，两人一起向旁边逃去。

摩辛忙追了过去，迎面忽然感到一道烧灼，像一把无比锋利的骨刀，瞬间割中了他的腹部。

他伸手去摸，腹部一道伤口，深沟一样，剧痛无比，也散发出那种焦臭味。

他顿时惊住，听着那两人跑远，却不敢去追……

6. 呜呜

萨萨和乌拉母女、索索又住在了一起。

她们对她，又热情，又小心，像是怕她再次离开。

萨萨难以适应，却又不忍心拒绝，更怕自己对这连接产生依赖。

即便和亲人的连接，最终也难免被黑暗命运割断，何况陌生人之间？

她在心里暗暗画下一圈细线：细线之内，是自己；细线之外，则是别人。

这圈细线，不是封闭，也不是拒绝。自己可以走出去，别人也可以走进来。但不能让它消失，不能忘记这道界线。

它是自己的领地，也许好，也许不好，却是自己唯一真正拥有的，必须自己守护，自己承受，不能出让，也无法分担。

它的名字叫孤独。

孤独，不是选择的结果，而是事实。

一个人，一棵树，一座山，都是孤独。

孤独无法消除，只有如何面对。

或厌恶、惧怕、抗拒；或喜爱、接纳、享受。

无论如何对待，它总在那里，它就是你自己。

想明白后，萨萨心里轻松了很多，面对乌拉母女和索索，也坦然了很多。

她们同吃同住，再也没有谁在棚子里排泄，这个住所时常保持得很清洁。她们还把塔奇果的果壳挂在板壁上，让它的清香充满小棚子。

食物吃完后，乌拉和索索都争着去寻捕，不让萨萨出去。萨萨怕辜负她们的好意，坐享了几次后，才提出三个人轮流寻食。乌拉和索索原先不愿意，萨萨坚持不让，她们才答应了。

外面安静时，萨萨带着她们一起去溪水里洗浴。她们从来没有感受过把身体洗干净的清爽，很快便迷上了洗浴。

萨萨还替她们把头发编起来，缝制漂亮的兽皮衣，让她们学会了享受美。

无事时，萨萨取出那根蚀孔的细骨。她想，既然风能吹出呜呜声，嘴里的气息应该也可以。她便试着吹那根细骨，果然也吹出了呜呜声。

开始时，声音很刺耳。但渐渐地，她学会控制气息的长短强弱，发出的声音越来越悦耳。而且，手指分别按住那几个蚀孔，声音会随之变化。

她不断尝试，反复练习，居然渐渐能把那首黑森林的歌吹出来。这声音比人声更动听，像风吹过林梢、溪水流过森林。

吹响时，不但乌拉和索索爱听，连小丫丫也会安静下来，睁大明亮的眼睛，嘴角露出纯真的笑，她还把这根细骨称作"呜呜"。

但是，呜呜不只带来沉醉，也引来了危险。

有一次，萨萨又吹起呜呜，忽然听到外面传来脚步声，她急忙停住，侧耳静听，不是一个人，而是一群人，脚步声十分齐整，让她顿时想起那群疤眼盲人。她忙快速到门边，拴紧了门上的绳扣。乌拉也忙抱紧了小丫丫。

那群人走到棚子下，停住了脚。接着，棚子底板发出咚咚声，那些人在用长矛戳打。很快，棚子外的树枝发出响动，那些人爬上了树，板壁也随即响起咚咚声，板壁外面涂的干泥啪啦啦掉落。幸而板壁扎得密实，没有被戳穿。

萨萨忙取出袋子里的绳刀，索索和乌拉也各自抽出了骨刀。

棚子忽然开始晃动，那些人用手推摇、用身体撞击。棚子剧烈摇颤，发出刺耳的咯吱声。

小丫丫吓得哭了起来，乌拉忙用手捂住了她的嘴。哭声仍然传了出去，棚子晃得更加剧烈，并开始倾斜。一阵震耳巨响，棚子侧翻了过去。萨萨她们全都滑撞向板壁。

好在棚子边角有皮绳牵拽，没有坠落，卡在了树枝间。外面那些人仍在继续推摇，棚子随时会被摇垮。

萨萨吃力地爬到门边，解开绳扣，想冲出去引开那些人。门却被外面的树枝卡住，推不开。

萨萨忽然想到呜呜。

刚开始练习时，由于还不懂得气息控制，她吹出了一种极其刺耳的声音，几乎像那个黑暗之神的粗粝吼叫，当时吓得丫丫顿时哭了起来。

萨萨忙撑住身子，抽出呜呜，用力吹出一声怪响。虽然小棚子在剧烈震响，这声音仍像尖锐的骨刀，钻破耳孔，穿透了板壁。

四周忽然静了下来，连小丫丫都停止了哭声。

萨萨忙深吸一口气，这回更模仿那黑暗之神的声音，用力吹出一声能碎裂人心的怪叫。

一口气用尽，声音停止，外面传来一阵惊慌而小心的声响，那些人纷纷跳下了树，一起慌忙离开了……

7．泪

泽恩扶着甲甲回到了山上。

山上的人全都围了过来，却又不敢靠近，全都惊望着他，并没有行光亮之礼。

泽恩想，他们并不是忘了，而是看到我身上的伤，感到失望。这样也好，我本来就不是光亮之神，他们早就应该看到真实的我。

三个少女从人群中小心走了过来，她们是穆巴任命的疗伤者。略带惊慌地行过光亮之礼，两个少女小心接过甲甲，另一个要来扶泽恩。泽恩摆了摆手，跟着她们走进疗伤棚里。

少女们急忙拿过药袋，想先给泽恩敷药，却又不敢靠近。

"先救甲甲。给我一只药袋，我自己敷。"

泽恩接过药袋，转身走了出去，那些人仍围在外面。他扫视了一圈，那些人的目光充满了疑虑、担忧和惊恐。他越发不知道该说什么，垂下眼，慢慢走到黑牙石边，爬了上去，躲进自己那间棚子里。

棚子里面空荡而冷寂，没有夜灵欢跳过来，蹭他的腿，和他嬉戏。

他呆立在棚子中间，泪水不由得涌出。他已经很久没流过泪，更没有流过这么复杂的泪。

这泪水是为穆巴、为夜灵、为死去的三个少年，更为自己的无能和慌乱而流。他甚至开始恨自己身上这光亮，宁愿当回黑森林里那个普通而孤独的自己。

他低头看着自己的手臂，兽皮被割出一道裂缝，露出里面的伤口。伤口还在渗血，那里的光亮暗了很多。

原来，受了伤，身体的光亮就会变暗。如果用骨刀把全身割遍，光亮是不是就会散去？

然而，他随即想到黑森林里的那个黑雾人，不由得打了一个冷战。

他从来没见过那样的活物。那不是人类，而是一团人形黑雾，无比诡异、强大和凶狠，像是由最黑的黑暗凝聚而成，没有任何人类能和他对敌。如果不是我身上这光亮，我和甲甲也已经被他杀死。

当时，泽恩被黑雾人逼到绝境，几乎已经丧失斗志。当他一眼看到几个疤眼盲人扑向甲甲，心里一急，忽然激起一股力量，手不由自主地挥出，竟射出了一道光，划中了那几个疤眼盲人。那几个疤眼盲人像是被骨刀砍中，全都惨叫着跌倒。后面几个疤眼盲人又扑了过去，他再次挥手，光再次射出，又击中了，并散发出一阵焦臭味。

泽恩忙奔过去，扶起甲甲。那个黑雾人迅即追来，泽恩右手又用力一挥，再次射出一道光，划中黑雾人的腹部。黑雾人显然受了重伤，不敢再追。他和甲甲才得以逃脱。

回想起来，泽恩仍然后怕不已。他望向自己的手掌，手上仍发散着光亮，却只是在静静闪亮，并没有异常。他挥了挥手，也不见有光射出。难道只有在危急时，才能射出那种光？

他想起穆巴说过的那句话："黑暗无处不在，光亮却需要一个光源……"

他原本已经心灰，想悄悄离开这里，这时却犹豫起来。黑森林不但出现了那个黑雾人，沼泽里还有无数疤眼盲人，他们恐怕不会让黑森林安宁，迟早会侵略到山上来。只有这光，才能抵御黑雾人和疤眼盲人。

必须学会运用这光，也必须让山上的人做好防御准备。

泽恩的心绪平复了很多，他脱下兽皮，重新挂到门上。用药袋里的药膏涂到身上几处伤口，坐下来，开始静心思索。

想了一阵，却没有任何头绪，他不由得又怀念起穆巴。穆巴如果在，恐怕很快就会想出一整套好办法。当时如果自己极力劝止穆巴，不再捉暗人上山，穆巴就不会被那个人杀害……他越想越沮丧，心绪又乱了起来。

外面响起脚步声，是希达，她来到帘子外，小声说："光亮之神，请用食物。还有……希达给光亮之神缝了一套遮光的兽皮衣……"

帘子被掀开一角，一双细嫩的手伸进来，放下一叠兽皮，上面是一块裁切方正的树皮，树皮中央摆了一块夜兽肉。

泽恩心里一暖："谢谢你，希达。"

帘子外静默了片刻，才响起欣喜而惶恐的回答："这是穆巴交给我的使命。甲甲说，光亮之神用神光救了他。所有人听了，都在称颂光亮之神呢。对了，光亮之神的伤势重吗？"

"是轻伤，不用担心，我已经涂了药。"

"哦……祝愿光亮之神快快康复。希达下去了……"轻巧的脚步声很快溜了下去。

泽恩心情轻松了一些，也忽然明白了穆巴发明的一个词语。

穆巴说，到了山上，他感到自己的心好像不断在变大。原先独自一人在黑森林生存，只需要关心自己的安危。但现在，自己的关心越来越超出了原先那个孤独的自己。不止泽恩，山上每个人的情感和命运，都似乎变成了自己的一部分。别人疼，自己也会感到疼；别人笑，自己也会不由自主地开心。已经分不出别人和自己，只有一个"我们"。就连这个"我们"，范围也越来越大，只能用更多的力量和关心，让"我们"更安全、更快乐。

穆巴给这种心情起了个名字：责任。

现在，这责任转到了泽恩身上。

他切实感受到，这责任，无比巨大、无比沉重。

同时，他也终于明白，为什么穆巴说到这个词语时，眼中丝毫没有疲惫和厌倦，反而充满了甘愿、喜悦和荣耀。

因为所有这一切，都是自己的事。

以前只为自己而尽力求生，现在则是为了我们。责任是在光亮中新生出的、人类更大的本能。

泽恩忽然感到了一种解放，比在黑森林里初次放声歌唱时更开阔，比第一次看到光亮中的世界时更真切，也比第一次站在人群中说话时更坚定。

望着那块夜兽肉，他忽然觉得饿了，便抓过来大口吃了起来，心里默默说：穆巴，你放心，我一定会尽力不辜负他们……

8. 嘴

摩辛挣扎着回到沼泽。

他虽然受过很多伤，但从来没有这么痛楚过。

腹部那道伤口不但无比灼痛，而且像是有利齿在不断撕咬。他清晰地感到，身上的黑雾一点点消散，生命被一片片撕落，身体也随之越来越虚弱。

他惊恐之极，却怕被那些盲人察觉，强行抑制着，才没有惨叫出来。忍着巨大痛楚，他耗尽全部的力气，终于来到沼泽边，像是幼年时哭着扑向身边唯一安全的那个女人的怀抱，他猛地扑进了淤泥中。

伤口沾到泥浆，越发烧灼起来。附近的淤泥竟开始发热，很快变得滚烫，沸腾起来，发出汩汩的声响，冒出一串串气泡。沼泽中的盲人们惊得全都远远避开。

他越发惊慌，忙拼力往沼泽深处扑爬。所到之处，淤泥接连沸腾，气泡不断翻涌。一直钻到沼泽极深处，沸腾才渐渐歇止，他也已经被烧得只剩一具空壳，轻飘飘悬浮在泥水中，没有感觉，也没有知觉。

昏茫中，他似乎听到一丝声音，从极远处飘来，轻柔而清澈，像一缕溪水。他无比焦渴，意念飘飘荡荡，去追寻那声音。在无边黑暗中寻了很久，他才发觉，那声音来自沼泽小丘上的那间棚子里——那个辫子女孩。

他轻轻过去，拉开了小门，里面忽然射出一道强光，正射中他的双眼。一阵剧痛，他顿时惊醒，却无法移动。他慌忙用力挣扎，身体却像僵死了一样，连指头、嘴唇都丝毫无法抖动。

他惊恐之极，不由得发出一声绝望的嘶喊，声音却闷在身体里发不出，变作一阵抽泣，像幼年时，想哭却不敢哭出声，只能在鼻腔里轻轻发出的嘤嘤声。他的身体仍然无比虚弱，这一段抽泣便耗尽了所有力气，只能默默僵在那里。

许久，他才意识到，不是自己身体僵硬，而是淤泥变得十分坚硬。

是那道伤口，烧干了淤泥中的水，让身体周围的淤泥变得干硬，凝固起来。

他不知道怎样才能脱身，惊慌、恐惧、绝望之后，心变得一片冰冷，似乎看到了生命的真相：强大之后，只有僵死。

一切欲念、悲喜、爱恨，都像水汽一样蒸发干净。什么都不剩，什么都没有……

就这样结束了。

当他放弃了挣扎，心随之宁静，空寂得像世界本身。

渐渐地，他听到一种轻微的声息，弥漫在四周，慢慢向他聚集。他感到全身的毛孔随之全都渐渐张开，像无数个微小的婴儿，等待着母乳。

那是水的声息，从外围的淤泥中，慢慢渗进干结的土块。四周渐渐变得湿软，他的身体微微能动了，力气也一点点重聚。

最后，干土被水泡透，又变回了淤泥。

他怒吼一声，猛一发力，从淤泥中腾身而起。身体从未如此轻松，甚至感觉不到肌肉和骨骼。

更让他惊奇的是，那一声吼不只是从口中发出，腹部似乎也同时响了一声，而且更低沉、更浑厚。他伸手一摸，吓了一跳——腹部那道伤口裂开了一道深口，却感觉不到疼痛，并不断翕张，像是一张大嘴。

他真切感到，这张大嘴十分饥渴，却不是想吃食物，而是渴望吞噬光亮。

他顿时想起那个强光青年，心底随之涌起一股无比强烈的恨。

"丁尼！"他高声喊叫，声音极其响亮刺耳。

丁尼在沼泽边慌忙应了一声。

他迈开双腿，在淤泥上飞快穿行，转眼便到了丁尼近前："捉亮人，立刻！"

"呀！"丁尼忙又应了一声，却仍站在原地不动，声音中充满惊诧。

"嗯？"

"看不见摩辛了……"

"嗯？"

"黑雾没有了，只有黑影……"

摩辛大笑起来，上下两重声音一起震响，腹部那张大嘴笑得更震耳。

丁尼发出一声惊呼，几乎要哭出来。

摩辛腹部那张嘴大吼了一声："去！饿！饿！"

"呀！"丁尼仍带着颤抖的哭腔，急忙唤了几个盲人，向黑森林奔去。

9. 旋律

萨萨和乌拉、索索一起修好了棚子。

她们扳正歪斜的棚子，割了很多皮绳，拴得更加牢实。棚壁外，用树枝加固了一层，再锋利的骨刀也刺不穿。棚子顶上开了一道小门，紧急时能爬出去。

萨萨还想了一个办法：找来一些骨头，砸碎后，用细绳挂在小棚子周围的树枝上。有人触碰，碎骨便会发出碰击声。

即便如此，她们仍然心悸不已。

她们躲在小棚子里，闩紧了门，只有寻食和排泄时才出去，洗浴自然只能放弃了。萨萨也不敢再吹呜呜。她们尽量不说话，更不唱歌。小丫丫偶尔发出些哭声，也迅速被乌拉捂住嘴。

静久了，每个人都有些受不住。

先是小丫丫，她开始学走路，在棚子里到处爬走，不时摔倒，或者笑，或者哭，发出各种声响。乌拉为了防止她出声，随时跟在后面，有时自己反倒不小心发出叫声和响动。

接着是索索，食物还有不少，她却执意出去寻食。回来后，她时时说肚子胀，借故出去，跳下树，很久才回来。

萨萨自己虽然惯于安静，却也不时摸出那根呜呜，极渴望吹一吹。

那些疤眼盲人却一直没再出现。

忍了很久，萨萨不由得想：我们这样强忍，是为了什么？为了安全。安全是为了什么？为了活得久一点。活得久一点为了什么？继续这样强忍？

活着，就是强忍？

不。活着是能哭、能笑、能说话、能唱歌、能行走、能吹呜呜。

她把这个想法告诉了乌拉和索索，两人听了，一起用力点头："嗯！"

她们一起笑起来，身心顿时轻松。

她们先一起去洗浴，在溪水里忍不住一起唱起歌，洗干净后，并不急于回到小棚子，一起坐在树枝上吹风。

萨萨忍不住又取出那根呜呜，她想，在外面吹，反倒更安全，有危险立即能发现。

于是，她吹了起来。

呜呜声像溪水一样，在黑森林里流淌回旋，死寂的黑暗似乎顿时有了灵魂。乌拉和索索忍不住跟着低声吟唱，小丫丫也不住拍着小手掌，咿咿呀呀学着唱。

反反复复吹了很久，并没有招来危险。

萨萨吹累后，才停了下来。她们无比满足，静静坐在树枝上，连小丫丫也没有出声。四周又复归于宁静，无边黑暗变得温柔而深情。

萨萨忽然发现：黑森林并不是只有冰冷和残酷，它其实一直也在养育和包容。黑暗，也不只是死寂，它也有记忆、怀念和爱。人类与黑森林以及黑暗，从来不曾分隔，也永远无法分隔。而其中最重要的连接，则是和妈妈的连接。妈妈汲取自然的力量孕育生命，又以源于天性的爱，养育和护送一代又一代的生命。

无数个妈妈，无限的爱，一直在这黑森林里流传。

萨萨眼里不由得泛起泪光，一个旋律从她心底轻轻流出，既陌生，又亲切。就像她追寻到小溪的源头，水从漆黑的泥土中一点一滴渗出，渐渐融为细流、汇成溪水、蜿蜒流淌，让黑森林有了生命和爱。

她重新将呜呜放到嘴边，试着一点点吹出那旋律。反复吹了许多遍后，旋律渐渐成形，自然流淌起来。

这是一首源自黑暗的歌，回荡在黑暗之中，就像黑森林孕育了妈妈们，妈妈们又孕育出新的生命，生生不息，充满了生的喜悦、爱的依恋、记忆的深长……

萨萨一遍又一遍地吹着，像是重新回到妈妈的怀抱，那双轻柔而温暖的手，细细给她梳理辫子，轻轻吟唱着这首旋律。

当她吹奏完，扭头一看，乌拉把丫丫紧抱在怀里，眼里滚落泪滴。索索则忽然抬起头，大声哭起来："妈妈！"

萨萨忙伸出手，将她紧紧揽住。索索把脸埋在她怀里，哭个不停。

乌拉擦掉泪水，轻声问："妈妈教你的？"

萨萨略迟疑了片刻，笑着点了点头，心里给这首歌起了一个名字：《妈妈》。

乌拉刚要开口再问，不远处忽然发出一声响动，是她们挂的骨片的碰击声。她们忙一起望过去，黑暗中一个身影慢慢走出，是一个女人，怀抱着一个婴儿。

旁边又一声骨片碰击声，又一个身影出现，仍是一个女人，也抱着一个幼儿。

接着，周围接连发出骨片碰击声，一个又一个身影向她们聚过来，全都是怀抱孩子的妈妈……

10. 下去

泽恩穿上希达给他缝制的兽皮衣。

一件长袍，连着兜帽，袖子很长，还有一块兽皮面罩。穿戴好后，全身都被罩住，只露出眼、鼻和嘴。

他走出棚子，站到黑牙石的边沿，向下望去。一团团光散在各处，不像穆巴在时那样秩序井然，那些人有的闲走、有的呆坐、有的聚在一起低语。

有个人抬头望见了泽恩，忙站起身，高叫了一声"光亮之神"。其他人听见，也都纷纷起身，聚到了黑牙石下的空地，一起向上行光亮之礼，高声称颂。

泽恩微微点了点头，不想继续这样俯视，转身滑下黑牙石，走到了人群的前面。

人们全都后退了几步，目光中充满敬畏和惊疑。

泽恩清了清嗓，慢慢开口："首先，我要告诉你们，我不是光亮之神，我和你们每个人都一样，原来也是黑森林里的暗人——"

众人一起惊呼起来。

泽恩尽力笑了笑："我知道，说出来会让你们失望，但这是真相。我只不过是最早被点亮，又因为你们的目光，身上的光变得最亮。但就像你们看到的，我也会受伤，也会死，并没有任何神奇——"

"不！"一个声音从旁边响起，是甲甲，他捂着伤处，从疗伤棚那边吃力地走了过来，高声说，"光亮之神用神光救了我！"

泽恩只得又笑了笑："那只是偶然。我自己并不知道会射出那样的光，也不知道怎么让它再次出现。不过，我相信，等你们身上的光和我一样强的时候，在危急时，每个人都能射出那种光。"

"可——"

"就算我真的是光亮之神，也不是唯一一个。你们也都能成为光亮之神。"

众人又惊呼了一声，许多人用力摇头。

"现在无论我说什么，你们可能都不信，但相信将来你们会亲自验证。眼前有更危急的事，黑森林南边的沼泽里，有无数疤眼盲人，他们能围猎夜兽，行动比暗人更快更狠。还有一个黑雾怪人，刺伤我和甲甲的就是他。他们极其危险，我们必须做好防备——"

"嗯！"甲甲和一些人一起点头。

"应战准备之前，还有一件事，我必须先说。我们聚集在这山上，大多数都是自愿，但有些是被捉上山的。我们捉你们上山，是希望能点亮你们，让你们从黑森林里解放出来。如果你们还是喜欢黑森林，想回去，我们不会阻拦——"

众人都有些意外，互相望着，却都没有出声。

"有想回黑森林的吗？"

一个成年男人在人群中小心问："真的可以回去？"

"嗯。每个人都是自由的，我们不能强迫任何人。当然，你回去后，如果又想回来，我们依然欢迎。"

那个人犹豫了片刻，抬起手，向泽恩行了一个光亮之礼，随后转身走出人群，快步跑下山去。

接着，又有十几个人，也行过光亮之礼，相继匆忙离开了。

人群里开始低声私语起来。

泽恩提高了音量："我们虽然聚在这里，但这座山并不只属于我们。任何人都应该来去自由。沼泽里那些疤眼盲人的数量比我们多，如果有暗人主动来山上，希望大家继续热情地接纳他们。不只是我们在帮助他们，他们也在帮助我们。希望这山上能成为一个自由、友善的聚集地。"

人们纷纷点头，眼中闪出光亮。

泽恩从皮袋里取出那根拴了石头的皮绳："现在再来说迎战准备。我仔细想了想，那些疤眼盲人虽然凶狠，但毕竟眼睛看不见东西。对付他们，最好不要靠近，比起长矛，用这个绳石应该更好——你们有谁会用？"

"我！"几个少年、青年纷纷举起手。

"那就请你们教大家用绳石。"

"嗯！"那几个人十分兴奋，满脸荣耀。

"皮绳上拴一把重骨刀，应该更利于攻击。除了绳石和绳刀，直接投掷石头，也是很好的攻击办法。还有，我们的人手得重新安排，分成三队。一队作战，一队防御，还有一队后备，负责食物、武器和救伤。我们现在就来分配，请大家推选三位队长——"

众人顿时热闹起来，纷纷提议。

作战队队长，大家一致选了甲甲。甲甲有伤，又选了一个强健的青年做他的副手。防御和后备，则各选了一个男青年和一个成年女性。

队长选好后，大家又依照自愿原则，划分到三个队中。

泽恩又说："最后一件事，是关于我自己。从现在起，我就搬下黑牙石，加入防御队，住到山腰，替大家防守。"

众人顿时反对起来。

泽恩笑着说："夜灵死了，我一个人住在黑牙石上很无聊，希望大家能让我和你们住在一起。你们爱护我，也请让我爱护你们。我身上的光最强，紧急时刻，也许还能射出那种光。只有那种光才能抵御那个黑雾人——"

11. 吸食

丁尼去了很久，才捉回一个亮人。

距离还很远，摩辛腹部那张大嘴便已经不住地翕张，发出饥渴的吼声。

那个亮人是个少年，被拖上小丘，丢到摩辛近前。摩辛腹部那张嘴大大张开，猛吸了一口。伴随着亮人的一声惊叫，摩辛感到一股热力钻进了腹部，并迅速在身体内扩散开，让他浑身一颤，打了个冷战。

这一热一冷的冲击，竟比蜕皮之痒的快感更强烈。

他上面的嘴不由得呻吟了一声，腹部的嘴则再次张开，又猛吸了一口。热力再次钻进腹部，让他又打了个冷战。连吸了几口后，热力消失了，那个少年也随之瘫软下去。

摩辛却仍晕醉不已，连连呻吟了几声，才渐渐清醒。

他长呼了一口气："光亮都吸尽了？"

"呀！他变回暗人了！"

"他在喊什么？"

"光亮之神……"

"光亮之神？"

"黑牙石上有个亮人光极其强，他们都叫他'光亮之神'……"

摩辛心中顿时腾起一股浓烈恨意，"光亮之神"应该就是灼伤自己的那个强光亮人。

想到那个人，他腹部那张嘴撕裂一般痛起来。他越发愤恨，身子剧烈颤抖，却不知道，自己现在能不能敌得过那个人。心底随之生出一丝恐惧，这让他极为憎恶。

他抽出腰间的骨刀，走到那个少年身边。少年躺在地上，只发出微弱的声息。他用力刺向少年，少年顿时惨叫着疼醒，他正是要这惨叫声。

少年挣扎要逃走，他重重一刀，刺中少年后腰。少年再爬不动，叫得却更加惨厉。

连刺了十几刀，少年却仍在低声呻吟抽泣。他一刀刺中少年后颈，少年再没了声息。他心中的恨和恐惧却仍然未消。

他怒吼起来："再去捉亮人！多！很多！"

丁尼慌忙带着几个盲人离开了小丘。

他则绕着小丘一圈圈急行，越走越快，几乎像一卷黑暗旋风，却始终无法平息那恨和恐惧。筋疲力尽后，他才停了下来，跌坐到地上，上下两张嘴一起大口喘息。

光亮是这个世界上最可怕、最可恨的东西，必须让光亮彻底消失。

尤其是那个强光亮人，你不去寻他，他也迟早会来寻你。必须吸尽他的光。

这是你的命运。

所以，去攻击！

12. 同

萨萨惊望向四周。

各处暗影中，至少出现了十几个怀抱幼儿的女人。

她们眼中都有泪光，目光惊愕而悲伤，似乎在黑暗中寻找最亲最爱的身影。

萨萨忽然明白，是自己吹奏的那首《妈妈》把她们吸引到了这里。这些女人全都是妈妈，她们也都有各自的妈妈。

一个又一个妈妈，像一条条溪水，孤独而静默，从幽暗的过去，流向漆黑的未来。

每一条溪水都不相同，也互不相识，但这长久接续的爱，却都一样。

萨萨望着这些妈妈，感动不已，却又全身发冷，不知道该做什么，一动不敢动。乌拉和索索也被惊住，连丫丫也睁大了眼睛，不敢出声。

那些女人望了一阵，又纷纷退回到黑暗中，各自轻步走远。四周顿时恢复了宁静。

萨萨她们却仍不敢动，也不敢说话。不是因为怕，而是惊诧。

这些躲在黑森林各处的孤独的人，居然能被一首歌召唤到一起。

萨萨看到了人和人的另一种连接：不相识，无交流，却在感受同一种心情。

孤独，又不孤独。

就像一棵棵孤独的树，共生在同一片森林。

萨萨望向四周，这寂静无边的黑森林似乎不一样了：笼罩着它的黑暗不再只是黑暗，而是无数静默的言语。曾从无数人的心中、口中发出，继而隐没，却未消失。它们弥漫在黑森林里，从不惊扰你，却会在某一刻唤醒你。

萨萨不由得伸出手，去触摸黑暗，想从中捞起妈妈说过的那些话。

当然，什么都捞不到。

她却知道并相信：那些话语一直围绕在自己身边，让自己在最孤独的时候，也并不真正的孤独。

她见乌拉和索索都惊望向自己，不由得笑着收回手，心里轻轻地叹息：我们都是被这些话语喂养、照亮并守护着啊！

更让她庆幸的是，那些女人虽然聚了过来，却没有谁走近，随即又静静离去。

各自孤独，偶然连接，互相并不干扰。无言而轻松，真是美妙。

那之后，除了休息睡觉，她们都留在外面，不愿封闭在棚子里。

萨萨时常会吹奏那首《妈妈》。

每次吹响，总会有女人们聚过来，而且越来越多。她们仍然并不靠近，都躲在黑暗中，静静地听完，而后各自散去。

后来，开始出现少年、少女，甚至成年男人。

听的时候，他们彼此都隔开一段距离，并不互相攻击。有时，直到吹奏完，他们纷纷离去时，萨萨才发觉竟然有那么多人。

萨萨有些怕起来，不是怕伤害，而是怕这重量。

每一道目光，都有重量，都会隔着距离压过来。

她无力承受这么多目光、这么多重量。连乌拉母女和索索都感受到了这种重量，当她吹奏时，他们不再坐在她身边静听，而是一起爬上树，躲进棚子里。

萨萨想停止吹奏，但从那些目光里，她看到了怀念、悲伤和抚慰，更有从黑森林时时刻刻的危险恐惧中暂时解脱出来的片刻安宁。

她不忍心停下，直到这吹奏引来了危险。

有一次，她才吹到一半，不远处忽然传来一声女人的惨叫。她慌忙停住，周围那些人也都纷纷逃离。

惨叫声中，还响起一个幼儿的哭声。不过，幼儿只哭了一声便忽然停住，女人却尖叫起来，声音无比惨痛愤怒。

萨萨原本想逃回棚子，听到这声音，却犹豫起来。那个幼儿一定是死了。女人仍在尖叫，像是在挣扎，声音却渐渐远离。

这不是黑森林里暗人之间的攻击。

萨萨不由得小心向那尖叫声走去，走到第一声惨叫响起的地方，见地上有几摊鲜血，散落着几根细小的骨头，还有个血肉模糊的幼儿头颅。而女人的尖叫声，仍在前面回响。

萨萨忍着惧怕，小心跟了过去，并解开了皮衣的前襟，放出光亮。追了一段距离后，一眼看到前面有一小群人，她忙停住脚。

八九个人，身上都罩着一层黑雾，仰着头，脖颈僵直。一个走在最前，后面的每两个拖着一个人。最后拖的是个女人，被皮绳捆绑着，不住尖叫，不断挣扎。

是疤眼盲人，他们在捉暗人。

萨萨顿时明白：这些疤眼盲人原先也是黑森林中的暗人，被那个摩辛捉去，戳瞎了双眼。现在他们又听从摩辛的命令，来捉其他暗人。

那个女人被捉到沼泽后，也会变成这样？

萨萨虽然看过、经历过无数的残酷和凶狠，却从没有见过这种恶。

更想不到，这种恶竟然会传递。

她躲在树后，浑身颤抖，眼里不由得涌出泪来……

13．面对

泽恩搬到了山腰的一座小棚子里。

他穿着希达缝制的长袍，戴着面罩，敞开门，坐在里面，望着山下的黑森林，心里十分踏实。他觉得自己终于有用了，不用再独自高高在上，白白坐享食物。

山上的亮人们对此却似乎都有些抗拒。他们见到他，仍然尊称他为光亮之神，执意行光亮之礼，但声音和目光中混杂着疑虑、失望，甚至轻微的愤怒。

泽恩想起穆巴曾说过：他们需要神。

泽恩当时无法理解，这时却明白了：人需要神，是因为无法掌控自己的命运。信神，是求助，希望能把无力承担的命运寄托出去。

命运，是生与死。

生，或许还能分割，也能占用或出让。比如，抢来一点食物，多活一时；或让出一点食物，少活一刻。

死，却发生在一瞬间，结束的是全部。无法分割，更无法出让。

命运最重的重量，全都压在死亡。这是生命最无助的所在，它带来最大的恐惧，却绝对无法逃避。

人最需要神的地方，正在于死。

然而，对于命定的死，神也无能为力。死只能由每个人独自面对、独自承担。

泽恩不由得问自己：你怕死吗？

他闭上眼睛，尽力想象。距离死亡最近的一次，是面对那个黑雾人时。死亡的恐惧不同于其他任何恐惧，像是一场猝然的坠落，却没有落处，只有无尽的黑暗。那一瞬间，自我彻底消失，变成黑暗的一部分……他猛地睁开眼，心仍在剧跳。

怕，非常怕。

死亡是生命注定的结局，对死亡的怕，与生俱来，永远无法逃避，直到死亡真的降临。

泽恩感到一阵绝望。

这绝望像个漆黑的笼子，将他囚禁其中，没有任何反抗的可能，更无法逃出。

然而，当内心最后一线光亮也在这绝望中熄灭时，迎来的不是恐惧，反而是宁静和轻松。他感到自己似乎站到了自身之外，平静地注视着死亡和怕，就像是注视一棵树或一块石头，不再受它们的约束和控制。

心随之自由，他忽然找到了勇气的根源——不怕这怕。

怕只是一种情绪，和欢乐、悲伤、厌恶甚至爱，其实并没有分别，都是生命展开的样式。欢乐时歌唱，悲伤时哭泣，恐惧时战栗……这都是生命发出的不同声音。

而死亡，正是要制止所有这些声音，包括怕。

我如果也去制止怕，那就变成了死亡的帮凶。

怕，就让自己怕吧。

就像欢乐时，就让自己欢乐；悲伤时，就让自己悲伤。

他长舒了一口气，心里轻松和安定了很多，对于山上那些困惑的目光，也不再烦恼。

我不是光亮之神，没办法替他们解除死亡的恐惧，每个人都必须独自承担自己的命运。我只能用自己的安定和勇气，像传送光亮一样，尽量给他们带去一点安定和勇气，让他们对惧怕本身，能少一点惧怕。

不知道黑雾人和疤眼盲人会不会来，也不知道我能不能斗得过。我只知道，自己一定会尽全力。

他不再多想，开始认真思考应敌的办法。

他反复挥臂甩手，想再次射出那种光，但无论如何用力，都没有任何效验。恐怕只能等到危急时刻，才能射出那种光。

他又取出绳石来练，很久没有用过，已经十分生疏。他甩动皮绳，不断练习。肩臂酸痛过后，渐渐找回了力量和手感。

以前用绳石，只是为了缠住树枝，飞荡上树。现在要改作武器，便得练习攻击。他在棚子外立了一根木桩，对准它，不断琢磨技巧和准头。击中木桩，倒还不算太难。最难的是如何及时收回，再度攻击。

皮绳上拴的石头甩回来时，自己被砸中许多次，身上到处青肿。他却觉得十分痛快，很久没有使力，更没有疼过，几乎已经忘记了自己是个人。

山上许多亮人都站在远处望着他，目光里除了惊异，更有一些失望。

他朝他们笑了笑，转身继续苦练，渐渐掌握了其中力量运转的规律：甩动绳子，击中木桩后，迅即转动手腕，让石头在空中圆转回旋，再次击中木桩。如此不断回环，石头再也没有砸中自己，也很少中途乱弹。

他再次回头，看到有些亮人眼中露出赞许。他能清楚感到，这种赞许，是对人的赞许，而不是对神。

这让泽恩无比开心，他又朝他们笑了笑，他们也略带局促地回笑过来。

泽恩不由得想，比起不怕，笑，才是最强大的力量。

面对死亡的时候，如果能笑，那该多好？

他随即想到了那个黑雾人，心不由得一紧，笑随之停住。他不由得苦笑了一下，看来，比起练习绳石，更应该练习的是笑。

绳石可以对抗敌人，却无法对抗死亡，而笑却能。

他正想着，忽然看到山下黑森林里闪现一点亮光。他忙停住手，见那点亮光出了黑森林，向山上移来，速度却极慢，不像以往亮人们回山时那么欢快。

泽恩忙迎了下去，快走近时才辨认出，是捕食队的一个青年亮人，扶着一个受伤的暗人少年。

那青年亮人看到泽恩，喘着气大声喊道："光亮之神，他们来了！那个黑雾人会吸光！"

14. 意志

摩辛率领所有盲人，穿过黑森林，向北边的山地进发。

他走在最前面，丁尼紧紧跟在他身后。盲人们则分成四列，由四个头领带队。

黑森林从来不曾同时响起过这么多足音，更不曾这么整齐有力过。这足音和他的心跳共振，回荡在黑暗之中，沿途的树木也随之震颤。

摩辛感到一种从未有过的巨大快感，不由得想起少年时爬上北边高山时的情景。那时他和所有人类一样，拼尽力气，只为逃生和寻食。在黑牙石下，他不但第一次遇见了那个可憎的少年，更遇到了那个辫子女孩。

那次相遇似乎藏着某种暗示，像是一种注定。

由于辫子女孩的出现，自己没能吃掉那个受伤的可憎少年，让他活下来变成了现在的强光亮人。而当时的自己，只能忍着饥饿离开，独自坐在一块石头上，无比孤独，竟流下泪来。

但正是那孤独，让他越来越强大。他不但拥有了吓退夜兽的力量，更让这力量延伸出去，控制住身后所有这些盲人，把他们变作自己身体外的手和脚，可以随意支配。让他们畏，让他们恨，让他们忘记死亡向前冲。

谁能想象，当时那个瘦小的少年，竟然能变成现在的摩辛？

他想，这应该源于人类最根本的秘密：意志。

每个人类都有意志，意志是所有力量的源泉。然而，绝大多数人类只用它来求生。只有我，用它来控制生命、扩展生命，并渗入别人的意志，征服它们。让所有人类的意志，都成为我的意志。

不，不是所有人类，那个强光亮人还没有死。

恐惧、厌恶与恨又一起涌起。

不过，他不再强行压制，这三种情绪正是意志的本源，它们激励着生命，去征服、去毁灭。

"亮人！"丁尼忽然喊叫起来。

摩辛的皮肤随即感受到光亮的刺痛，腹部那张嘴顿时张开，发出一声低吼。

不是一个亮人，而是十几个。

摩辛立即加快了脚步，身后的四个盲人头领早已熟悉他的意志，不需要吩咐，迅即带队分开。两队左右急速围抄，一队上树，一队继续跟在摩辛身后。

距离十几步远时，那些亮人也发觉了，却并没有逃走，一起转过身，似乎想对抗。摩辛并不攻击，只一个个逼近，让腹部的嘴不断翕张，大口吸食。一团团灼热不断涌入他的体内，一阵阵翻涌激荡。

转眼间，十几个亮人纷纷昏倒，只剩最后两个。

摩辛迅即追近其中一个少年，腹部张嘴一吸，那少年脚步一软，顿时摔倒在地。然而，却没有灼热涌入腹中，相反，他猛然感到一阵刺痛。

一个异物飞射进他腹部的嘴中，并迅速拔离，让他又感到一阵刺痛。

他感觉出，是一把骨刀，拴了一根皮绳，是最后一个亮人甩出的。

骨刀刺中了他的肠肚，血从腹内涌出，疼得他不由得发出一声痛叫，并向前一扑，几乎跌倒。幸而他的身体现在已经像泥水一样柔软，脚步轻轻一收，迅即站稳。

相比于痛，愤怒更让他无法忍受。

他没想到自己依然会受伤，而且是被一个普通亮人所伤。两张嘴同时发出怒吼，他抽出了腰间的骨刀，正要追过去，半空中猛然传来一声怪响，无比刺耳，让他不由得一颤。

那声音像是怒喊，却并非人类发出，也不是夜兽。极其尖锐，像是能将黑暗刺穿，是黑森林里从未有过的声响。

摩辛心中涌起一阵强烈的恐惧，他本以为自己吓退夜兽群的吼声，是黑森林中最有威慑力的声音。这个声音却显然比自己的吼叫更有刺穿灵魂的力量，无法想象，它发自何等存在物。

在这声音惊慑之下，黑森林顿时一片寂静。

不但摩辛，那四队围追过来的盲人也全都立即停住，不敢出声。

唯一的声响，是那最后一个亮人扶起地上的少年、急急逃走的足音。很快，连那足音也消失在远处。

摩辛屏息静听了很久，那声音再没有发出，也没有什么威胁逼近。

他略略松了口气，心里的疑惧却并未消去，看来又多了一个强敌。

他有些犹豫，但随即想到，正因为这个新敌，必须尽快除掉那个旧敌。

他忍着腹中的刺痛，继续向北边山地大步走去……

15．工具

那一声怪响，是萨萨用呜呜吹出来的。

自从目睹那群疤眼盲人捕捉暗人后，她一直心神难宁。

她听过那个黑暗之神的怒吼，看过疤眼盲人的数量和他们围猎夜兽的可怖，没有任何人类能够抵挡他们的围攻。

原先，夜兽群是黑森林最可怕的存在。但和他们相比，夜兽只是比其他动物更凶残而已。而且，夜兽的凶残，只是为了食物，绝不会为了使自己更强大，让人类也变成夜兽，成为它们的同类。

那些疤眼盲人却完全不同，除了食物，他们在猎取另外一种东西，一种极其可怕、从未出现过的东西……萨萨能感受得到，却不知道该如何给它命名。

她想了很久，手触到腰间的骨刀时，忽然明白，那种东西应该叫"活的工具"。

工具本来是死的，是把骨头、兽皮打磨、切割成骨刀和皮绳，让它们帮助自己做事。这些东西原本都是死物，自己不会动、不会想，更感觉不到疼痛和伤心。是否变成工具，对它们而言，并没有分别。

"活的工具"却完全不同。

就像那些疤眼盲人，他们是人类，每一个原本都是独立生存的生命。做每一件事，都是由自己和为自己。

当他们变成那个黑暗之神的活工具，他们的生命就被分割成了两半：一半是残余的自己，一半则变成了黑暗之神身体外的身体。而且，后一半大于前一半，黑暗之神大于他们自己。除了食物，他们得去捕猎更多的东西，却不是为自己，而是为黑暗之神。

他们虽然是活的，能想、能动、会痛、会哭，身心却像是被捆绑住，没有了自由。黑暗之神使用他们，就像使用绳刀。不过，这刀是活的，绳则是无形的。

更可怕的是，他们可能已经忘记了自由，忘记了自己曾是一个独立完整的人，忘记了自己曾单纯为自己而尽力、单纯为饥饿而捕食、单纯为痛苦而呻吟、单纯为亲人而悲伤……

萨萨无法想象，黑暗之神是如何控制这些人？那根无形的绳索又是什么？是什么力量，能让那些人甘愿忘记自己？

她只清晰地感到：这是人与人之间的另一种连接。

同样是甘愿，我甘愿帮助乌拉母女和索索，那些人甘愿为黑暗之神效力，两者显然不同，但分别在哪里？

她想了很久，才找到一个答案：自主。

如果我想，我就可以终止这种甘愿，那些人却不能。

变成活工具，他们便没有了自主，包括意愿的自主。

这种残酷，远远胜过黑森林生存的残酷，威胁也远远大过夜兽群。

萨萨看到了一种比黑森林的黑暗更加黑暗的黑暗。它不是来自外面的世界，而是藏在人心的最深处。

它是活的，能生长和蔓延。从那个黑暗之神的心底生出，化成一种可怖的力量，刺瞎那些人的眼睛，穿透他们的身体，渗入他们内心，占据他们的灵魂。继而又从他们心底渗出，延伸、扩散向更多的人……

这一切，萨萨不敢告诉乌拉和索索，也不敢再吹呜呜，心里却忍不住去想。

她知道，凭自己的微弱力量，绝难抵御这种黑暗，甚至绝难逃脱它的侵袭。想到自己也可能变成那种疤眼盲人，她的心底一阵阵发寒。

不能坐等这黑暗袭来，就算无法逃避，也应该看清命运的来路。

她让乌拉母女和索索躲进小棚里，闩紧了门，借口去寻食，穿上那套兽皮衣，遮住光，独自前往南边的沼泽地。

没走多远，前面便传来一阵震响，一种从没听过的声音。她忙躲到树后，听着那震响声越来越近，震得她的心也随之怦怦剧跳。

这时，她才辨认出，那是足音，很多人在齐步行走。

除了疤眼盲人，黑森林里没有其他人类能发出这样的齐整足音。也不知道有多少疤眼盲人，那足音震得森林都为之颤抖。

她忙甩动绳钩，想要逃开，手却抖个不停，甩了几次，才终于钩中不远处一根树枝。幸而那足音太响，掩住了她发出的响动。她努力沉了沉气，才抓紧皮绳，飞荡过去。

站稳脚后，她本想再荡远一些，那震耳的足音提醒了她，他们应该觉察不到自己。她忍不住好奇，这么多疤眼盲人一起行动，要去哪里？

她强忍恐惧，跟着那足音，在树枝间悄悄穿行，一路偷望。距离有些远，她只隐约看到树林间一条长长的黑影队列，他们很快便走近了那条溪水，幸而是在小溪的下游，离那座小棚子很远。盲人队伍并没有停步，蹚过溪水，继续向北。

萨萨远远跟着，又行了很长一段路，一眼望见斜前方树林中闪出一些亮光。盲人队列前面随即响起一声喊叫，震耳的足音顿时停住，但很快又响了起来，却分成了四串，分别向那亮光处快速包围过去。

萨萨这才明白：他们是去围捕亮人。

她对山上那些亮人并没有好感或恶感，只是不愿接近。这时听着盲人们急速围追的脚步声，不由得替亮人担心起来。

她忙飞荡过去，隔开一段距离，爬到一棵树的顶梢，向光亮处望去。透过树枝，她第一眼先看到光亮中一个黑影，虽然轮廓像人，却绝非人类，而是一团人形黑雾。那浓黑雾气不断滚动，发出一阵阵暴戾的嘶吼声。

黑暗之神……萨萨心里顿时涌起一阵恐惧，寒栗遍布全身。

黑影前站着十几个亮人，有少年，有青年，全都手握长矛，准备迎战。

然而，他们面对的不是人类，而是黑暗沼泽张开的残暴巨口。

果然，一声惨叫。最前面的一个少年亮人倒在地上，光亮从他的身体飞散而出，形成一道光束，飞向那个黑影，旋即消失在黑雾之中。

接着，又一个青年亮人倒地，光亮同样离开他的身躯，被那团黑雾吞噬。

转眼间，十几个亮人全都昏倒变暗，只剩最后一个青年。那个青年虽然恐惧，却仍甩动绳刀，拼死迎战。

萨萨一直处于震怖之中，这时才猛地惊醒，她忙取出呜呜，吸足了气，用力吹响……

16. 撕裂

泽恩站在山腰，静静等待着。

他手握一根长矛，腰间插着两把骨刀，袋里放着绳石，脚边堆了几十块石头。

他很惋惜那把大骨刀，那是他唯一留恋的东西。被黑雾人击落到地上，逃开时，他没有余力去捡，骨刀丢在了黑森林里。但应该会有人捡到它吧？就像自己当时意外得到那样，欢喜了很久。

想到当时的心情，泽恩不由得笑了。那些时光真的很快乐，身上还没有光亮，心里也忘记了妈妈说的星光，一个人在黑森林里游荡，后来还唱起了歌。

泽恩轻轻叹了口气，抬头望向漆黑的空中。妈妈希望我能找见光亮，我真的找到了。可光亮带来了惊喜，也带来了烦恼，唯独没有了快乐。穆巴和夜灵也都离我而去，留下来的只有孤独。

一阵空虚的伤感泛起，他不但不再惧怕黑雾人和疤眼盲人，反倒有些渴望。

山上的亮人因我而聚集在这里，为他们而战，是我生命最好的用处。

这时，黑森林里隐隐传来一阵震响，他们来了。

他不由得握紧了长矛，尽力望向那响声的来处。然而，山下一片漆黑，看不到任何迹象。倒是在那响声的不远处，似乎有光点在闪。他盯着那里望了一阵，果然有一点亮光，十分微小，时明时暗。

难道是妈妈当时见过的星光？

不对，应该是一个亮人，在树林间穿行。

他忽然想起那个辫子女孩，心不由得一颤。

他知道自己一定是猜错了，但宁愿相信就是那个辫子女孩，不由得低声说出想过很久的一声问候："你好……"

然而，那个亮点却忽然消失了。

与此同时，那震响声穿出了黑森林。

泽恩再次握紧长矛，手心却渗出汗水，他忙在皮袍上擦干了双掌。

震响声很快移动到山脚，并向山上升来，连山石都随之震颤。

泽恩一把掀掉头罩，扯落长袍，让身上的光全部射出。强光顿时照亮了半座山，山下随之传来一声惨叫，似乎有人双眼被刺伤。

难道山下还有未失明的人？他望了一阵，见山石间渐渐现出一些僵直身影，前后紧随，蜿蜒绕过山石，像是一条条巨型的地蚓，迅速爬上山来。

等又近了一些后，泽恩一眼看到，行在最前面的是一团黑影，那个黑雾人。

那团黑影虽然大致是个人形，罩在他周身的雾却比上次更加浓黑，不断翻滚，并发出一阵阵嘶吼。那声音低沉而粗粝，像是沼泽深处的淤泥翻涌，卷动碎石，刮磨着人心。

泽恩放下长矛，抱起一块石头，对准那团黑影，大喊一声，用力抛了下去。

石头飞滚下山，眼看要砸中黑雾人，黑雾人却急速一闪，石头落空，砸向了后面的盲人，惨叫声接连传来。

泽恩大喜，立即又抱起一块石头，再次用力抛向黑雾人。黑雾人再次急速闪开，惨叫声中，又砸中了几个盲人。

泽恩并不停歇，连续抛掷，准备的一大堆石头全都用光。虽然砸伤了几十个盲人，却没有一块击中黑雾人。

他双臂酸软，坐倒在岩石上，大口喘着气。

而那黑雾人，双脚似乎不用沾地，全身黑雾翻滚着，飞快爬升，转眼便只有几十步远了。

泽恩这时也看得更清，那不只是一团黑雾，更是一声声恐惧的惨叫、一块块血肉的疼痛、一段段刻骨的冷酷、一道道仇恨的逼视、一片片绝望的阴影、一场场死亡的冰冷……这些最可怕、最残酷的东西，不断冲撞碎裂，一起沉陷沼泽，融成淤泥，腐蚀一切，只留下一个空洞幽黑的灵魂和一张贪婪残暴的嘴。

望着黑雾人腹部不断嘶吼翕张的巨大黑窟窿，泽恩感到自己像是要被它一口吸尽，无限的恐惧从心里腾起，他急忙站起来，一把抓起长矛，拼尽了所有力气，大叫一声，对准那个黑窟窿狠命掷出。

然而，黑雾人轻轻一闪，又避开了。长矛只击中一块山石，矛尖碎裂，木杆掉落到石块间。

黑雾人则加速飘行上来，腹部的那个黑窟窿猛地张大，发出一声震颤山石的嘶吼。

泽恩从未如此真切地看到死亡的临近，那是无边的黑暗，比世界更大、更重，向他扑面压来，没有任何生命、任何力量能从这黑暗中逃逸。

他也从未如此恐惧和慌乱，一把抓出袋里的绳石，飞快甩动石头，明知不可能丝毫伤及这张黑暗巨口，却也想拼力一击，就像用一滴泪，击向无尽的绝望。

然而，黑雾人忽然停住，泽恩浑身随之一寒，不由得打了个冷战，感到有东西从心里被抽出。

是光。

他的光亮原本照向四周，这时却被一股巨大的力量吸住，聚向身体前方，收缩成一道光束，被一股强力吸向黑雾人腹部的那个黑窟窿。慌急之下，他的体内竟生出一股力，将那光束拉住。

那个黑窟窿又发出一声嘶吼，吸力顿时暴增，猛地将光束吸了过去，并迅速吞噬掉最前端的一段。

泽恩又打了一个冷战，像是灵魂被咬去了一块。他大叫一声，拼力拉住光束。黑窟窿的吸力却丝毫不减，剧烈的拉扯，让泽恩浑身剧痛无比，像是要被撕碎一般，力气也渐渐耗尽。

僵持了一阵，黑窟窿吸力又猛地一增，泽恩拼尽最后的气力才勉强拉住。光束却猛然断裂，被撕成了两段。

一阵钻心的剧痛，泽恩也像是被撕成了两半，从生命最深处发出一声痛号……

17. 虚乏

"呀！山上只有一点光亮！"丁尼叫起来。

"强不强？"

"强！极强！是那个光亮之神。"

"先灭除他！"

摩辛快步向山上走去，浑身猛然一阵刺痛，是强光。

"啊！眼睛！"丁尼惨叫一声，摔倒在石头间。

摩辛却没有停步，继续快速上山。那强光像无数根针，密集不断，飞射向他。离得越近，皮肤便越刺痛。距离十几步远时，疼痛变成了灼痛，激起他无限的憎恶和仇恨。

他腹部的那张大嘴饥渴之极，发出一阵嘶吼，大大张开，吸向强光。

强光亮人竟然在抵抗，力量竟然不弱。

僵持了一阵后，摩辛聚集全部的憎恶和仇恨，猛然一吸，将一半光吸进腹部，腹内顿时一阵剧烈烧灼。强光亮人则痛号了一声，摔倒在地上。

摩辛趁机又用力一吸，将剩余的一半光也吸了过来。

然而，光束进到腹内，并没有立即消失，它不断翻腾飞旋，像是无数利刃，到处飞射钻刺，仿佛要将他的身体全部刺穿割碎。

摩辛从没尝过这种痛楚，跌倒在石块上，连声吼叫，抽搐翻滚，不断用头撞向石块。宁愿死，他也不想忍受这种折磨。

腹内的光束却仍在急速飞窜、烧灼、割刺。

他不由得哭号起来，从没有这么痛悔过。所有的欲念都被这痛悔吞噬，他只想回到第一次踏进沼泽之前，更想回到身边那唯一安全的女人没死的时候。

哭号激起更多的痛楚，痛到极处，心底忽然生出一股恨，像一根尖锐的骨针，狠狠刺向那光束。

光束陡然一弱。

他忙聚集出更多的恨，不断刺向光束，很快便将它刺破、割碎、渐渐消融。痛楚也随之逐步减缓。

他躺在石块上，不住地喘息，很久才恢复了神志，吃力爬了起来，身体却十分虚弱，几乎站不稳。他感到极度饥饿，必须吃。

他想起了那个强光亮人，忙嗅了嗅，却嗅不出强光亮人的气味。

这时，山上忽然响起一阵叫喊，喊声里充满了愤怒，飞快冲下山来。

摩辛感到皮肤一阵阵刺痛，是亮人，有几十个。

他却恐怕连一个都应付不了。

他忙侧耳向身后听寻，一串轻微的脚步声。他和强光亮人对战时，身后那些盲人全都躲到了岩石后面，这时才小心走了出来。

"杀掉那些亮人……"摩辛极其愤怒，声音却十分虚弱，像是疲乏残喘，只有他自己才听得见。他怕盲人们察觉，忙深吸一口气，聚集所有残余的力量，嘶吼出一声："杀！"

离他最近的那个盲人头领听到，忙"呀"了一声，转头向其他盲人大声吼叫，发出冲杀号令。

盲人们立即吼叫着向山上冲去。

摩辛强撑着站在那里，等盲人们全都奔过去后，才坐倒在石块上，不住地喘息。

山上很快响起嘶喊声、搏斗声，比围猎夜兽群更加猛烈，不时有石块滚落。

摩辛却并不关心战况，他感到非常累，累得几乎像一摊淤泥，只想睡去。但他知道，不能在这里睡。他强挣着站了起来，慢慢向山下走去，他要回去，回到沼泽。

但回去的路太漫长，走了很久，才走到山下。这时山上的搏斗声也渐渐消止，世界重归寂静，他心里也舒服了很多。

旁边忽然传来一阵呻吟声，是丁尼，他躺在地上，被那强光伤得很重。

摩辛心里一动，竟生出一点从未有过的怜惜。

丁尼是这个世界上离他最近、跟他最久、知他最深的一个人类，几乎已经是他身体的一部分，是他的眼睛。然而，这双眼睛已经被强光刺瞎，变成了那些盲人中的一个，而且是最无能的一个。

厌恶迅即驱走了那一点怜惜，他走了过去。

丁尼感到了他的气息，忙连声哀叫："摩辛！摩辛！摩辛！"

摩辛抽出骨刀，在那发声的部位用力一划，丁尼喉咙中传出最后一点怪异的声响，随即没有了声息。

那熟悉的气味扑鼻而来，嗅到这混杂着泥土和树木的潮霉气味，他的双脚有了些力量，但虚乏感仍然遍布全身。

他发觉，虚乏的不只是身体，更是内心。

他原本一心想要吃掉那个强光亮人，统治整个黑森林。现在强光亮人已经死了，他却没有了丝毫兴致。

黑森林始终在这里，统不统治，它都是如此，不会少一根树枝，也不会多一片树叶。而你，能占有的，只有脚下踩的这一小片泥土，并且也只是一脚踩过，恐怕永远不会回踩第二脚。

刚才痛楚时，自己想要回到踏进沼泽之前的时光。现在不正是回到了那种时光？孤单地在黑森林里行走，没有占有，只有经过，像一场梦，让人无比虚乏。他忽然有些伤心，却不知道为什么伤心。

他只觉得累，极累，只想回到沼泽中，沉沉睡去……

18. 触

萨萨靠着岩石，静静地望着那个青年。

之前，她远远跟随那群盲人，来到黑森林北边时，她才明白，他们是要去进攻山上的那些亮人。

她透过树枝望向山上，却发现，山上只剩一点亮光。

山上的亮人全都逃走了？那点光极其明亮，又是谁？

萨萨想到了那个唱歌的男孩。

这段时间，她自己身上的光也越来越亮。尤其是用呜呜吹奏那首《妈妈》时，引来了许多暗人的目光，这让她的光亮越发耀眼。

那个唱歌男孩聚集了那么多亮人，他身上的光自然比我的更亮。

如果真的是他，他为什么独自留在山上？

她原本要回去，但望着那点亮光，又有些好奇和担心，不由得跳下树，绕到另一侧，向山上爬去。

当她穿进两块巨大岩石间的一道窄缝时，岩缝外漆黑的空中忽然闪出极其刺目的亮光，刺得她眼睛一疼，本能地忙闭上了眼。

等了一阵，她才用手遮着，慢慢睁开眼睛，那强光仍在。她不敢抬眼，便低着头，继续向上爬行。

忽然传来一阵石头滚落的声音，接着一声嘶吼，是那个摩辛。

萨萨忙加快了脚步，穿出那道石缝，用手遮着强光，向那边望去。第一眼便看到那团人形黑雾，立在山腰的一堆乱石间。在强光的照耀下，如一头暴怒的漆黑夜兽，周身的黑雾急速翻滚，爆发出腾腾杀气。

她眯起眼，又小心望向强光处，隐约看到一个身影，是个年轻男子，他挺立在刺眼光芒的中央，浑身散发着拼死一战的勇毅。

那团人形黑雾又发出一声嘶吼，强光竟缩成一道光束，被人形黑雾吸了过去。萨萨虽然不敢直视，却知道他们正在拼力对战，甚至能感受到一阵阵撕裂的痛。

光忽然一暗，她忙抬眼一看，那道光束从中间断裂开，一半飞向人形黑雾，并瞬间消失。而那个年轻男子则痛号了一声。

萨萨忙加快了脚步，在岩石间飞快穿行，耳边又传来年轻男子的一声惨叫，光亮也随之全部熄灭。等她赶过去时，年轻男子已经没有了声音。她透过石缝望过去，见人形黑雾倒在乱石间，不断翻滚哭号，看起来极其痛苦。

她忙向上攀爬，来到强光熄灭处，看见地上躺着一个人，那个年轻男子，身上已经没有了光亮。

她不知道该做什么，而这时，人形黑雾的痛号声开始减弱。她忙走到年轻男子身边，见他双眼紧闭、眉头紧皱，发出低弱的呻吟，并没有死。

她忙取出皮绳套住他的两腋，费力拖着他离开了那里，将他拖到不远处一个小岩洞里。她累得浑身酸软，靠着岩壁，坐到了年轻男子身边。

这时，洞外那人形黑雾的痛号声已经停止，山上却忽然响起一片怒喊声，似乎有一群人冲下山来。而山下这边，也跟着响起那些疤眼盲人的吼叫声。

两群人在山腰汇聚，爆发出一阵嘶喊声、搏斗声。

盲人的声音远远多过山上那些人，没过多久，对战的声音便渐渐歇止了。继之而起的，是那些盲人撕咬、咀嚼、吞食的声音。

萨萨从没听过这么多人一起争食的声音，比最大的夜兽群发出的声音更残狠惊心，她听得心脏一阵阵紧抽。

终于，那些盲人吃完了，几声吼叫后，山上传来他们下山的脚步声，偶尔响起有人跌倒、怒喝，石头乱滚的声音。

不久，四周终于恢复寂静。

萨萨这才长舒一口气，松开了紧握骨刀的手。

她摘下头套，让光照向那个年轻男子，细看了一阵，终于辨认出：真的是他——少年时放声歌唱、青春时用目光点亮她的那个男孩。只是他又长大了很多，已经是一个年轻的男性。

第一次这么近、这么真切地注视一个男性，萨萨发现，他的面庞有一种不同于女性的美。她说不出这是一种什么样的美，但心不禁微微颤动，呼吸也随之紧促。

他的双眼仍然紧闭，嘴唇微微抖动，不时发出低弱的呻吟，似乎很痛苦。

萨萨不由得伸出手，小心接近他的面庞，用食指轻轻触摸他的眉毛、鼻梁和嘴唇。这种触感从未有过，尤其那嘴唇，轮廓像岩石一样坚挺，摸上去却柔软而滚烫，让她心发紧、口干渴，手指不由自主地颤抖起来。她忙收回手，退开了一些，深呼了几口气，才渐渐平复。

她惊望着他，心里忽然感受到另一种连接。

这种连接，与之前所有的连接都完全不同。它极其危险，似乎能瞬间吸走你全部的生命；同时却又极其神奇，像是能给你注入一个全新的生命。

她顿时明白，让他们同时点亮对方的，正是这种连接。

这让她十分怕，想立即逃开；却又极渴望，想一直留在他身边。

她不知道，他何时能醒来，醒来之后她又该如何面对他，心从未如此惊怕和矛盾。

她看到他嘴唇有些干裂，十分焦渴，忙从袋里取出一块地蚓肉，一滴一滴将汁液小心挤进他的唇缝。整块地蚓都挤尽后，他紧皱的眉头舒展了一些，面容中的痛苦也缓解了不少，不再呻吟，似乎沉沉睡去。

她无比快慰，自己也觉得饿了，便一边慢慢吃着挤干的那块地蚓，一边静静注视着那张年轻的面庞，脸上不由自主地露出微笑……

19. 承诺

泽恩被一阵哭喊声惊醒。

他睁开眼，眼前却一片黑暗，看不见任何东西，他更不知道自己身在何处。

我也盲了？他有些慌，想坐起来，却十分虚乏，根本没有力气，只能转着眼珠，不住望向四周。

渐渐地，眼前隐约现出一些物象，似乎是岩石。他松了一口气，又盯着看了一阵，才大致辨认出，自己躺在一个岩洞里。

我为什么会在这里？

他尽力回忆，却只记得自己身上的光被黑雾人全部吸走，灵魂也像是从身体内被撕开、抽走了一样，剧痛无比，让他瞬间死去。

接着，他似乎做了个梦，有人默默坐在他的身边，是那个辫子女孩。她注视着他，轻抚他的面庞，还喂他地蚓液。那种幸福，胜过他感受过的所有快乐……不对……不是梦！

他发觉嘴里还留有地蚓液的味道，唇上还沾了一两丝地蚓肉。

她真的来过？

他猛地坐了起来，头顿时一晕，随即又想起：我的光被黑雾人吸尽后，应该是立即昏死过去了，却没有被黑雾人和那些盲人吃掉，难道是她救了我？

他心里一阵剧颤，身子也不由得抖了起来。

她救了我？她去哪里了？

他听到外面哭喊声仍在持续，忙扶着岩壁站了起来，身体虚乏得像是破皮袋。他尽力迈脚，慢慢走出了岩洞。外面也一样黑暗，只能隐约辨认出眼前都是山石，自己仍在山上。

身后有些亮光在闪动，他回头一看，见山上有一团团光亮，是亮人们，他们聚集在一处，不住地哭喊着。

泽恩这才记起来，寻食队的一个青年亮人扶着一个少年，侥幸逃回山上，说黑雾人会吸走光亮，而且带了数不清的盲人来攻打。泽恩听后，知道亮人根本无法对抗，便发出一个命令：全部亮人都躲到山后去。

这是他第一次下命令，亮人们听了，都不愿意离开，更不愿意丢下他。

泽恩摘下帽兜，让强光射向那些亮人，逼得他们全都低下头，不敢再出声。他提高了音量，尽力学着像穆巴一样威严："只有我能对付那个黑雾人，你们必须听我的命令！我是光亮之神！"

亮人们不敢再违抗，由三个队长带着，向他行过光亮之礼，才一起向山后走去。离开时，每个人都眼含忧虑和不舍，有的甚至在低声哭泣。泽恩却感到十分欣慰和自豪，一直受他们的称颂和敬仰，现在才终于能回报他们。

他想起穆巴曾说过的一个词语：承诺。

穆巴说：一个承诺，在许给别人之前，先得许给自己，它是对自己生命的一种认定。没有承诺的人，只求活下去；有了承诺，人对自己就有了要求，和自己有了约定，要照着自己所期望、所许诺的样子去活。

承诺，是在对抗黑森林的生死法则，是自由选择、自主决定、自愿承担。这极其艰难，但因此也无比珍贵，它是人心中真正的光亮。

为了这个承诺，泽恩留了下来，但他却失败了，身上的光也被全部吸走。这时听着山上亮人们的哭喊，不知道发生了什么，这更让他无比担忧和沮丧，忙咬牙爬了上去。

还没走近那些亮人，他先一眼看到山石间到处是鲜红血迹和惨白人骨。

他顿时惊住，挪不动脚步。

亮人们发现了他，全都聚了过来，却都眼含陌生的惊疑，有的甚至充满敌意，用手里的长矛逼向了他。

泽恩惊愕之余，随即明白：自己身上没有了光亮，他们认不出我了。

"光亮之神？"一个女孩忽然惊讶出声，是希达，她盯着泽恩，满眼惊异。

亮人们听到后，全都惊呼躁乱起来。

一个青年走出人群，慢慢走到泽恩近前，他身上有伤，脚步有些艰难，是甲甲。他惊望着泽恩："你真的是光亮之神？"

泽恩苦笑了一下，不愿回答，反问道："地上这些血是？"

甲甲目光顿时变暗："作战队，他们看到你的光亮熄灭，从山后冲过来救你……"

泽恩说不出话来，之前的承诺顿时像枯叶一样碎裂。

"光亮之神，让我们重新点亮你！"

泽恩又苦笑了一下，心里却在摇头：光亮，有什么用？

20. 肉身

摩辛终于走出了黑森林。

他扑倒在沼泽边，想爬进淤泥，却再没有一丝力气。

他趴在那里，越来越昏沉。幸而泥土中的霉腐湿气给了他一丝活力，让他恢复了一点神志。他忙挣扎着向沼泽爬去，直到身体完全陷入淤泥，他又昏睡过去。

不知道睡了多久，他被一阵吵嚷声惊醒。

是那些盲人，他们全都回来了。他们都还能蜕皮，对痒还十分饥渴，纷纷跳进沼泽，争抢一片能陷身的淤泥。

摩辛听到有几个盲人奔向自己这边，他却仍昏昏沉沉，无法移动。后背忽然一阵重压，一只脚踩到了他身上。接着，一声怪叫，肩部被一双手用力抓住，他被拖出了淤泥。

摩辛想怒吼，却发不出声。左肩一阵剧痛，一块肉被咬走。

他猛然惊醒：我身上的黑雾没有了，肉身又回来了，这个盲人没认出我，要吃掉我，我会死！

他惊叫了一声，挣脱了那个盲人的手，拼命向沼泽深处爬去。

那个盲人立即追了上来，一把抓住他的脚腕，小腿又一阵剧痛，一块肉又被咬掉。

摩辛痛叫着用力一蹬，踢开那个盲人，继续拼力逃命，那个盲人却紧追不舍。摩辛钻进淤泥深处，迅速转向另一边，飞快钻行了一阵，而后缩起身子，不敢再动。

那个盲人在不远处扑腾吼叫了一阵，才转身回去了。摩辛却仍然不敢动，直到附近再无声息，才小心划向沼泽更深处，远远离开那群盲人后，才仰躺在淤泥上喘息，心悸久久不散。

肩头和小腿的剧痛不断提醒他：你想回到踏进沼泽前的你，现在你真的回去了。这个随时会疼、会死的肉体又回来了，你真的愿意？

他拼力摇头，不、不、不！

然而，他却不知道如何让身体再次生出黑雾。他摸向自己的腹部，那张嘴也没有了，变成了一道伤疤。

他越发绝望，不由得哭了起来。

正哭着，肚子里忽然腾起一团热气，并且越来越热，渐渐变得滚烫、烧灼，烧得他不住地呻吟、扭动，继而惨叫起来，拼命在淤泥中翻滚。

那团热气却没有消止，反倒膨胀起来。

他的身体也随之不断膨胀，皮肤急剧绷开，胀成了一个巨大的球。

他感到自己即将爆开，却没有丝毫力量抗拒。

他惊恐之极，想尖叫，喉咙却也胀得发不出声音。

身体涨到极点，忽然一声巨响。

他感到自己在瞬间爆裂……

21. 别

萨萨回到了黑森林。

她在黑暗中茫然走着，心里充满失落。

她救了那个唱歌男孩，在岩洞里守在他身边，不断被他男性的气息所吸引，心里那道连接的力量越来越强，像一根皮绳拴住她的心，并不断向他牵引，让她无法挣脱。

她从没感受过这种力量，它生自内心最深处，甚至超过求生的力量。这让她无比慌乱和惧怕。

看着他躺在那里，一动不动，却像不断在发出深情的呼唤。

她却无法回应，是不敢，还是不愿？

她知道自己愿意，非常愿意。

她也并非不敢，她知道其中不但没有危险，更将给予她从未有过的安全和幸福。

就像当时在黑森林里，她在溪水里洗浴，一个男人逼近，是他的歌声救了她；她藏在那个树洞中，他守在对面的树上，并不顾生命危险，为她去猎杀夜兽，将夜兽肉偷偷放进树洞；后来，他又在濒死之际，用目光点亮了她……

那么，我在怕什么？在担忧什么？

她想不明白，却始终无法消除那怕和担忧。

他一滴一滴喝下地蚓液后，面色渐渐好转，不再那么苍白。他那男性的美也随之更加让她心动。

他始终没有醒来，却开始模糊呓语。

她仔细听着，只大致听清了一句："妈妈，我找到星光了……"

她不由得低声说：你就是星光啊！

她不知道他的名字，便在心里叫他"泽恩"。

这个名字刚刚在心里轻声唤出，他立刻变得不一样了，模糊的意念和情绪立即有了根。而这根，生在了她的心里。

就像那个树洞被她发现后，那棵树便和黑森林里所有的树都不一样了。

他是另一个树洞，更美，也更迷人。

她正叹息着，忽然听到外面传来一片人声。

是山上，很多人在呼喊，岩洞外闪过一些光亮。她知道是那些亮人，忙戴上头套，遮住自己身上的光。

她望向泽恩，他仍昏睡着。

她心里忽然升起一丝难过：他并不是独自一人，他和那些亮人在一起。他们来寻找他，他属于他们。

这丝难过给了她离开的理由和勇气，她站起身，又看了他几眼，丢下不舍，转身走出了岩洞。

她向山上望去，果然有很多光亮，一大群亮人从山后走来。她又向岩洞里望了一眼，里面一片黑暗，看不清他的身影。

这样最好，看不清，就记不清。

她轻叹了一声，转身穿进岩石间，轻步离开了那里。

回到黑森林后，她却不知道自己该去哪里，怀着这样的心情，她也不愿立即回到棚子，去见乌拉和索索。

她便漫无目的地在黑森林里游走，心里像是浮了一层暗雾，让她看不清四周，也看不清自己。

走了很久，前面传来溪水声，她走了过去，这里是下游，离棚子很远。她坐到小溪边，呆望着溪水慢慢流淌，心绪也像溪水，冰凉而寂寞，不知道要流向哪里。

她忽然想起呜呜，已经很久没有吹过了。

她不愿再顾虑什么，便取出来，搭在嘴边，轻轻吹响。

然而，吹出的并不是那首《妈妈》，而是泽恩唱的那支黑森林之歌。

这支歌，原本充满了生命的欢悦，现在从呜呜中流出，却变得十分忧伤，像一缕孤单的凉风，在心里不住回旋。

她吹着吹着，眼里不禁落下泪来……

22. 失望

泽恩独自下山，走进了黑森林。

他没办法再留在山上，因为失望。

那些亮人对他的失望，他对自己的失望。

他身上没有了光，世界也跟着恢复了黑暗，他的心却和从前完全不同了。

那时，除了尽力活下去，心中没有任何期望。虽然不时会有危险和挫折，但那和树叶掉落一样自然，根本不必多想，只需要重新站起来，继续努力去活。

对那个辫子女孩的心也完全不同了。那时他虽然想见到她，却从来不期望她的目光能投向自己。想接近她，也从未期望她能站在原地等待自己，更不敢期望她会走向自己。

人在黑暗和孤独中，从来不会期望，也似乎不需要期望。

那时，一个念头，如同一条地蚓，你永远不知道它何时钻出来，又何时溜走。

期望，是伴随着光亮而来的。

他不由得又想起光亮诞生的那一瞬间，自己的目光和辫子女孩的目光相遇。

期望，是来自目光的对视啊！

从另一个目光里，你不但看见了另一个人，也是第一次看到自己。

在那次对视中，你才第一次遇到赞赏和认同。

不只是你对她，也是她对你。

然而，在光亮中看到的，不是真实，而是想象。

你以为她这样，她以为你那样，彼此都在想象，却都以为是真，也都愿意相信这是真。

用想象来点亮目光，这就是期望。

期望不只藏在内心，它还会散发和传播。目光越多，期望便也越多。

想到这里，泽恩心里又一阵刺痛。

我点亮了那些人，他们的目光全都聚集到我身上，他们的期望便聚成了"光亮之神"。

这期望只是他们共同的想象，当光亮从我身上消失，失望当然也就击碎了他们每个人的心。

而我，虽然从来不敢自居"光亮之神"，却也从那些目光中获得了信心，期望着光亮真的能带给我神力。

而这些光亮，全都来自他们的目光，并不属于我，最终也被全部夺走。

期望和失望，是因和果，是从饥饿回到饥饿、从黑暗回到黑暗。

那些亮人的失望，让他难过和愧疚。而他对自己的失望，则让他伤心和愤怒，让他只想躲进黑暗中藏起来。

他走进黑森林，一切都像从前那样幽暗而寂静，他却感到十分陌生。他觉得自己像是被遗弃，比童年时妈妈离开后的自己，更加孤单、虚弱和无助。

这一次遗弃他的，不是妈妈，也不是世界，而是他自己。

我能把我自己丢到哪里去？

他不辨方向，在幽暗森林里慢慢走着，脚步无比虚乏。

前面忽然响起一阵奇异的声音，呜呜呜……不是人或兽的声音，也不是风声或水声，而是一种从没听过的声响，极其动人……而且，旋律竟如此熟悉……

黑森林之歌？

他不由得停住脚，灵魂都被这声音吸走，他怔怔地站在那里，身上一阵冷，又一阵热，像是中了风寒，却又无比舒服。似乎有一只无形的、温柔的手在心底轻轻抚过，又像是一声声低语在耳边安慰：你没有错，你没有错……

他一阵委屈，泪水不由得滚落。

然而，那声音却忽然停住。

他忙快步向那声音的来处奔去……

23. 意念

摩辛醒了。

但是，除了呼吸，他感觉不到任何自己的存在。

就连呼吸，也并不在口鼻中，只是一团黑暗，在有节律地缩张。

他想动一动，却不知道手脚在哪里，也不知道身处何地。他只隐约记得自己的身体不断膨胀，最后爆开，爆得一无所有。

既然一无所有，我为什么还存在？

他无比纳闷，却想不明白，更不知道能做什么。

只有黑暗，无形，无边，无声。

静默了许久，他的意念随着呼吸一起一伏、一张一缩，渐渐找到了些感觉。

他想：这呼吸不是呼吸，而是我的心。

我已经没有了身体，只剩意念。

觉知到这一点后，他对自己似乎有了一点掌控。

他试着调节呼吸的节律，或慢，或快，呼吸果然随意念而变。

他更加确信，这就是我，一个全新的我。

而这时，他也渐渐感知到了周围的世界：自己在淤泥中，水的凉、泥的黏滑、气味的腐臭、空气的轻微……

他又试着向上升，果然感到缓缓脱离淤泥，浮到了水面上，周围的声响立即向他涌了过来：水在泥中慢慢流渗，不断形成大大小小的气泡，又不断破灭；凉风在空中漫漫流动，轻轻拂过泥面，在水洼中回旋；远处则是人声，是那些盲人，他们争吵、厮打、追逐、喊叫、呻吟……

我自由了？

摩辛又惊又喜，却不敢相信。

他又运用意念，试着让自己移动，果然感到自己在沼泽上飘行、旋转，无比轻快自如。

他不由得大笑起来，竟真的发出了笑声，却不是从喉咙里发出，而是鼓动气流，震出一种回响，低沉而厚重，像是大风在幽深岩洞中回荡。

这笑声传遍了沼泽，惊得远处那些盲人全都立即安静下来。

摩辛更加得意，驱动意念，向他们飘了过去。

快要接近时，他听到一大片心跳声和呼吸声，能清晰感受到每一个盲人的方位，还有他们的惊恐。

其中一个盲人发出一声低低的哀鸣，摩辛立即听出，正是那个咬了自己两口的盲人，他正站在不远处的淤泥中。

摩辛立即飘了过去，在意念中张大嘴，咬向那个盲人，却感到自己只像是一团冷风，从那盲人的身体穿过。

那个盲人惊叫了一声，随即倒在了淤泥里。

摩辛回旋过去，浮在那盲人上空，听见他呻吟了一声，随即停止了呼吸，死了。

摩辛开心之极，哈哈大笑起来，卷起一股气流，在沼泽上荡出一阵猛烈的回响。

其他盲人听到，全都吓得簌簌颤抖，震得身边的泥浆发出一大片咕叽声。

其中一个盲人颤抖着声音大叫："摩辛！"

其他盲人也纷纷跟着叫了起来。

"不！"摩辛高声制止，盲人们立刻静了下来。

"不是摩辛，是死神！"

24．醒

萨萨回到了那个棚子。

她站在树下，抬头望去，棚子稳稳立在枝杈间，像是在耐心等着她。

她心里一暖，又一阵伤感，甚而觉得有些对不起它。被外面吸引时，不假思索就离开了它；无处可去时，它又是唯一能让自己想回到的地方。

她也发现，自己比以前软弱了很多。以前，自己不会依赖任何东西，随时可以放弃，现在却开始有了舍不得、离不开。

原来，不但人和人有连接，人和物也有连接……

棚子里传出声音，是乌拉和索索。

"这块好。"

"这块才好。"

"两块都好。"

"嗯！"

听到她们的声音，萨萨心里又一暖，不由得露出了笑。但她们的语气轻松又亲密，又让她微微有些失落。

这失落让她心里一惊，我为什么会有这种情绪？

我一直抗拒连接，却不由自主地和她们有了连接；我以为自己随时可以割断这连接，却又不由自主有了依赖；现在她们反而不再依赖我，所以我才会失落……

她怔在那里，忽然明白，自己一直抗拒连接，正是怕这依赖和失落。但世界上没有任何东西能永远坚固，只要有依赖，注定会失落。

萨萨感到心里有什么东西忽然垮塌。

是心里的一座棚子……

它是从光亮中生出的一段段连接，和人、和物，并用这些连接，一点点编织、搭建起来的。它看上去如此温暖、美好和坚固，但它的根部却始终藏着一个黑洞，迟早会将它和里面所有的记忆、留恋，全部吞噬尽，无声无息，让一切重回黑暗……

萨萨感到一阵灰心，轻叹了一口气，转身离开了那里，茫茫然，在黑森林里独自穿行，恍然回到了少年时的孤独境地。但那时至少还有伤心和恐惧，现在心里却空空荡荡，没有任何依凭。

虚无，是生命的本相吧？

想到自己曾为这虚无那么认真和尽力，她不由得苦笑了一下。她感到很累，想找一个地方休息，却发觉眼前变得昏黑，看不清任何东西。

光亮消失了？

她摘下头套，掀开皮衣，身体果然回到了原先的模样，没有了光亮。

她又一次感到一阵失落，更轻，也更彻底。

怔了许久，她才默默说：这光亮，来自那个男孩赞赏的目光。你现在已经没有了任何可赞赏的地方，光亮自然就熄灭了。

她涩然一笑，这样也好，本来就是一场梦，在该醒的时候，恰好醒了。

她望向周围，双眼渐渐适应了黑暗，隐约辨出前面不远处有一棵塔奇树，竟是有树洞的那棵。

真巧，在这里点亮，又在这里熄灭。

她走过去，取出绳钩，荡上树，见树洞口自己编的那个小挡板仍在，便伸手揭开，钻了进去。

然而——

她溜下去时，膝盖忽然触到一样东西，是活物！

她惊呼了一声，却已落到洞底，忙要逃躲，身体却和那活物挤在一起，根本动不了。

这时，她才发觉，那活物是个人。

她越发惊慌，拼命扭动身子，却只能微微挪开一点，身体仍和那人面对面挤在一起，连骨刀都没办法抽出来。

绝望之际，她惊愕地发现，那人竟一直没动，只有呼出的热气，吹到她的额头。

她忙睁大眼睛，望向那人。由于挤得太近，树洞里又一片漆黑，根本看不全对方的脸，只隐约辨认得出眼前的嘴唇。

她仔细一看，不由得又惊呼了一声：那嘴唇的轮廓，像岩石一样坚挺。

是他？

25. 气息

泽恩也惊得一动不敢动。

他在黑森林里四处乱走，走累后，忽然想到了这个树洞。

黑森林里有无数棵树，他却只记得这一棵。那个幽黑的洞里，藏着这个黑暗世界唯一的光亮。

他走到那棵树下，心怦怦跳起来，不由得猜想：她会不会在里面？

他小心爬上树，见那个挡板盖着洞口，心跳得越发猛烈，手也抖了起来。他小心凑近挡板，屏住呼吸，侧耳静听，里面却没有任何声息。他仍不敢动，伏在那洞口边，又听了很久，才小心揭开了挡板，朝里面嗅了嗅。除了树气，没有其他气味。

他有些失望，却也放了心，小心钻了进去，先用脚探了探，下面真的是空的。他爬下去，坐了下来。想起那个辫子女孩住在这里时的那些情景，他不由得叹了口气，再想到自己在山上岩洞里昏迷时，她守在自己身边，心里更是无比感激和惋惜。

他对世界、对自己已经毫无期望。

对她，却越发期望。

但黑森林幽暗而无边，这期望恐怕只能是一种绝望了。

他不停地想着她，但除了她的辫子，再想不出任何清晰样貌，越想越模糊，竟想得睡了过去。

洞口的响动惊醒了他，他慌忙站起身时，有个人爬了下来，从他面前滑下，和他面对面挤在了一起。

黑暗中，他一眼看到，那人的头发梳成一串细辫，是她？

他顿时惊住，一动不敢动，心咚咚咚狂跳起来。

她惊慌挣扎了片刻，也忽然静了下来。

他们面对面挤在一起，谁都没有动。他闻到她的气息，淡淡的，很清新，像是塔奇嫩叶，又像是溪水边的淡雾，却更柔、更暖。

他感到她的身体松弛下来，没有了慌惧，放下了戒备。

这让他无比惊喜和感激，他却不知道该说什么、该做什么，只能静静站着，身体有些发僵。她的发丝拂在他的脖颈，有些痒，他却不敢也舍不得避开。

他微微动了动手指，竟触到一样柔细微凉的东西，她的手指。他慌忙移开，等了一会儿，又忍不住小心伸了过去，又触到了她的手。她的手微微一颤，却没有躲开。

两只手挨在一起，那柔细微凉的触感，让他一阵阵晕眩。他不由得咽了一口口水，声音极响，让他羞窘无比。

她却仍然静静站着，呼吸却越来越急促。

那呼吸声虽然十分轻细，却像是一种呼唤、一种催促，引得他血液急速上涌，呼吸也跟着粗重起来，并迅速汇成一股热潮，将他冲溃。

他再也无法自控，用力挪动身子，腾出双手，捧住她的脸，低头吻向她的唇。

她微微躲闪了一下，随即又停了下来，双唇轻柔地接纳了他。

世界顿时消失，只剩一团飞旋的热浪，将他们卷在中间，让他忘记了一切，只剩下一波又一波的晕醉。

不知道过了多久，这晕醉才渐渐退去，他们醒了过来。

他喘着粗气，又疲惫，又兴奋，却不知道该说些什么，忍不住亲了一下她的额头，又亲向她的发辫。

她静静站着，没有躲闪，眼中微微露出些笑意。

他轻声说："我叫泽恩——"

"嗯？"女孩声音很轻，却十分惊讶。

"怎么？"

女孩没有应答，却又笑了一下。

"你叫什么？"

"萨萨。"

女孩发音有些奇怪，却很悦耳，像清风拂过小溪。

终于知道了她的名字，泽恩心里涌起一股热潮，甚而有些颤抖，他忽然发觉眼前闪出些微光。

萨萨的皮肤和发根，在一点点散出光晕，这光越来越亮，渐渐罩满她的全身。而且，光亮并不刺眼，十分柔和温暖。

萨萨的面庞在这光亮中渐渐显现，让他不由得惊叹了一声："美……"

萨萨也抬眼惊望向他，目光清澈闪动，充满了爱和惊喜。

泽恩忍不住又想亲她，外面却忽然传来急促的脚步声，接着，一声惊叫，是个少女的声音。

萨萨身子随之一颤，眼中闪现惊疑，随即抬手搭住他的肩，借力向上挪动身体，攀住洞口，飞快钻出去，跳下了树。

树洞里却仍然充满光亮，泽恩这才发觉，自己身上也发出了光。他却来不及想，忙跟着爬了出去，一眼看到萨萨蹲在地上，怀里抱着个少女，连声轻唤："索索，索索……"

26. 清除

摩辛在黑森林里飘行。

他已经没有了身体，树木再也无法阻挡他，他在树枝间随意穿行，无比畅快。

沿途不时遇到暗人，他们一个个孤单地躲藏在树杈间，充满警惕和不安，这让他甚至生出一些同情。他经过那些人类时，轻轻驱动意念，像阴影一样穿过他们的身体，那些人最多呻吟一声，便轻松死去。

这并没有多少快乐，只有一点点轻微的快感，让他想起少年时，吃饱后，坐在树枝间无事可做的时候，他喜欢掐下塔奇树的嫩芽，将它们掐烂，挤成汁水，揉成泥垢，沾在指肚上，再一点点搓净。

最让他舒心的，正是这最后的干净。

他希望黑森林也能那样干净。

他在树枝间不断穿行，只要遇见人类，就轻轻清除掉。

他还遇见了很多树鼠，他最厌恶的动物，永远躲在暗处，无法察觉。现在，他能清楚感知到树鼠的存在。只要发现一只，附近的枝叶间必定有许多只。它们彼此虽不靠近，却也相距不远。

树鼠清除起来更容易，只需要意念微微一扫，它们便一只只掉落到地上。

他喜欢那连续的掉落声，啪啪啪，像是一连串轻快的脚步，一步步走向干净。

人类和树鼠似乎也能感知到他，当他逼近时，他们都会紧张、恐惧，却不会逃跑，因为无从反抗，只能身体僵住，定在原地，像是在等待他的清除。

这种恐惧也让他喜欢，恐惧其实是出于爱，对自己生命的爱。正是这种爱，让这些微贱的生命竭尽全力，也让黑森林烦乱难宁。

爱，是生命的汁水和泥垢，必须搓净。

他不断清除，不断清除。

但黑森林广袤无边，潜藏着无数的生命，不知道何时才能完全清除干净。

他想到了那些盲人，便又飘回到沼泽。那些盲人全都陷在淤泥里，享受着蜕皮之痒。此起彼伏的呻吟，让他无比厌恶，他用意念鼓荡起一阵狂风，发出震动沼泽的号令："去黑森林！清除所有生命！"

那些盲人忙颤抖着高声称颂"死神"，纷纷爬出沼泽，冲进了黑森林。他也重新飘了回去，却不再清除人类，更不理会树鼠，只是四处听着那些盲人寻找人类，追赶、围猎、杀戮。

那一声声惨叫，听起来远比呻吟更让他快意。

他正在飘行，忽然感到前面林间有一个少女，她似乎和其他人类有些不同，是个亮人。他的心念微微一动，不由得飘近那个少女，用意念在她身上扫视。扫到少女的头部时，他的心念一颤——是头发，头发不一样！

人类的头发都是蓬乱披散的，这个少女的头发却十分整齐，分成了几束，是辫子！

他的心念颤动得更加剧烈，是她?！

然而，他迅即发觉，这个少女年纪要小很多，不是她。

少女感知到了危险，忽然加快速度，慌忙向前逃去。

愤怒顿时冲起，他急飘过去，意念用力一扫，少女惊叫一声，随即扑倒死去。

他却怒气难消，继续急速飘行，一路搜寻生命，不断扫除，顷刻间便清除掉几十个人类。

他却根本无法平复，不断吼叫：找见她，找见她！

27. 深沟

萨萨想哭，却哭不出来。

索索身上的光亮已经熄灭，她的身体冰冷而僵硬，却很轻，像是死去很久。连同她和萨萨的连接，也被一起风干。

这连接，萨萨曾数次想挣断，这时真的断了，却像溪水流尽，露出深沟，只剩干涸和空荡，并且它们会一直留在心底，永难消除，直到自己也死去。

这空荡的悲伤，让她有些茫然，甚至麻木。听到泽恩跳下树，她不由得抬头望向他。泽恩浑身散发暖光，双眼充满关切。那目光照进她空荡的心底，穿透干涸的裂缝，触到她最脆弱的隐秘之处，并引出蓄藏在深处、自己都不曾觉知的沉默水流。

泪水忽然涌出，她再也无法抑制，失声痛哭起来。

她抑制这场痛哭已经太久。黑森林从不允许痛哭，它用恐惧、警惕、担忧、戒备……一层层封堵住每一颗心，它把泪水化成冷漠、麻木、僵硬的目光，让它们只投向黑暗和死亡。

她哭，不只为索索、为自己，也为生命本身，为这场无休无止、艰险沉重、疲惫绝望的追逐与逃亡。

哭过之后，她的心变得又空又轻，像是一缕困在洞穴中的风，终于穿透一道缝隙，飞向无尽的虚空，她感到一种从未有过的安宁和自由。

她不由得抬头望向泽恩，轻声说："谢谢你。"

泽恩似乎听懂了，微微露出笑来，轻轻点了点头。

她忽然感到心中生出另一种连接，更深、更远，不像溪水，而像一片无边的水域。她微微有些惊诧，但不再抗拒，更不惧怕。

这时，不远处忽然响起急重的脚步声和嘶吼声，是疤眼盲人，一大群，向这边奔来。

萨萨忙低头望向索索，不能把她丢在这儿，任那些盲人啃食，但藏到哪里？

她又望向泽恩，泽恩似乎明白她的忧虑，朝身后指了指："树洞。"说着，他飞快爬上树，垂下一根皮绳。萨萨忙抓住绳头，拴在索索的腰上。泽恩用力拉拽皮绳，将索索吊上树，轻轻坠进树洞中，仔细盖好了挡板。

萨萨在树下望着，心里默默向索索道别，也再次向泽恩道了声谢。

这时，那群盲人的脚步声已经离得非常近了。

泽恩跳了下来，指着北边轻声问："去山上吧？"

萨萨摇了摇头，她想起乌拉母女。

"好，你去哪里？我跟着你。"泽恩的目光和语气都无比温热。

萨萨很惊讶，竟然大致能听懂他的话语，她心里又一暖，轻轻点了点头，转身向小棚子方向快步走去。泽恩果然紧随在她身边，一言不发，却不时望向她，目光温柔而喜悦，让她不敢对视。

她从没这样和一个人同行过，既安心，又有些慌乱；既温暖，又有些不适。

而刚才树洞中的那场忘我迷醉，更让她难以想象，甚至有些不敢回想。但至少，泽恩陪在她身边，伸出双手，替她驱散了些那猝然而至、无法安置的巨大悲伤，就如同溪水虽然流尽，却被更宽广的水域接纳。

忍受了长久以来的孤独，她忽然有了比树洞、棚子更温暖、更可靠的相伴。

对，是相伴，不是依赖。

这是一种完全不同的连接，他给你力量，你也给他力量，是一种交汇与相融。没有俯视或仰视，只有平等地对视；没有猜忌和阻隔，只有不断地敞开；没有索取和亏欠，只有主动和甘愿地付出……

萨萨不知道该如何形容这种连接，只知道它无比神奇，能让彼此新生……

到小棚子距离其实不近，但有了泽恩的陪伴，竟然很快便走到了。

途中，他们又接连听到疤眼盲人的嘶吼声，看来这些盲人在黑森林里到处捕猎。萨萨越发担心起来，来到那棵树下，急忙爬了上去。

小棚子门关着，里面传来小丫丫的笑声。萨萨才放了心，伸手敲了敲门："乌拉，是我，萨萨。"

门立即打开，乌拉满眼惊喜："萨萨！我们等你、担心你……索索去树洞，找你……你看，墙上，树鼠！树鼠肉比地蚓好吃！全是腿肉，留给你……"

萨萨望向棚子里，见壁上果然挂了很多串小肉。

"快进来！我们，想你……"

萨萨泪水顿时又涌了出来，连声说："对不起，对不起……"

28．光源

泽恩仰头望向山上，黑牙石下聚集着一大片光亮。

他既觉亲切，又有些忐忑，不知道那些亮人见到他会怎么样。

疤眼盲人到处捕猎，黑森林里已经没有了安全之地。他邀萨萨和乌拉母女一起到山上躲避，萨萨神色间虽然有些疑虑，却仍轻轻点了点头。

泽恩又激动，又感动。他知道，萨萨之所以点头，是因为信任他。

信任，是无比危险的选择。他很想问萨萨为什么信任自己，却不敢开口，只望着她，用力点了点头，笑着转身在前面引路。

萨萨轻捷的脚步声一直紧随在身后，像是在不断重复说着"信任"这个词。泽恩不由得回头望了一眼萨萨，萨萨脸上的哀伤仍未散去，目光却向他投来一声应答，似乎在说："放心，谢谢你！"

泽恩不由得又点了点头，心里默默说：我也信任你，谢谢你！

乌拉在一旁看到，有些不解和好奇。泽恩忙转过头，继续前行。

途中，不时听到疤眼盲人的嘶吼声、暗人的惨叫声。泽恩不敢再分神，引着萨萨和乌拉，小心避开那些疤眼盲人，向北穿出了黑森林。

来到山脚下，他略停了停，长舒了一口气，才继续上山。快走近黑牙石时，他让萨萨和乌拉先躲在山石后，自己单独上去。

到了山顶，熟悉的情景重现眼前：一座座小棚子整齐排列在黑牙石下，一团团亮光散落在棚子间。

不过，泽恩随即发觉，这里似乎有些不一样了。以前，一切都井然有序，时时能听到歌声和笑声。现在却变得有些沉寂，而且，很少有光亮聚在一起。

泽恩心里一阵愧疚，不由得停住脚，不敢走过去。

一个亮人从最近的小棚子里走了出来，一眼看到他，顿时愣住，惊望了片刻，忽然快步跑了过来："光亮之神？"

是甲甲，他眼里充满了惊喜，抬手行过光亮之礼后，才大声说："光亮之神，你回来了！"

"我……"

"你走了以后，谁都不知道该怎么办，有些人开始争斗，分成了好几帮，互相敌视……你回来了，太好了！"

泽恩不知道该说什么。

甲甲却回头挥着手臂大叫："光亮之神回来了！光亮之神回来了！"

那些散落的光团纷纷聚了过来，多数和甲甲一样惊喜，有一些却眼含惊疑。

泽恩越发不知道该如何应对，站在那里，手足无措。

甲甲笑着说："光亮之神还是应该住回到黑牙石顶上。"

泽恩忙说："我还是住在山腰。那些疤眼盲人在黑森林里到处围猎，可能很快又会攻到这里。"

亮人们顿时惊慌起来。

甲甲忙说："那些疤眼盲人我们还能对战，但那个黑雾人——"

"我们一起想办法。"

"嗯！"

甲甲和其他亮人眼里都生出了一些信心。

泽恩越发感慨，穆巴说光亮需要光源，他们把我当作了光源。我带给他们的不只是期望。期望的深处，其实是信任。

这种信任可能盲目，可能虚幻，但它能带来信心。不管你值不值得他们信任，能不能承担这样的重任，只要他们还没有找到真正的光源，你就不能推辞，也必须尽力。

因为现在，他们需要你，你也需要他们。

29．灵魂

萨萨独自坐在山腰的一块岩石上，等待着泽恩。

她望着山下，从这里根本看不清黑森林，只见一片浓黑暗影。

她有些恍惚：自己就生长在那片浓黑中？

人在那浓黑中，看不清他人和世界，也看不清自己，只是在盲目地求生。

那么光亮呢？真的能让人看清？

光亮的确让人看到了色彩和轮廓，但那些只是表象，只不过更丰富而已。

光亮唯一真正穿透的，是目光。

只有目光，才不只是表象，因为里面藏着灵魂。

没有光亮时，所有的灵魂都孤独而幽闭，从来不曾显露。光亮，不只照亮了灵魂，也解放和创造着它。

两个索索、乌拉母女被点亮后，灵魂都走出了黑暗，全都变得爱说、爱笑、爱唱歌了。

那么，自己的灵魂呢？

萨萨回视自己，发现自己一直站在黑暗和光亮的中间，不愿彻底舍弃黑暗中的孤独，不想完全走进光亮中。

两个索索的死，更让她明白：黑暗，既是出生之地，也是回归之地。

黑暗中的孤独，则是灵魂的家，就像那个树洞。

黑暗和光亮，并不是正反隔绝，而是彼此相通，就像睁眼和闭眼的交替、睡和醒的接续。

让萨萨明白这些的，是泽恩。

在树洞里，在那场迷狂中，萨萨第一次清晰感受到，两个灵魂彼此照亮、相融为一，并没有舍弃各自的孤独，而是贯通了彼此的孤独。

你的灵魂有一个树洞，我的灵魂也有一个树洞。我放心请你进入我的树洞，你也欣然引我进入你的树洞。

这比连接更深更远，它是一条溪流和另一条溪流的交汇，它们各有来源，也各有去处，恐怕也终将分离，会各自回到那无边的黑暗中。

想到分离，萨萨眼中不由得泛出泪来。

分离，是生命中最深的悲伤，但人不应该逃避这悲伤，它是对相遇必然和应有的报答。

悲伤，并不是溪水流尽后干枯的深沟，而是用自己的生命，化成一根呜呜，在分离时，吹响一段旋律，让它回荡在自己的生命中。

一阵风吹来，吹干了她眼里的泪水，在岩缝间发出呜呜的低鸣。

萨萨忽然很感激妈妈，给自己起名叫风。生命就是风啊，来去无踪。它从世间吹过，不是为了追寻什么，只是为了吹响一段爱和悲伤。

风过后，四周又静了下来，身后传来脚步声。

萨萨回头一看，山石间一团柔光，是泽恩。

泽恩和那些亮人商议防御的事情，萨萨不适应和那么多人在一起。泽恩看出她的为难，便先安排乌拉母女和山上的几个妈妈住在一起，又让萨萨在山腰那个小棚子等他。

泽恩笑着走了过来，却不敢靠得太近，坐到了旁边一块岩石上。

他的局促，让萨萨放松了一些。她扭头望了一眼，见柔光映照下，泽恩的侧脸像岩石的一角，有一种坚硬的美，目光却流露着温暖和柔和。

这是第一个敢在黑森林里唱歌的人，是愿意跳下树去救幼儿的人，是为了其他亮人独自迎战黑暗之神的人，也是偷偷把夜兽肉放进我树洞的人，是用赞赏的目光点亮我的人，是用那么长时间等待我、寻找我的人……

萨萨感到无比幸运，想说些什么，却找不到话语，而且他们的语音有很多差异，多说几句，就很难听懂。

她想，语言也不过是风。说，只是为了能吹进对方心里。

我和他的心，彼此透亮，其实不需要风来吹送。

于是，他们便默默坐着，两团柔光，在黑暗中彼此映照……

30．印证

泽恩没想到，自己能和萨萨这样静静地坐在一起。

他见萨萨不说话，自己便也没有开口，心里却不时涌起幸福的笑。

他一直没想清楚，光亮意味着什么？这时似乎有些明白了：光亮的意义，并不只是让人看清楚世界，而是让人看清楚人。

它让人走出黑暗中的孤立、隔绝和恐惧，彼此照亮，看到他人和自己拥有相似的处境和心情，因而放下戒备和敌对，走到一起，友善相处。其中，最重要，也最珍贵的，是信任。

信任，是一种印证。用自己的心，去印证他人的心。

穆巴说，光亮需要光源，其实，心就是光源啊！

黑暗中，心始终被求生本能控制，只有恐惧和敌对。只有当心战胜恐惧和敌对，摆脱本能时，才能自由，也才能走出漆黑的孤独，发出勇敢的光亮。

一颗勇敢的心，遇见另一颗同样勇敢的心，才能彼此照亮和印证。

泽恩想起在树洞中，当萨萨突然滑落，两人面对面，最初的恐惧消散后，在几乎同时放弃戒备时，两颗心才摆脱了恐惧，才互相得到印证，彼此有了信任。

第一次的光亮，来自对方目光中的赞赏，自己没办法强求和控制，也终将失去。

第二次的光亮，则是来自我们自己的心，是被勇敢点亮，它属于我们自己，外力无法夺走。

想到这里，泽恩忽然生出一个念头，他试着用心念去驱动身上的光亮，想让它再亮一些。试了一阵，似乎有了些掌控感，身上的光亮果然亮了一些。

他惊喜无比，萨萨也惊望过来。

他又试着让光变暗，这次掌控力更强了些，光随意念暗了下来。

他忙指了指自己的心，告诉萨萨："用这里！"

萨萨先有些纳闷，但迅即明白，微闭起眼睛，只用了片刻，就让身上的光先变暗，又变亮。她也露出了笑，又继续试，让身上的光不断闪烁，居然很快便能让光变幻出各种节奏。

泽恩忙也继续练习，反复练习了许多次，才渐渐能像萨萨那样自如。

他们对视一眼，一起笑了起来。

泽恩顿时有了信心，又试着挥手，想发出那种能攻击的光束，但无论如何用力，都发不出来。

萨萨在一旁看着，抬起手轻轻一挥，光亮居然从她的指尖流出，化成一道细光，飞向半空，随即消失在黑暗中。

泽恩大惊："你是怎么做到的？"

"不用力，用心。"萨萨轻轻一挥，又一道细光飞射而出，这次竟然在空中划出一道莹亮的弧线。

泽恩羡慕之极，忙在心念中试着驱动光亮，却始终掌握不好力度。

萨萨不断提醒："轻，轻……"

他有些难为情，涨红了脸，练了许久，才终于射出短短一线光亮。

萨萨顿时笑着鼓励："对了！"

泽恩这才有了信心，又继续反复练习，渐渐能按心意射出光束。而且，比萨萨的更锐利有力。

他不知道这光束是否能击退黑雾人，但多少有了一些底气。

山上不时传来呼喝声，甲甲带着防卫队的亮人在练习绳刀，声音里充满了斗志。

这斗志，像他们对"光亮之神"的信任一样盲目，却也是一种内心的光亮。它可能无法决定胜利，但至少不再是黑暗中孤独的绝望。在同样必死的处境中，它能带来勇气和陪伴，让生命从死亡的压迫中站立起来。即便无法改变生命的结局，却能在同样的境遇和时限中，赢得清醒和尊严。

泽恩想，就像此刻，我和萨萨并肩坐在这里，这种幸福也许短暂，但它真实而丰盈，不但充满了心，也溢满了世界。

死亡再强大，也无法让此刻消失。

31. 进攻

摩辛停在溪边一棵树旁。

他在黑森林里到处找寻那个辫子女孩，却始终没有发现她的踪迹。

飘行到这片溪水湾时，他忽然感到旁边一棵树上有样东西很奇怪，不是自然生长而成。

是棚子！和沼泽小丘上的那个棚子一样。

他一阵震颤，但随即感到，棚子里并没有生命。他忙绕着棚子上下左右飘行，发觉有道缝隙，是门缝。他便从那缝隙里飘了进去，里面空荡荡，并无一物。他又失落，又躁怒，不由得发出一阵咆哮。

等怒气散尽，他才想到，自己在黑森林四处飘行，却没发现亮人的踪迹。亮人们一定仍聚集在山上，辫子女孩应该也在那里。

他立即飘出棚子，升到树顶，卷动大风，聚成一声嘶吼，向盲人们发出号令："上山！"

吼声在寂静的黑森林里回荡，近处的盲人们先纷纷用嘶叫声回应。接着，远处的盲人们的叫声也渐次传来。摩辛一边飘向北方，一边继续用吼声召唤盲人，穿出黑森林时，盲人们全都聚集到了他身后。

来到山下，他感到隐隐有些刺痛，应该是有光亮从山上照射下来。想到上一次自己几乎丧命，他有些心悸，不由得停了下来，高声吩咐盲人们："上山！杀亮人！留下辫子女孩！"

盲人们忙一起吼叫着，冲上山去，他缓缓飘行在最后。

越往上，刺痛感就越明显，虽然并未造成任何伤害，却让他越来越烦躁，不由得连连发出嘶吼。

盲人们听到，忙纷纷加快了脚步。

快到半山时，上面忽然传来一声大叫："抛！"

听到这叫声，摩辛不由得一阵剧颤，是那个强光青年的声音，他没死。

山上随即传来一阵巨响，轰隆隆，许多石块滚落。

盲人们全都惊叫起来，继而是一声声惨叫，至少有几十个盲人被砸中。

摩辛虽然知道石块无法伤害自己，但听着那震响声，他忙也躲到了一块巨石后。等了一阵，震响声渐渐停止，山上山下全都没了声息，四处一片寂静。

摩辛感到了盲人们恐惧的喘息，恼怒起来，发出一声巨吼："进攻！"

盲人们慌忙又继续向山上冲去，石块滚动声再次响起。这回盲人们有了防备，全都躲了起来，只听到几声惨叫，石块的滚动声也很快停止。

摩辛又怒吼一声，盲人们也少了畏惧，一起嘶吼着奔向山上。

不久，山上便响起了亮人们的叫嚷声、盲人和亮人的拼斗声……

32．力竭

泽恩甩动绳石，冲了过去。

他和甲甲把山上的亮人分成了三队，强健的青年在山腰防御，少年们在山顶防守，体弱和年幼的由一些妈妈带到山后隐藏。

山腰的防御有三道，先用石块，再用绳石、绳刀，最后用长矛和骨刀。

储备的石块虽然很多，却也很快用完。虽然砸死了不少疤眼盲人，但盲人数量太多，迅即冲了上来。一团团黑影在山石间飞快蹿升，像是漫漫黑雾笼罩上来，根本数不清究竟有多少人。

而守在山腰的青年亮人只有几百人，在黑暗中排成一条亮线，与那满坡的密集黑影相比，像是一道细细的溪流对抗半个黑森林，每一个亮人至少要迎战几十个疤眼盲人。

望着那些黑影迅速逼近，泽恩心里升起巨大的恐惧和绝望。他望向身旁的萨萨，萨萨也正望向他，目光中同样充满了恐惧和绝望。但两道目光相遇时，有什么东西忽然被点亮。

不是勇气，不是希望，是平静。

恐惧时时都有，绝望无处不在，就如这无边黑暗。面对它，再多的勇气和希望，都只是狂风中的一片孤叶，永难对抗。在这无法逃脱的巨大绝望中，平静是唯一的力量。它无法带来任何东西，只是用心灵之光，照向这无尽的黑暗。

在这一点平静之光的映照下，人不再是命运中盲目而无望的逃亡者，而是转过身，站立在了命运的对面，注视它，甚至鄙视它、嘲笑它，并从中活得自由和尊严。

泽恩忽然明白，妈妈为什么让他一定要找到星光。有了那一点星光，黑暗即便依然无边无尽，却再也无法统治一切。

更何况，此时他并非独自面对黑暗，还有她和自己并肩而立。

泽恩不由得露出了笑容，萨萨也几乎同时露出了笑容，那笑容无比美丽。

恐惧和绝望随之散尽，泽恩笑着点了点头，转头望向山腰的那些青年亮人。他们抛完了石头，看到仍然有无数疤眼盲人冲上来，全都被恐惧和绝望冻住，呆在原地。

泽恩高声喊道："绳石、绳刀！"

连喊了几声，那些青年亮人才慌忙取出绳石、绳刀，但手都颤抖不止。

泽恩不知道该怎么样把自己心中那平静的力量传送给他们，他忽然想起了那首黑森林之歌，便放声唱了起来，歌声在寂静的山间无比响亮，那些亮人青年全都惊望过来。

萨萨忽然从皮袋里取出一根细骨，放到嘴边轻轻吹了起来，发出动人的呜呜声，这声音与泽恩的歌声融合在一起，竟无比和谐美妙。

原来黑森林里的那呜呜声是萨萨吹出来的，泽恩无比惊喜，他的歌声原本还有些发涩，这时顿时有了力量，变得更加洪亮和欢畅。

听了几句后，甲甲在远处跟着唱了起来，其他亮人青年也纷纷加入，歌声越来越雄壮，在空中不断回响。亮人青年们心中的恐惧随之飞散，而山下那些疤眼盲人则顿时失去了凶猛，脚步全都迟疑起来。

泽恩发觉后，立即高喊："冲！"

随即甩动绳石，跳下岩石，冲向最近的黑影。

萨萨和其他亮人青年也一起高喊了一声，纷纷冲了下去。

泽恩一眼看到一团黑雾从一块岩石旁爬了上来，速度极快，忙用力甩出石头，击中了那团黑雾。一声惨叫，那团黑雾摔倒在岩石旁。他忙跳过去一看，不是那个黑暗之神摩辛，只是一个疤眼盲人，身上也罩了一层黑雾。

这时，另有一个黑影从旁边的岩石缝爬了上来，冲向萨萨。萨萨手握绳刀，连连挥动，准备迎战。

泽恩忙飞跳过去，甩出石头，击中了那黑影的后脑，黑影惨叫着摔下了石头。

"谢谢！"萨萨向他笑着点了点头，神色虽有些发紧，却并没有惧，柔光映照之下，反倒显出一种凛然不可侵犯的美。

泽恩原本一心要保护她，这时发觉她未必弱于自己，便也笑着挥了挥手臂："一起战斗！"

身后传来响动声，又一个盲人爬了上来，他忙回身甩石，将那个盲人击落。

这时，山腰上的其他亮人也都纷纷甩动绳石、绳刀，击打爬上来的盲人。山腰上一片怒喝声、惨叫声、砰砰摔落声。

泽恩望向山下，岩石间仍然到处都是黑影，正飞快地向上爬来，却始终不见那个摩辛。他无暇多想，见又一个盲人爬了上来，便甩动石头，又冲了过去。

爬上来的盲人连续不断，个个都极其凶悍，他只能不断地击打，先还不时去照看萨萨，到后来，已经全然没有了余力。

盲人越来越多，绳石也渐渐难以应付。他忙抓起长矛，并大声提醒其他亮人："用长矛！用长矛！"

他又回头看了一眼萨萨，见她已经抓起长矛，站在旁边一块岩石上，居然极其冷静。一个盲人刚露出头，她一矛刺下，正刺中那盲人脸部。盲人惨叫着滚落。她又迅即恢复冷静，继续等待。

泽恩不由得大赞了一声，随即挺矛刺向冲过来的一个盲人。

盲人似乎永远刺不完，一个接一个，他不知道刺倒了多少个。

泽恩的体力渐渐耗尽，长矛也被一个盲人折断。他忙抽出骨刀，拼力迎战。近身之后，越发吃力，盲人的体力和速度要强很多。他很快便被砍伤，身上一道又一道伤口，他却顾不得疼痛，继续咬牙抵抗，拼死挥砍。

耳边不时传来亮人的惨叫声，原先连成一串的光亮，已经熄灭了不少。

泽恩奋力砍倒冲过来的一个盲人，趁这空隙，忙望向萨萨，却不见了她的身影。他忙要过去找寻，却被一个盲人阻住，只能继续拼力迎战。

又接连砍倒几个盲人后，泽恩终于再难支撑，倒在了地上，再也没有力气站起来。他望向旁边，仍看不到萨萨的身影。至于亮人，也只剩下几十团孤独的光亮，仍在艰难拼斗。

就这样结束了？

一阵悲伤从泽恩心里漫过。

他曾设想过这种结局，却没想到会如此无力，更没料到，临死前，连看一眼萨萨的机会都没有。

他躺在那里，感到无边黑暗向自己漫了过来，却只能任凭它将自己覆没。

这时，不远处忽然传来一阵嘶吼声，是夜兽，一大群夜兽。

随即，下面响起夜兽的撕咬声和盲人的惨叫声。

泽恩却没有力气抬头去看，只见到又一个盲人从岩石间爬了上来，挥着骨刀向他冲过来。

望着那把骨刀砍向自己，泽恩笑了笑，一切都结束了，至少尽情活过，还遇见了萨萨，很好，很好……

他刚要闭上眼，眼前忽然闪过一团光亮，那个盲人随即倒在一旁，接着是一阵撕咬和惨叫声。

他忙尽力扭头望去，一眼看到那团光亮中，是一头银色的夜兽。

夜灵？

那头银色夜兽迅即咬死了那个盲人，回头望向泽恩，竟发出一声呜咽！

"夜灵！"泽恩吃力地唤了一声。

夜灵又呜咽了一声，犹豫了片刻，才缓缓走近，伸出舌头，舔了舔泽恩的手，又凑近他的脸，不住地挨擦。

夜灵……泽恩眼里顿时涌出泪来，想伸手抚摩，却抬不起手臂。

夜灵却忽然惊鸣了一声，迅即抬起头，望向旁边，浑身充满戒备。

泽恩忙也望了过去，看到一团黑影向自己缓缓逼近，依稀有些人形，却看不到身体和面目，只听到一阵阵粗粝的喘息声，像是死亡的声音……

33. 最终

萨萨也受了重伤，昏倒在岩石的凹处。

夜兽群的嘶鸣声惊醒了她，她睁开眼，眼前一片昏黑，自己身上的光消失了。

她听到泽恩的声音，想爬起来，却根本没有力气，只能一点点挪到岩石边，探出头，望了过去。

泽恩躺在地上，身边竟然有一头浑身银光的夜兽。

那夜兽盯着一旁，全身戒备，龇着利齿，发出一阵阵怒嘶声。

萨萨顺着它的目光望过去，寻视了一阵，才猛然从黑暗中辨认出一团人形黑影，他正在缓缓向泽恩逼近，并发出一阵阵喘息声，像是沙砾在心底磨过。

听到这喘息声，萨萨猛然惊觉，是摩辛！

那头银光夜兽忽然怒嘶一声，腾空跃起，扑向那团黑影。

黑影似乎被咬中，猛然一缩，发出一声痛号。但随即，他突然盘旋起来，将银色夜兽卷在中间，不住嘶吼飞旋。

萨萨被震得耳膜生痛，双眼更是一阵阵眩晕。

一声哀鸣，银色夜兽跌落在地上，身体抽搐了两下，便不再动弹，身上的银光也迅即熄灭。

而那团黑影则恢复了原样，飘到了泽恩身边。

泽恩痛叫了一声："夜灵！"随即睁大血红的双眼，怒望向那团黑影，身上的柔光陡然增亮，变得无比耀眼。

萨萨双眼被刺得睁不开，只听到那团黑影也惊喘了一声。她忙用手遮住强光，眼睛微微睁开，尽力向那边望去。

黑影向后退了几步，不住地颤抖，发出一阵阵狂怒的嘶吼。

泽恩吃力地站了起来，身体不住摇晃，眼中却充满怒火，右手猛然一挥，一道白光迅疾射向黑影。

黑影剧烈一颤，痛嗷了一声，散发出一阵焦臭味。

泽恩左手又用力一挥，射出第二道光束，再次击中黑影。

黑影又痛嗷一声，缩成一团，向后连退了几步。

泽恩连连攻击，光束不断射向黑影。黑影连连痛嗷，缩成一团，瘫伏在地上，焦臭味四处弥漫。

泽恩也耗尽了气力，大口喘息着，靠在旁边的岩石上，勉强站立着。

那团黑影却忽然怒号一声，陡然膨胀起来，变作一大团黑雾，蒸腾着滚向泽恩，迅即将他全身围裹起来，怒吼着不断飞旋卷动。

萨萨已经看不到泽恩的身影，只听到泽恩连声惨叫。

那团黑影越旋越快，发出粗粝刺耳的呼啸声，而泽恩的声音则越来越弱。

萨萨心里一阵急痛，想拼力站起来，双腿伤太重，根本挪不动。她忽然想到呜呜，忙抽了出来，用力一吹，吹出那种怪叫声。

然而，那黑影丝毫没有触动，继续飞旋呼啸。

萨萨又连吹了几声，仍没有用。

泽恩的痛叫声渐渐变作虚弱的呻吟，她知道泽恩正在用最后的意志和摩辛对抗，自己却丝毫无法相助，几乎要哭出来。

她忽然想起在岩洞里，泽恩昏迷中曾说："妈妈，我找到星光了……"

她忙吹奏起那首《妈妈》，把爱和勇气全都吹进了曲子。

吹了一段，她听到泽恩的声音似乎有了些力量，忙又继续吹下去，吹完一遍，又一遍。

忽然，泽恩大叫一声，那团黑影随之裂出几道缝隙，缝隙中射出明亮的光芒。

黑影怒号着加速飞旋起来，呼啸声变作了尖厉的锐响，将呜呜声完全压住。而那飞旋的光亮和黑影，则让萨萨几乎晕倒。

啪的一声，呜呜裂开了，一半掉落到地上。

萨萨也再没有力气，双手一软，趴倒在岩石边。

这时，泽恩的怒喊声和黑影的号叫声同时响起。

接着，一声爆响，黑影猛然炸开。

萨萨也随即被震晕……

34. 星光

　　萨萨来到沼泽边，找到了她上次穿越那片水域的空树桩。

　　她将树桩拖进沼泽，坐了上去，慢慢划了起来。

　　她被那声爆炸震晕后，不知道过了多久，才被乌拉唤醒。她睁开眼，想爬起来去寻泽恩，乌拉却哭着说："泽恩没有了……"

　　那团黑影炸开后，连同泽恩一起化作了灰烬。

　　疤眼盲人还剩了不少，他们继续屠杀，青年亮人和少年亮人全都死了，只剩躲在黑牙石后的乌拉、妈妈们和几十个幼儿。

　　山下却忽然来了很多亮人。他们其实都是黑森林里的暗人，听到萨萨吹奏的呜呜声，他们的身体忽然被点亮，并生出了勇气，纷纷赶到山上，将那些盲人全都杀死。

　　而且，黑影爆炸后，世界上有了一些微光。连黑森林里，也不再那么昏暗，大致能看清楚树枝树叶了。

　　萨萨在山上慢慢养好了伤，心里的伤却始终留在那里。

　　有一天，众人都睡去，她却丝毫没有睡意，便走出棚子，抬头望向空中，忽然看到头顶的黑暗中，闪出一点明亮，虽然微弱，却很醒目。

　　难道是泽恩妈妈看到的星光？

　　一阵雾漫过来，那点明亮随之消失，她却始终难忘。

　　体力恢复后，她独自走到山后，想再去寻一根呜呜。

　　呜呜没寻到，却勾起了一个疑问：那次她穿越沼泽，经过那片水域，明明是一直向前，却又回到了黑森林，真的是中途迷失了方向？

如果中途并没有回头，而是直直向前，也会回到黑森林吗？

她沿着上次那条路线原路返回，穿过黑森林，来到那片沼泽边，那根空树桩仍在那里。望着空树桩弯曲的内壁，她忽然想出一个惊人的答案：如果这世界是个球体，而我们在球体的里面，沿着球体内壁一直向前，也能回到起点！

如果真是这样，那片水域就在头顶。而那点星光，应该是在水域中间的那个大漩涡里。

或许，那是泽恩？

这个念头一旦生出，便再无法抑制，她便驾着那根空树桩，穿过沼泽，又来到那片水域。

四周一片空静，由于有了微光，她能看到水色幽蓝，映出她的倒影。

她不停地向前划，向前划。

水面渐渐出现弧形波纹，进入那个巨大漩涡了。

果然，水流旋转得越来越快，渐渐将树桩拖得横了过来。

萨萨有些晕眩，更有些怕，但还是放下树桩躺了下来，闭起双眼，任凭漩涡将树桩飞卷进深处。

旋转越来越急速，她的心脏也越来越难受，像是要死去一样。

她紧闭着眼睛，咬牙拼力坚持。

不知过了多久，树桩忽然停止旋转，她的身体被甩了出去，落到一片柔软的地上。

她忙睁开眼，身下是一片灰黑色的湿润泥土。那根空树桩陷在不远处的幽黑泥水中。再远一些，是一个漆黑的深洞，应该正是那漩涡的中心。

她抬头仰望，不由得惊住：深广无边的幽暗中，竟悬着无数的圆球，大小、远近、色彩都各不相同。

她正在惊异，忽然看到一个无比巨大的白影向她飘来。

那白影越飘越近，却越来越小。到她面前时，显现成一个人类的样子，白发白须，面容十分慈祥。

那人笑着说："你是第一个出来的。"

萨萨竟然听懂了，却不知该说什么。

"很好，很好——"那人仍笑着，"只有最勇敢的人类才能出来。"

"泽恩在哪里？"

"泽恩？你们的世界是不是亮了一些？那就是他。他也很勇敢。"

"这一切都是你安排的？"

"不，我只设立规则，命运由你们自己选择。你们的世界，从黑暗到光明，再回到黑暗，已经轮回了三百多次。终于等到了你——"

"等我？"

"送你去一个更自由、更幸福的世界。"

萨萨轻轻摇了摇头。

"你不想要自由和幸福？"

"这又是你的新规则？"

"嗯，更好的规则。"

萨萨又摇了摇头。

"你已经怀孕了，是个女儿，你不想让她自由、幸福？"

"等她自己决定。"

萨萨笑了笑，转身走向自己的空树桩……

另一种可能

是尾声，也是开始——

1．自我

丁尼望着萨萨消失在那个幽黑漩涡中央的黑洞中，他终于明白，自己为什么一直苦苦寻找她。

丁尼出生于这个世纪之初，那时还是第一代互联网时期，门户网站和搜索引擎刚刚改变了世界，带来了信息爆炸。丁尼生性内向，不愿和人接触，从小就只喜欢躲在自己的房间里，上网冲浪、玩游戏。乐趣足够多，他很少感到孤独。

丁尼进入青春期，互联网也进化到第二代，交互性网络平台兴起。丁尼也在各大社交平台注册了账号，但很少发言，也没有几个人关注他。他只是悄悄关注了很多网红，沉醉在别人无限丰富的表演中。偶尔，孤独感会从心底泛起，他却不愿深想，也无力改变。

除了电子游戏，他没有特别的爱好。即便游戏，也并不出众。高中毕业，他不知道该选什么专业，浏览招生信息时，一眼看到一所学校有游戏设计专业，他心里一动。那所学校虽然不好，但能远远离开家和父母，他的分数也正匹配，他便选了它。

设计游戏和玩游戏完全不同，无比烦琐枯燥，他很快对游戏本身丧失了兴趣。勉强挣够了学分，毕业后，他应聘去了一家游戏公司。这家公司很有名，他青春时代最着迷的一款游戏就出自这个厂牌。

然而，当他兴奋而忐忑地走进这家公司，他很快便失望了。公司内部等级森严，工作极其繁重，还有无休无止的讨论、修改和加班。而最让他震惊和厌恶的是，游戏中所有的设计，目的都只有一个：利润。

他灰心至极，感到自己的童年和青春全都耗费在一场接一场的精心骗局中。

为了生存，他只能尽力不去想这一切，每天活在疲惫和茫然中，不知道自己是谁，更不知道这样活着有什么意义。

当他近乎麻木时，第三代互联网逐渐兴起，"去中心化"成为最热门的关键词，以区块链为基础的各种网络自由联合体不断涌现，原本掌控这个信息世界的几大平台迅速衰落。

对这些变化，丁尼没有太在意，也没有精力去关注，因为他失业了。

导致他失业的，是人工智能。

其实，人工智能引发的失业大潮早已开始。先是制造业大量工人被工业AI取代，接着是交通运输、快递外卖、银行金融、医疗健康……一个又一个领域被AI占领，造成全球性失业危机，抗议人工智能的声浪越来越高，遍布世界。

然而，人工智能极大地提高了效率，降低了成本，是资本梦寐以求的赢利工具。它的扩张不但没有减速，反倒全面加速。各国政府只能不断增加对企业的征税，以勉强救济不断扩大的失业大军。

丁尼一直不关心外面的世界，并没有感到危机。看到这巨大的动荡，他心里甚至有一些隐隐的快意。直到游戏行业也最终沦陷，他是第一批被裁员的。

没有任何其他生存技能，他只能依靠微薄的失业救济金生存，生活顿时陷入昏暗和无助中。这时他才发现：一直厌恶的那份工作，原来一直在给予自己自信和自尊。

不过，他对生活原本没有太高的热情。渐渐地，他也就习惯了失业，陷入另一种昏沉和麻木中。

直到有一天，他无意中看到一条关于"岛"[1]的信息。

"岛"是第三代互联网的新产物。人们为了某一个目标联合起来，平等协作。没有中心，没有等级，每个人都像信息海洋中独立的岛屿，但又能组成一个个岛链，一同创造，共治共享。

丁尼看到的那条岛的信息，是关于一部动画电影在网络的首映。和游戏行业一样，电影业也已经被人工智能占领，尤其是动画领域，AI已经完全取代了人。

一位独立制片人在网络上发起倡议，失业的动画同行们联合起来，用岛模式制作动画电影，向人工智能发起反攻。

很多动画专业人士和爱好者纷纷加入，很快便聚集了几万人。他们先集体协商，制定了用岛模式制作动画电影的规则和流程：没有制片方，没有投资公司，没有固定导演和编剧，所有加入者都平等参与制作，并联合拥有电影版权。

电影的整个制作流程，从核心情节、故事大纲、剧情梗概，到人物设计、情节设计、造型设计等，被细分为几万个小工作区块，一步步分区块推进。

---

1 岛：英文全称Decentralized Autonomous Organization，缩写为DAO，意为"去中心化自治组织"。中文译为"岛"。

所有参与者都有权提交创意和构想，再经由集体投票决定最佳提案。进入实际创作中，也按分镜剧本将工作拆解为小区块，由参与者公平竞争，认领制作任务。每个区块完成后，依然通过集体投票决定通过与否。最后，分段落剪辑成片，定名为《解放》，在全球网络公映。

丁尼看完介绍，有些好奇，见收费很低，只需要3元，忙付了费，点开了那部电影。电影讲述的正是一群人类对抗人工智能，虽然个别地方衔接有些生硬，但整部电影仍十分新鲜饱满，随处闪现天才的灵感和活力。最重要的是，每一个画面都充满了冰冷的人工智能永远无法具备的、独属于人类的激情和意志。

丁尼看完后，无比震撼，再看屏幕下方的即时观影人数，更是惊呼了一声。不到两个小时，竟然已经超过2亿人次。几天后，观看人次更是超过了30亿，总票房逼近100亿元，是全球影史票房冠军的3倍！

丁尼不由得浑身颤抖，一个革命性时代到来了。

他忽然想到：游戏也可以建岛！

内心第一次涌起一阵巨大的兴奋和冲动，他急忙登录了一个大型游戏论坛。这个游戏论坛他已经加入了十几年，却从来没有发过言。他反复酝酿了很久，才颤抖着手，输入了一大段文字，呼吁论坛里失业的游友们一起制作一款岛游戏。

文章发布后，他屏住呼吸，盯着屏幕。

两分钟后，忽然来了一条回复："好！"

紧接着，又一条，又一条，又一条……不到半个小时，竟然收到了几千个"好！"。

丁尼听着那一声接一声密集的叮叮声，心脏几乎停止跳动。有生以来，他从来没有收到过这么多赞同，他第一次感到，自己真的活在人类之中。

论坛里最活跃的几个人立即展开讨论，他们也都看了那部《解放》，一致认为游戏比电影更适合岛模式，更能够创造一个真正的元宇宙。

几年前，丁尼任职的游戏公司和全球最大的网络社交平台达成战略合作，一直致力于打造一个元宇宙，却始终难以突破传统游戏的模式。丁尼也参与其中，一直想不清楚其中原因。

这时，他忽然明白了症结所在：资本。

资本的唯一目的是利润。为了追求利润，就必须控制，把一切行为都控制在获利这一目的之下。人们的性格、情绪、爱好、追求，只要无关于获利，都被摒除在外。它只针对人们普遍的需求，划定一个有限、封闭、排他的获利空间，提供一个有限菜单。在游戏设计中，设计者看似给玩家提供了多种选择，其实那只是几种能够产生最大利润的需求类型。

而元宇宙，应该是一个自由、开放、可生长、无边界的虚拟空间，每个进入其中的人，都能按照自己的意愿自主选择，而不是被诱导、限定和控制。

资本的本质决定了，它永远无法创造一个真正的元宇宙，岛却可以。

丁尼又兴奋起来，忙要把自己的想法发布出去，却看到有个人已经发布了一大篇分析，比他的更深刻、更严密。论坛里的人们读了之后，纷纷赞同，并提出了更多的思考和见解。

丁尼有些失落，但随即想到，这就是岛，让每个人的才能和特长都能充分发挥。于是，他便静静看着他们讨论，很快便被那些人的热情和才华所征服，忘记了自己的小小得失。

经过一番讨论后，论坛里的人正式行动起来，并将倡议发布到全网。短短几天，便吸引了全球几十万支持者。众募资金时，为防止资本控制，每个人的投资额不能超过100元。即便如此，也很快募集到几千万元。丁尼也无比兴奋地投了100元。

通过在线商讨，游戏的设计和制作也被分解为几万个工作区块，按照设定的工作流程，一块块逐级推进。首先是游戏的定名，由大家提案和票选决定。

丁尼一直躲在屏幕后独自兴奋，他清晰地感受到，这场运动将创造一个全新的游戏世界，他迅即想到了一个名字，忙飞快写下，发布到命名征集页面：《创世》。

然而，征集到的名字迅速增加到上万个，密密麻麻排列在页面上，快速浏览一遍都需要几十分钟。丁尼找了很久，才找到自己的《创世》，这让他无比沮丧。

但很快，他看到那些名字的位置开始变化，有人给这个页面设计了投票滚动功能。他盯着屏幕，一眼发现《创世》上升到了前几十的位置，随即又跌了下去。他的心也跟着急速升降。过了一阵，《创世》又升了回来，他的心又开始剧跳。

渐渐地，《创世》稳在了前二十，又慢慢冲进前十、前五、前三……有几次竟冲到了第一！它随即开始和另一个名字轮番上下，激烈角逐冠军的位置。丁尼盯着屏幕，心脏不断抽紧，几乎要停止跳动。

终于，页面上的名单静止下来，《创世》稳占第一，票数却仍不断上升，最终以大票数领先获胜。

这是人生第一次真正的胜利，丁尼放声痛哭起来。

游戏名确定后，又开始游戏主题的提案和投票。丁尼却沉浸在胜利的巨大欢喜中，根本无力关注。

等他终于清醒过来，游戏的主题已经确定：人类重回蒙昧时代，开启新的文明征程。

丁尼很喜欢这个主题，看到游戏进入框架设计，人们纷纷提案，争抢一个个接续的工作区块，他也忙集中精力，不断上传自己的提案，却再也没有抢到任何一个机会。

由于每一个工作区块都需要投票决议，最初的工作进度比游戏公司慢了很多，但几十万人聚集在一起，通过公平的激烈竞争，不断激发出天才的创意。

游戏的基本设定完成后，进入具体设计，工作进度开始加速。丁尼也终于抢到了一个工作区块：溪水设计。

黑森林中间的那条溪水就是由他设计的，这几乎是黑森林的灵魂，丁尼再次感到无比的自豪。

经过漫长的磨合，人类第一款集体协作的大型游戏《创世》终于完成。

游戏上线发布时，丁尼激动得不敢看屏幕。当他终于小心睁开一道眼缝，望向屏幕上方的游戏人数时，不由得尖叫了一声，即时在线人数是一串长长的数字，他连数了几遍，才敢确认真的是九位数，有2.78亿人进入《创世》，而且数字还在不断增加！

丁尼眼里不由得涌出泪来，第一次为自己参与的工作热泪盈眶。

《创世》的最终人数虽然没有达到那部动画电影《解放》创下的纪录，却也超过了10亿人。定价是10元，销售额很快便破百亿，远超市场上所有人工智能开发的游戏。

因为拥有命名和溪水设计两个区块的版权，丁尼收到了第一笔分红，虽然并不算多，却也远远超过他一年的失业救济金。而且，这份版权属于永久性权益，只要《创世》存在一天，他便能持续获得收入。

他终于不必再依靠失业救济金，能安心享受自己的游戏生活。

他按照游戏里的语言，给自己起了这个昵称——"丁尼"，意思是肉体。在现实生活里，他不爱运动，从来没有好好使用和珍惜过自己的身体，他希望在黑森林里，自己能够让肉体的能量真正释放出来。

《创世》是一款神经感应VR实景游戏，当他穿戴好新买的电子感应皮肤，进入游戏中，眼前顿时一片黑暗，一股混杂了树木、泥土和浓雾的潮霉气息扑面而来，黑森林的气息。

游戏史上，从来没有一款游戏能够如此逼真地实现嗅觉效果，他不由得深吸了一口，惊叹了一声。

当双眼渐渐习惯了黑暗，他隐约辨认出眼前一棵棵塔奇树的树影，耳边随即传来远处夜兽群的嗥叫，他猛地打了一个冷战，这是真正的元宇宙！

他正在感叹，后背猛地一阵刺痛，随即倒在地上，抽搐了片刻，死了。

现实中的他立即惊叫着跳了起来，那死亡如此逼真，让他浑身大汗、心脏剧跳不止。

平复了很久，他忍着惧怕，再次登入游戏。这一次他存活的时间虽然稍微长了一些，却也很快就被杀死。他的斗志反倒被激起，不断重新进入游戏，却很难挺过一个雾起雾散的时间单元。

《创世》的存活难度超过以往的任何游戏，它的世界虽然有基本的自然法则，生存之战却没有任何规则。

这种残酷性让丁尼无比沉迷，他不断在游戏中死去，又不断重新进入，时刻处于高度亢奋之中，直到疲惫至极时，才不由自主地昏睡一阵。

而这期间，各个领域的岛革命层出不穷，控制世界的资本根本无力对抗这一文明大潮，巨型企业一个接一个垮塌。各种各样的岛提供了无数机会，几乎每个普通人都能找到适合自己的岛，发挥自己的天分和才能，实现自主、自由的人生价值。

其中，丁尼最喜欢的，是一个食品岛带来的饮食革命。它聚集了全球各地的厨师、营养师、生物学家、化学家以及数十万烹饪、饮食爱好者，协力开发出一种营养胶囊。一粒胶囊抵一餐饭，价格却很低廉。而且有数万种口味，几乎囊括了人类所有地区的饮食风味。

这种美食胶囊让丁尼几乎完全摆脱了物质生活的烦琐，可以全心专注于游戏世界。

经过无数次死亡后，他在黑森林的生存力越来越强。当然，其他人也一样。因此，竞争越来越激烈残酷，也越来越让人难以自拔。

很长一段时间，丁尼除了求生，根本没有余力顾及其他。等他有能力稍稍喘息之时，他无意中看到了一个女孩。

那个女孩和所有人都不一样，她从容，冷静，梳着整洁的辫子。

丁尼顿时呆住，忘记了戒备，瞬间被旁边一个潜藏的人刺死。在现实中醒来后，他仍呆了很久，心里泛起一种从未有过的滋味，像是无意中看到一件丢失很久的珍贵之物，却又瞬间消失。

他一直不曾和谁真正走近过。即便是父母，彼此之间也有隔阂，厌烦多过亲密。这时，他却忽然生出一种冲动，想再见到那个女孩，想接近她。

他立即回到了游戏里。

然而，黑森林里没有谁会长留于某地，加之四周一片昏黑，他根本找不见那个女孩。为了找寻她，他时常忘记危险，无数次被人杀死、被地蚓缠死、被夜兽分食、被树鼠咬啮。他却根本不在意，一遍又一遍地找寻和死去。

终于，他再一次见到了她。

她在溪水里洗浴，在他设计的那条溪水中，年纪比上次要略小一些。

他躲在溪边的一棵塔奇树后，只隐约看得见她的身影，却不敢再靠近一点。他屏住呼吸，尽力睁大眼睛，无比小心，又无比渴慕。然而，只望了片刻，后背又一阵剧痛，他又被刺死了。

从来没有哪一次死让他如此怨恨和愤怒，平常很少出声的他，连声怒骂着急忙要重新进入游戏，却无法登录，连试了几次，都不成功。他越发暴怒，几乎将游戏皮肤撕碎。

这时，游戏界面跳出一条公告：新游戏法则正式上线。

他这才记起来，《创世》在进行一次重要升级——将记忆阻隔技术引入游戏。用户每次进入游戏，记忆都将被屏蔽，如同一次投胎转世，每个人从婴儿状态开始。

这意味着，进入游戏后，他再也记不得那个女孩。

望着那条公告，丁尼呆了一阵，忽然大声哭了出来。哭了很久，他才慢慢输入用户名和密码，像是赴死一样，进入了游戏。

由于记忆隔断，他真的什么都不记得了。伴随着自己的哭声，作为一个婴儿降生在黑森林里。在妈妈的养育下，慢慢成长。长到少年时，他的妈妈死去，他也很快被一个人吃掉。

退出游戏后，回看视频时，他感到无比陌生，那个早夭的少年和他没有任何关联，是另一个人的一段短促生命。那个陌生少年自然丝毫记不得那个女孩。

丁尼忽然丧失了全部兴趣，他关闭了游戏，木然躺下，昏睡过去。他从来没有睡过这么久，等醒来时，头脑一片昏沉茫然，像是昏睡了一生后，进入另一个游戏世界。一眼望见游戏皮肤，他心里隐隐一阵刺痛，才真的醒了过来。

他不愿再碰《创世》，市面上又有几款岛游戏推出，他便随便选了一款，注册、付费、登录，游戏设计非常新颖，他却没有多少兴致，随意试玩了一阵，死了之后，便退了出来。他又进入另一款，同样提不起兴致，便又去试其他的。几款游戏全都试过后，他关掉了游戏，重新又躺下昏睡，人生忽然没有了任何意义。

浑浑噩噩过了很久，他听到叮的一声，又一笔《创世》的分红到账。他心里微微一颤，忽然感到一阵心酸和委屈。《创世》是他在这个世界上唯一让他感到亲切的地方，像家。这个名字是我取的，她会不会知道？

他犹豫了片刻，再次穿戴好感应皮肤，按下启动键。熟悉的界面出现时，他的眼睛顿时湿润，心里忽然生出一个念头：就算失去了记忆，我的本能依然会记得她吧。

他再次进入游戏，再次出生、奋战和死亡。等他回看视频时，他仔细留意游戏中遇见的每一个身影，没有她。

他再次进入，再次进入，一遍又一遍不断进入。

终于，他在视频中发现了她：年纪比上次更小，还只是个幼弱的少女，但那发辫和目光，让他一眼认出了她。她也望了他一眼，目光警惕而冷漠，随即迅速荡远，消失在黑暗中。

那不足一秒的影像，他反复看了许多遍，心里也重新燃起热情，怀抱着希望重新进入游戏。

不知道生死了多少遍，他一共又遇见了她四次，年龄各不相同，从少女到中年都有。她的目光和发辫却始终让他一眼就能认出，他心里也越来越渴慕。

不过，他也发现了一个让自己绝望的规律：无论他在游戏里出生多少次，生他的妈妈性格有多不同，他却始终很胆怯。四次遇见她，虽然都很心动，他却没有一次敢靠近她，而只是躲在暗处，偷偷地望着她。

而且，他本能地畏光，在游戏里看到发出光亮的人，他都会迅速逃开，并不由自主地向黑暗之神靠近，希望借他的力量消灭所有的光亮，以便永远活在黑暗里。

这难道是我无法改变的宿命？永远只能躲在暗处偷望？

他不知道，只知道自己想再见到她，这几乎是他人生唯一的意义。

最近一次进入游戏，亮人的数目多得惊人。他再一次追随黑暗之神，最后却被光亮刺瞎双眼，又被摩辛吃掉。

当他痛苦醒来，正要回看视频时，游戏主页跳出一则讯息：有人闯出了黑暗星球！

屏幕上随即播放了一段影像：一个女孩乘着一段空心木桩，从黑暗星球顶部的旋涡中飞出，落在黑色泥土上。

是她！

他顿时惊住，更没料到她接下来的举动。

在游戏设计中，一旦有人闯出黑暗星球，将被接送到一个高一级的星球，成为那里的始祖，开创另一个文明世界。

然而她竟然拒绝了。

只见她转身走向那段空心木桩，将木桩拖到黑色旋涡边缘，跳了进去。木桩被旋涡带动，不断加速旋转，很快便消失在中央的黑洞中。

丁尼呆呆地望着那个寂静幽深的黑洞，不由自主地低声说出一个词：拒绝……

她和所有人不一样，是因为她会拒绝、能拒绝、敢拒绝。

这忽然给他心中注入了一股从未有过的勇气，他忙点击登录，冲进了游戏……

2. 理想

这一次死亡，让穆巴有些惊愕。

穆巴是个脑神经科学家，《创世》游戏中"投胎转世"的规则就是由他设计的。他设计这个规则，不是为了让游戏更有趣，而是为了改变人类。

他对人类很不满。

穆巴喜欢科学、理性、逻辑、秩序、规则，希望世界能够严谨、和谐、周密、完美。

人类虽然源于动物，但动物其实始终严格遵循自然规律，从来不会破坏和僭越这完美法则。唯独人类，自从生出自我意识后，便再也不愿顺从自然法则，不断挑战、破坏、超越，却始终无法根治自己的缺陷，不断陷入自造的混乱和灾难中。

人工智能的诞生，让穆巴看到了希望。

人工智能是逻辑和法则的完美体现，远远超过人类的智能，却没有欲望，没有情绪，没有私心和偏见，只有不断趋近于完美的无限力量。只有它，能够帮助人类实现终极的理想。

然而，当人工智能显现出无比强大的力量时，人类开始敌视、憎恨、排斥和反抗它。

这又是人类无法根除的另一缺陷。

失业的人类，借助岛联合起来，集合了全部的智力，竟然战胜了人工智能。

这让穆巴十分意外，甚而有些愤怒。但冷静下来后，他想到：人类之前也曾有过几次革命性胜利，农业革命、工业革命、信息化革命……然而每一次革命都只带来短暂的狂欢，自私、狭隘和狂妄总会占据并控制人类命运的权柄，让人类陷入巨大而漫长的不平等和敌对之中。

只要人类还是人类，就不可能摆脱这种轮回的宿命。

穆巴不再烦恼，开始冷眼旁观。

第三代互联网的革命迅速击败了资本垄断和权力中心，甚至冲溃了国界。北欧五国相继解散了政府，由全体公民以岛模式共同治理。接着，欧盟打破成员国边界，建立了一个欧洲岛。世界其他国家和地区或观望，或怀疑，或排斥，但都共同感到，这一政治潮流根本难以抵挡。

岛让每一个人都成为独立的ID，拥有独立的个体主权，同时又参与到政治、经济、文化的各个领域，拥有了历史上从未有过的平等和自主。

然而，正如穆巴所料，自私、狭隘和狂妄再一次卷土重来。

这一次的敌对，不再是国家、种族、阶级，而是岛。

同类的岛之间存在巨大的利益竞争。比如游戏，《创世》的革命性成功，刺激了全球无数游戏爱好者，他们纷纷组建新的游戏岛，推出一款又一款新游戏。后起者很难超越《创世》，无法公平赢得胜利，便开始使用极端、卑劣的黑客攻击手段。

这种不正当竞争，在人类历史上从未停止过，这一次更是迅速波及生活的各个领域。各种层级的信息战不断蔓延和升级，人类再次陷入一场全球性的巨大危机中，几乎没有任何力量能够拯救。

除了人工智能。

只有人工智能。

穆巴看到了巨大的机会，兴奋至极。

这期间，穆巴一直致力于脑机连接研究：利用神经感应技术，让人脑和计算机连为一体。

人工智能虽然无比强大，却只能机械接受指令，无法生成自主的目的意识和善恶判断。进入第三代互联网，法律系统的执行已经由人工智能全面取代。在执法层面，人工智能的确实现了真正的公正无私和严谨周密。但在人类精神情感层面，它却始终无法达到足够的精确。

人工智能严格依照逻辑进行判断，而人类在很多时候常常无视逻辑，甚至有意违背逻辑。

脑机连接，便能弥补人工智能的这一缺陷，让它的强大精确算力与人类复杂多变的感性相结合，从而更好地服务于人的理想。

当岛世界大战一触即发时，穆巴的研究终于突破最后的难点。

他无比兴奋地躺进新设计成功的神经连接舱中，深呼吸几次后，才颤抖着按下按钮，启动了连接程序，让自己连接到世界上最强大的人工智能岛系统iThink上，这一命名源于伟大的哲学家笛卡尔的"我思故我在"。

一阵密集的战栗、刺痛、麻痒，他感到自己的身体像是蓄满水的胶袋，被无数尖刺刺穿，灵魂像水一样激射而出，让他感到死亡的巨大恐惧。但很快，这恐惧变作从未有过的极致舒爽，全身所有毛孔都变得通透舒畅，灵魂则冲破肉体的束缚，获得了无边的解放和自由。

他感到一种力量，极其轻灵、精细、敏锐，同时又浩瀚充沛、源源不绝。他无比狂喜，这是iThink的力量。

然而，他却不知道如何运用这力量。正在兴奋和茫然，忽然听到一连串的警报。不，不是听到，是真切感到。iThink将报警信息传导至他的神经，通知了他的大脑。

他忙集中注意力，一瞬间，同时破解了几百万条警报：岛世界大战已经爆发，各方力量首先向对方的能源、服务器和存储设备发起攻击。

穆巴大惊，却根本不知道该做什么。iThink却即时领会了他的意图，并立即发出全网攻击，将全球所有能源、服务器、存储设备同时关停。iThink自身也停止了运行。

信息世界顿时静默，像是回到了尚未发明电的农耕时代。

穆巴忙睁开眼睛，眼前却一片漆黑。连接断开前一刻，他接收到的最后信息是：系统将在冷静期满时重启。

iThink获取了穆巴自身来不及想的潜意识，要制止这场岛世界大战，首先必须让人类先冷静下来。iThink通过对人类心理数据的即时分析，这样一场重大的世界危机，要让大多数人冷静下来，至少需要两个小时。

漫长而焦虑的两个小时后，iThink终于重启。

穆巴再次感受到那极度的畅爽。有过上次的短暂经验，他已经知道，无须去想如何驱动iThink，只要自己意念一动，iThink立即能领会他的意图，并立刻展开行动。

穆巴想先暂时恢复通信系统，iThink果然立即将全球通信系统重启。数十亿声音和信息瞬间涌入穆巴的大脑，穆巴却丝毫没有感到压力。相反，iThink立刻将这数十亿条信息进行分类，给出一个清晰的分析图表。穆巴也迅即获知，其中大部分处于惊慌、恐惧状态，小部分怀有愤怒和报复之心。

另外，有部分攻击发自封闭局域网，iThink无法进入，因而未能制止。世界上超过1/7的能源设施、服务器、存储设备遭到毁灭，处于局部瘫痪状态。

穆巴顿时愤怒起来，iThink立即依照他的愤怒，对这些攻击组织进行了信息阻断隔离，让他们与整个信息世界完全隔绝。同时，它潜入一家武器开发集团，调用其新研制的一款名为"电子蟑螂"的微型追踪炸弹，锁定先发起进攻者和意欲报复者，分别进行定点跟踪、精准暗杀。前后一共杀掉几万人。

信息世界的愤怒声音渐渐平息，战争的危机因之化解。

穆巴感到了一种上帝般的威力，但对这世界现状仍不能满意。

只要存在竞争，世界便永难和平。

因此，穆巴开始第二轮治理：每一个领域，只保留规模最大的一个岛。其余的竞争者，永久性关闭登录通道。

这一举措，果然让世界更加平静。那些岛被关停的人们，开始时虽然抱有各种不满情绪，但因为没有选择，只能加入唯一的那个岛中。岛不同于旧的平台或组织，它没有权力中心和垄断力量，不会压迫或剥削个体。因此，不满者很快也就习惯了一个领域只有一个岛的新状态。

穆巴终于实现了自己的社会理想，感到无比自豪和欣慰，却没有料到，另一种情绪开始在网络间弥漫：抑郁。

平静虽然带来了和平，却也带来了厌倦和压抑。

唯一的岛，造成唯一的现实，人类却是需要选择的动物。

穆巴陷入苦恼之中，iThink却很快帮他设计出一个解决方案：用隔断记忆的"投胎转世"修改《创世》游戏规则，让人们不断以全新的状态进入黑森林，以免除厌倦。同时，在残酷的虚拟生存竞争中，消耗人类的愤怒和仇恨，以获得现实世界的宁静和平。

穆巴立即执行了这个方案，这一改变果然极大地提高了游戏的吸引力，人们纷纷拥入，在游戏中享受黑暗和死亡的极度快感。绝大多数人都成为《创世》的固定用户，即时在线人数长期保持在5亿以上。

不过，人类的心理状况并未因这款游戏而改善。相反，沮丧、厌倦甚至绝望情绪不断加重。

穆巴再次苦恼起来，iThink分析出的原因是：人类的孤独本能限制了自我突破，始终无法与同类结成持久的和平互助关系，因而也就无法升到更高级的文明。

科技只能提高人类向外控制的能力，却无法改善人类内在的心灵能力。

穆巴想到了一句佛家的话："我不入地狱，谁入地狱？"

他犹豫再三，终于断开了iThink，登录了《创世》。

进入黑森林，他才发现，这不仅仅是一款游戏，更是人类精神的试炼场。只有以一个普通人类的方式进入其中，才能真正体会和理解人类的心灵。他希望能够在那个黑暗残酷的世界，找到光亮，点亮人心。只有在游戏中走出黑森林，人类的心灵才能获得深层治愈，才能在现实中获得真正的宁静欢悦。

进入游戏后，他没有让自己失望。虽然记忆被阻断，并且一次次死去，他却始终本能地向往光明、追寻光亮。找到光亮后，他也不断努力地去点亮其他人。

只是，死亡总是打断他的进程，让他始终无法真正实现自己的理想：带领人们走出那个黑暗星球。

最近这次登录，他被一个迅速点亮的人杀死，这是第一次。

退出游戏后，他仍陷在惊愕之中，很久，才隐约想到自己不断失败的原因：理想最大的问题，也许是理想本身？

人类虽然怀有理想，但人类本身并非理想的造物，更不是人人都为理想而生。

而且，80亿人恐怕有80亿种理想。每个人都认定，自己的理想最重要。没有人希望他人的理想取代自己的理想。

想到这些，穆巴感到自己的心在塌陷，那个坚持了一生的理想也随之碎裂。沮丧和伤心，海潮一般，将他淹没。

他抓起一把椅子，将那套脑机连接设备砸得粉碎，而后跪伏在地上，抱着头，失声痛哭……

3. 权利

摩辛杀死了自己。

确切地说，他杀死了自己的肉体。

摩辛出生于第二代互联网时期，贫穷，但很勤奋，不甘于自己的命运被别人掌控，尤其憎恨那些无处不在、巨大而无形的权力。

然而，无论他多勤奋，都始终无法挣脱各种权力对他的控制和压迫，直到第三代互联网时代到来。

摩辛是个很有预见力的人。在他的少年时代，比特币兴起，引发了虚拟货币的浪潮。不过，比特币建立在算法之上，通过数字"挖矿"来争抢拥有权，不但耗费巨大能源，而且会迅速沦为金融投机和炒作的工具，始终未能承担起货币的本质使命——交易的公平衡量。

第三代互联网时代到来时，摩辛坚信一种新的全球性虚拟货币必将诞生。而且，像远古时代人类脱离物物交换时发明的最早货币一样，这种新虚拟货币也只应在交易中产生，为方便交易而服务。

果然，各种岛兴起以后，每一个岛都产生大量虚拟资产，并创生出相应的虚拟货币。岛与岛之间的资产流通成为一大国际难题，人们需要在各种实体货币、虚拟货币间不断兑换，极其复杂和混乱。

一种岛币应运而生。

这种岛币由全球规模最大的几十个岛共同发起，经过协商，它的基本原则被确定如下：

一、为避免货币滥发和通货膨胀，岛币的数量按照现时全球人口数量，限定为80亿，永不增减。

二、为避免财富的垄断，岛币不归属于任何组织。

三、为保证财富的公平性，最初的80亿岛币平均分配给全人类，即每一个独立ID拥有一个岛币。

四、为保证岛币的独立性，岛币的价格由市场交换自发形成，任何力量都不能干预。

五、为保证交易的透明性，每个人都拥有一份全部市场交易动态账本，同时由一套中立的人工智能系统进行监控。

虽然这种岛币推出后大受欢迎，但人们并不太重视和珍惜自己拥有的那个岛币，很轻易便在交易中将它兑换掉了。

摩辛看到了巨大的商机，在此之前他运营了一个小型蔬菜农场，为食品岛供应蔬菜原料，积累了一笔财富。他用这笔财富到处兑换零散岛币，积少成多，渐渐拥有了几十万。

而这时，岛币已经成为主流货币，币值飞涨。摩辛趁势创办了一家小型虚拟银行，开展借贷业务，财富随之暴增，终于实现了财富自由。

不过，自由并没有带来多少想象中的快乐，反倒让他很快陷入巨大的无聊之中。

在他贫穷的青少年时期，大部分匮乏和诱惑都来自物质。而现在，人类已经活在元宇宙中，实体世界的生活已经简化到最基本的生存三要素：食品胶囊、能源和电子设备。

财富在实体世界几乎已经丧失了意义，就连食品胶囊，最近也已经开始升级，它们通过输送管与电子感应服连接，人不再需要主动进食，只需由智能医生动态监测，即时调配和注入营养液即可。

至于实体世界中原有的那些享乐，它们在元宇宙中随处可得。人们就像在享受一场无限量的自助盛宴，快感几乎降为零。

更重要的是，岛革命几乎瓦解了所有旧的权力系统，摩辛再也找不到可以反抗的东西。他像是失重了一样，开始怀念被权力压迫时，奋力抗争的青春岁月。

这种无聊持续了一段时间后，一场重大事件重新点燃了他的热情：岛世界大战。

正当他兴奋观望，还未来得及选择自己的立场时，那场大战竟忽然息止，全球陷入静默。

制止这场战争的，竟是一个单独的人类。此人掌握了脑机连接技术，利用大脑指挥人工智能，操控了整个信息世界，几十万反对者陆续被他毁灭肉体。

旧的权力系统瓦解后，世界的权柄竟落入一人之手。

人类历史上从未诞生过如此强大的权力，每个人都处于那人的监控之下，无数的岛被他关停，人类被强行纳入一个和平有序的体系中。每个人都怀着愤怒，却不敢也无力对抗。

面对这久违的压迫感，摩辛反倒被激发出一股同样久违的斗志。那个人让他看到了权力的无限魔力，他想取代他。

然而，让他震惊的是，那个人竟然自杀了。临死前，他毁掉了人脑连接设备。

网络上顿时响起亿万声欢呼，全人类都为之庆幸。

摩辛却再一次预见了未来，只是这次预见无比可怖：无数的人必定会争夺脑机连接技术，并争相抢占先机。

他虽然预见到了，却没有机会去争抢。再多的财富，也不可能买到这种技术。他只能在焦虑中等待可怖命运的降临，年轻时的无助感再次从心中升起。

他没想到，岛又一次拯救了人类。

当少数人紧急、秘密地推进脑机连接技术时，不少人在网络上倡议，用岛模式共同开发这项技术，技术成果属于全人类。

这项技术的研究已经进行多年，这次经过数十万科学家的协同努力，很快便获得突破。连接设备先行发售，连接程序则在全球同步上传。

摩辛第一时间抢购到了连接设备，连接程序启动时，他浑身颤抖，无比兴奋和紧张。一阵晕眩后，他忽然"看"到无数的信息向自己涌来，像是一场海啸，冲进他小小的大脑。他感到比死亡更巨大的恐怖，不由得惊叫了一声。

然而，什么都没有发生。那巨量信息并没有冲爆他的大脑，相反，他的大脑空间迅速扩张，几乎膨胀成一个宇宙，而那些信息，如同星系一般，井然有序地分布到各自位置。

一瞬间，他看到了整个人类历史的全景，亿万条政治、经济、科学、文化、艺术信息，分门别类，密集排列在他的大脑中。每一个条目都无比清晰，却又互不干扰，有文字，有图像，有声音，像一个巨大无边、繁复至极的图书馆，并不断生成无数新的信息。

同时，他也感觉到了其他人类，几十亿人环绕在他的周围，都在惊叹和神游。

他试着驱动意念，四处游览，到处都是信息，无穷无尽的信息。自己曾经渴望知道的一切，只要一动念，瞬间便呈现在脑海中。

然而，唾手可得意味着一文不值。

很快，他便厌倦了。

厌倦的不止他一个人，他能清晰感到这种厌倦在网络上迅速弥漫，兴奋神游的人类很快便全都慢了下来。接着，开始停顿。而后，不断出现ID静止状态，不断有人自杀。短短一段时间，自杀人数竟超过数亿。

这股全球性自杀浪潮让摩辛无比心惊，他也数次生出了自杀的念头，每一次都是本能警醒了他。

为了避开这种危险，他登录了《创世》游戏。以前，他极度厌恶游戏，认为这是耗费生命的无聊行为。然而，真的进入黑森林里，他感到自己顿时被激活。那是个为生存而战的残酷世界，生命无比珍贵，哪怕只剩最后一丝力气，也绝不肯轻易放弃。

更重要的是，进入游戏时，记忆被隔断，他仿佛回到生命最初的状态，充满了力量和斗志。

不过，死过十几轮后，他发现，每一次新生的自己，虽然各个不同，但都本能地厌恶光亮，喜欢黑暗，渴望毁灭。

他不知道这是不是他的基因，但他很喜欢自己这样的天性。

人类以为自己一直在奔向和谐完美，但其实，人类根本无法承受和谐完美。不断挑战和破坏，才是生命。

当他在游戏中不断找回生命的激情，人类又有了新的技术发明。

为了阻止自杀浪潮继续扩散，也为了人类获得终极解放，一项新技术诞生了：记忆上传，脱离肉体，完全虚拟化。

摩辛再次在第一时间购买了这项服务。

上传记忆时，他感到自己像是一株植物，被连根拔起，一阵剧烈的疼痛，却似乎不是来自生理。疼痛过后，是无比的轻松。

他能看到自己的躯体躺在那里，停止了呼吸，看着无比陌生，充满了物质的沉重和速朽。

他笑了笑，轻声说了句"再见"，像是告别一间破旧的房屋。

他终于获得彻底的自由，不过这自由依然毫无用处，只能不断进入《创世》游戏，在其中感受生命的活力。

无数次，他成为黑暗之神，却始终无法战胜那个光亮之神。

求胜心一直支撑着他，不断进入，不断挑战，不断死于最后的爆炸。

这宿命般的轮回，并非来自游戏的设计，那是来自哪里？

他找不到答案，却不甘心，只能继续轮回。

4．重逢

泽恩从梦中惊醒。

一阵刺眼的光芒射进眼中，他忙闭上了眼。浑身仍在疼痛，极其疲乏。

很久，他才慢慢坐起身，试着睁开了眼。光芒仍旧刺眼，他用手遮住光，费力望向四周。

身边是一片辽阔的大地，长满了金黄细密的植物。地平线上一团金色圆光，发射出耀眼光芒，将世界照耀得无比壮丽。

身后传来一阵簌簌声，是脚步声，很轻。

他忙扭头望去，顿时惊住：萨萨。

萨萨手执一根长矛，身穿植物编的窄衣和短裙，强健了很多，皮肤也变成褐红色。只有头上的发辫，还和以前一样。

她望着泽恩，目光陌生而警惕，似乎并不认识。

"萨萨？"泽恩像是仍在梦里，试着轻唤了一声。

"你……知道我名字？"萨萨眼中一惊。

"我是泽恩……"

萨萨眼露迷惑，像是从未听过。

泽恩也仍十分困惑，但无论如何，自己并没有死在梦里，眼前这个女孩也真的是萨萨。

他吃力地站了起来，不由得露出了笑……

5．生命

萨萨是最后一个人类。

人类第一款岛游戏《创世》开发时，萨萨创作的一首曲子被采用，成为游戏主题歌。有了这笔版权收入，她辞去不喜欢的工作，专心创作音乐。生活寂寞而安宁，这是她一直向往的。

偶尔，她也会进入《创世》游戏，却不喜欢黑森林的残酷和杀戮，玩过几次后，便再也没有回去过。

后来，脑机连接、记忆上传、脱离肉体技术相继发布，萨萨却始终不感兴趣，一直独自留在现实世界，继续她孤独的音乐生涯。

每当新曲创作完成，她才登录一次网络，将作品上传。由于《创世》主题曲的影响力，她在网络上粉丝众多，点赞评论数常常过亿。她却从来不回复评论，以便保持独立和宁静。

几年后，她创作的新作品的评论点赞数忽然开始显著下降，从上亿降为千万、百万。接着又开始急剧下降，从万位减到个位数。到最后，变作了0，并一直持续不动。

她不知道发生了什么，在网上四处浏览，发现到处一片死寂，信息全都不再更新，最新的也在几个月之前。

她忙又登录《创世》游戏，黑森林里也一片死寂。她漫游了很久，都没有见到一个人类。

虽然她早已习惯了孤独，这时却感到一阵巨大的寒意和恐惧。

她忙退出游戏，拆开了一直放在角落的一只纸箱，搬出了里面的一台仪器——多年前一个热情粉丝寄给她的脑机连接设备。

她犹豫了很久，才接通电源，躺了进去，启动了程序。

一阵晕眩过后，信息洪流涌入她的大脑，她瞬间知晓了人类的状况：脑机相连后，超过10亿人自杀。其余的人类上传记忆，脱离了肉体，却在虚拟时空中逐渐耗尽生命意志，彻底同化为数字信息。

人类只剩我一个……

萨萨陷入无边的荒冷和寂寞。

很久，她才从这巨大的死寂中清醒过来。她搜检信息，发现人类存有一个基因库，克隆技术也已经成熟。

她开始造人。

这些克隆出来的人类，该放到什么环境中？

她想到了《创世》游戏，那是人类生存最好的初始训练基地。

于是，她通过脑机连接，将克隆人类的意识先植入黑森林中，筛选出其中的亮人，再断开连接，将他们送到人类的起源地——非洲大草原，让他们在那里自由生存和发展。

她把自己也克隆了一份，植入黑森林。那另一个她，竟然也喜欢音乐，并发现了天然骨笛，独自创作出一首动人的曲子《妈妈》。她听着那首曲子，感动得落下泪来。

而且，那另一个她竟然遇到了爱情，她一生暗暗向往却从来没有机会去品尝的幸福。

最后，那个萨萨竟意外发现了逃离黑色星球的通道，她却拒绝了幸福升级的邀请，重新回到了黑森林。

这一举动更让她意外和惊叹，顿时放下了所有的担忧。

能如此勇敢果决地拒绝诱惑，自然能掌控好自己的命运。

这时，她已经衰老，虽然有很多技术可以延长一段生命，她却想自然告别。

她把萨萨和泽恩运到非洲大草原，通过卫星遥望着他们，看到两人在夕阳下重逢，并相视而笑，她也不由得笑了。

她默默地说：好运，再见……